PETITS MEURTRES CHEZ AGATHA

COLLEEN CAMBRIDGE

Traduit de l'anglais
par Martine Desoille

City
Roman

Retrouvez tous les titres City Éditions :

www.city-editions.com

Publié pour la première fois en anglais sous le titre *Murder at Mallowan Hall*
par Kensington Books, une marque de Kensington Publishing Corp., aux États-Unis.
Illustration de couverture : Sébastien English
ISBN : 978-2-8246-2258-3
Code Hachette : 77 8137 3

Collection dirigée par Christian English & Frédéric Thibaud
Catalogues et manuscrits : city-editions.com

Dépôt légal : Octobre 2023

Tant qu'à avoir un vrai meurtre
perpétré chez soi, autant savoir l'apprécier,
si vous voyez ce que je veux dire.

AGATHA CHRISTIE, *UN CADAVRE DANS LA BIBLIOTHÈQUE*

Note de l'auteur

Si Agatha Christie, son mari Max Mallowan et leur chien Peter ont réellement existé, le lieu et le personnel de maison, de même que les meurtres relatés dans cette histoire, sont en revanche purement fictifs.

1

Phyllida Bright avait vu son comptant de cadavres pendant la Grande Guerre, aussi, lorsqu'elle trouva le corps sans vie étalé par terre, n'eut-elle même pas l'idée de crier.

La découverte inattendue lui fit pousser un petit *oh* de surprise, suivi d'un sursaut de sollicitude, vite remplacé par un sentiment d'exaspération. *Comme si je n'avais pas assez à faire aujourd'hui*, pensa-t-elle tandis que son expérience d'infirmière endurcie sur les champs de bataille reprenait le dessus et qu'elle s'agenouillait pour s'assurer que l'homme était bien mort.

Il l'était – en plus d'être couvert de sang à cause du stylo-plume planté dans sa carotide. Ôter les taches sur le tapis de la bibliothèque allait lui prendre deux bonnes heures, sans parler du sang qui avait giclé sur les livres et le papier peint.

Elle prit néanmoins quelques instants pour recommander l'âme du défunt au Seigneur, non sans une certaine gratitude, car, Dieu soit loué, c'était elle qui avait découvert M. Waring, et non pas cette pipelette de Ginny, la femme de chambre.

Ayant déjà mentalement réorganisé les tâches de son personnel, tout en veillant à ce que personne ne s'approche de la bibliothèque, elle se releva et alla décrocher le téléphone.

Pendant qu'elle attendait qu'on la mette en relation avec son interlocuteur, Phyllida alluma la lampe, puis redressa le plateau d'acajou sur lequel le stylo-plume, qui saillait à présent du cou du mort, se trouvait habituellement. Elle remit également en place le petit vase qui contenait toujours une composition florale, puis ôta l'unique feuille morte qui se trouvait là et la fourra dans sa poche, notant au passage une petite coulure terne sur la surface brillante du bureau. Les ciseaux et la pile de papiers étaient toujours à leur place, ainsi que le presse-papiers en agate.

La communication fut enfin établie, mais là encore, ce qui aurait dû être simple s'avéra fastidieux.

— Oui, Monsieur. Un vrai cadavre, répéta-t-elle lorsque le sergent de police lui posa la question pour la troisième fois, et pas uniquement parce qu'il y avait de la friture sur la ligne. Je suis Mme Bright, la gouvernante du manoir de Mallowan.

—Le manoir de Mallowan, vous voulez dire la maison de cette dame qui écrit des romans policiers ?

—Tout à fait.

—Et donc, d'après vous, il y aurait un cadavre dans la bibliothèque d'Agatha Christie ?

—C'est précisément ce que je suis en train de vous dire, Monsieur. Et j'espère que vous allez vous en occuper très rapidement, car M. et Mme Mallowan attendent des invités.

L'homme partit d'un rire tonitruant.

—Ah, ça, c'est la meilleure ! réussit-il à articuler entre deux salves d'hilarité. Un cadavre à…

—Monsieur Greensticks ! Un homme a été tué et il est urgent de s'en occuper.

Elle finit par raccrocher, en espérant que le sergent comprendrait la gravité de la situation avant que la standardiste qui les avait mis en relation ne commence à propager la nouvelle de son côté.

Son attention se porta de nouveau sur le pauvre M. Waring. Elle était quasi certaine que c'était bien son nom, mais n'en aurait pas mis sa main au feu, car il ne figurait pas sur la liste des invités quand il avait débarqué la veille au soir.

Elle fut tentée de couvrir le corps du pauvre homme avec une couverture, puis décida qu'il valait mieux ne pas toucher à la scène de crime. Jeune, à peine la trentaine, M. Waring avait des cheveux et une moustache châtain clair. Son pantalon, bien que légèrement démodé, était de qualité, de même que son manteau de drap à l'ourlet impeccable – un signe que l'homme avait le souci du détail.

Phyllida jeta un coup d'œil à la pendule. Sept heures pile. Normalement, Mme Agatha ne se lèverait pas avant deux bonnes heures. Après quoi, elle irait s'enfermer dans son bureau pour écrire avant de rejoindre son mari et ses convives. Phyllida songea qu'elle allait devoir faire venir prochainement les réparateurs pour remonter les pendules et huiler l'horloge de parquet qui se trouvait au pied du grand escalier.

Mais le plus pressant était d'informer M. Dobble de la situation. À la seule pensée de devoir affronter le redoutable majordome à une heure aussi matinale, elle eut une folle envie de prendre une tasse de Darjeeling bien fort (à défaut d'un petit bourbon).

N'osant pas laisser la bibliothèque sans surveillance, elle prit la décision (non sans une certaine jubilation) de faire fi du protocole et de sonner M. Dobble.

Car en dépit de ses critères exigeants et de son esprit militaire, Phyllida était d'une nature volontiers espiègle. Bien que tenue à une certaine réserve, en tant que responsable de la gestion d'une grande partie du personnel, et de l'intendance du manoir, il lui arrivait de plaisanter avec les domestiques, et même de jouer au whist ou de parler chiffons avec les femmes de chambre. Sans parler de toutes les fois où l'on avait surpris la très digne gouvernante en train de s'attendrir, la larme à l'œil, devant une portée de chatons.

Deux desdits chatons avaient élu domicile dans son salon, où ils s'ébattaient désormais parmi son innombrable collection de romans policiers. À présent adultes, Stilton et Rye contribuaient à tenir les souris à distance du garde-manger, en plus de procurer calme et réconfort à la gouvernante lorsqu'ils daignaient prendre place sur ses genoux.

Phyllida n'avait pas gravi les échelons du service domestique en débutant comme simple fille de cuisine ou femme de ménage à l'âge de treize ou quatorze ans, pour s'élever peu à peu au rang de dame de compagnie, puis de gouvernante. En fait, elle n'avait embrassé la carrière de gouvernante que plusieurs années après la Grande Guerre, quand son travail dans l'armée avait pris fin.

Les raisons, excellentes, qui l'avaient poussée à entrer au service d'une grande maison, et qui ne regardaient qu'elle, expliquaient en partie pourquoi M. Dobble et elle n'étaient pas dans les meilleurs termes. L'homme semblait se défier d'une femme qui s'était hissée à la place convoitée de gouvernante sans avoir eu à récurer les sols pendant de nombreuses années (selon lui), et qui était relativement jeune (en réalité pas tant que ça et certainement pas dénuée d'expérience) pour occuper un poste aussi prestigieux. Mais il avait beau essayer de lui tirer les vers du nez, elle ne daignait pas partager avec lui les détails de son parcours, de ses origines, de son statut marital ou de son âge, même lorsque ses questions se faisaient pressantes.

Cependant, Phyllida mettait essentiellement la défiance de M. Dobble sur le compte de son aversion pour son patronyme, Bright, qui signifiait lumineux, et qui s'accordait non seulement avec sa personnalité solaire, mais avec la couleur de ses cheveux d'un roux flamboyant.

La première fois qu'il l'avait rencontrée, le majordome l'avait observée de pied en cap, puis avait suggéré qu'elle « éteigne cet incendie sur sa tête ».

Elle s'était abstenue de lui proposer en retour de retirer le manche à balai qui semblait s'être coincé dans son postérieur, tout en s'assurant qu'à chaque fois qu'elle le rencontrait, sa chevelure était parfaitement lisse (mais nullement éteinte).

Elle venait d'ouvrir les rideaux pour laisser entrer la lumière quand la porte de la bibliothèque s'ouvrit.

M. Dobble entra, sans faire de bruit, comme le font les meilleurs des domestiques. Il avait la cinquantaine environ, avec un visage rasé de frais et un crâne dégarni qui laissait apparaître une bosse bien marquée au-dessus de l'oreille gauche (particularité qui lui avait valu le surnom de « Vieille Bosse » parmi les domestiques). Chez le majordome, tout était long – ses oreilles, ses doigts, son torse, les poils de ses sourcils grisonnants – à l'exception de ses jambes, qui étaient de la même taille que son torse. Il avait des yeux sombres et une peau si pâle et lisse que Phyllida le soupçonnait de s'offrir les bienfaits d'une crème pour le visage hors de prix.

Comme beaucoup de majordomes, il s'habillait avec autant d'élégance qu'un gentilhomme. Cependant, aucun maître ne tolérant que son domestique puisse passer pour son égal, il y avait toujours dans la tenue du majordome un élément qui « détonnait » – un nœud papillon ou une jaquette un brin démodés, un pantalon mal coupé – autant de petits anachronismes qui permettaient à ces messieurs des classes supérieures de remarquer qu'il n'était pas « des leurs ».

M. Dobble fit trois pas dans la bibliothèque, le visage figé dans une expression hautaine, un regard accusateur posé sur Phyllida, la bouche ouverte pour prononcer ce qui s'annonçait comme une verte réprimande.

C'est alors qu'il vit M. Waring et s'immobilisa après avoir brièvement trébuché, tout en laissant échapper un petit cri.

—Comme vous le voyez, monsieur Dobble, nous avons un problème.

—Je vais alerter immédiatement le commissariat, dit-il en se reprenant.

Pas mécontente de voir que, contrairement à elle, l'homme avait perdu contenance en découvrant le corps, Phyllida réprima un sourire et annonça :

—J'ai déjà appelé M. Greensticks. Il devrait arriver sous peu, avec le médecin, j'imagine. De sorte que nous n'avons que peu de temps pour informer M. Max et Mme Agatha.

Elle attendit prudemment que le majordome prenne la situation en main.

—Je me charge de prévenir M. Max, et les valets, bien sûr. Je vous laisse vous occuper de votre propre personnel, madame Bright, en espérant que vous parviendrez à contenir leurs hurlements. Nous avons des invités, ne l'oublions pas.

Elle lui décocha un sourire glacial.

—Je vais faire en sorte de contenir leurs débordements à un niveau acceptable.

Il se tut et observa le corps.

—Grands dieux ! Un stylo à plume ?

—Absolument, confirma-t-elle en se rapprochant.

—C'est le journaliste venu pour interviewer Mme Agatha, un certain M. Waring ?

—C'est ce qu'il me semble.

Phyllida n'était pas allée accueillir les invités à la porte, laissant ce rôle à M. Dobble, mais elle avait tenu à voir à quoi ressemblait chacun des nouveaux venus au fur et à mesure qu'ils arrivaient, car c'était à son personnel que reviendrait la tâche de veiller à tous leurs besoins.

Si M. et Mme Mallowan ne connaissaient pas la victime – ce qui d'une certaine façon était une consolation – il n'en demeurait pas moins que *quelqu'un* le connaissait, songea-t-elle.

M. Dobble émit un soupir :

—De l'acide carbolique pour ôter les taches, sans doute ?

—Seulement après un trempage dans l'eau salée.

—Et la tapisserie ?

—Du lait et de l'eau bouillante, bien sûr. De l'essence de lavande pour terminer.

—Je vais demander à Stanley et Freddie d'enlever le tapis une fois que le corps… euh… dès que possible.

—Je vous en saurais gré, monsieur Dobble.

Et Ginny aussi, pensa-t-elle aussitôt.

Tous deux observaient le cadavre, ni l'un ni l'autre ne semblant désireux de partir.

Dans la maison d'une auteure de romans policiers, les cadavres étaient un sujet courant de conversation – de même que les moyens employés pour les mener de vie à trépas. Les empoisonner ou les poignarder (mais sans tout ce sang) avait la préférence de Mme Agatha et, de temps à autre, elle les étranglait. Mais de là à avoir un vrai meurtre commis ici même… un vrai corps sans vie allongé par terre, avec un stylo planté dans la carotide…

Les taches de sang sur le tapis indiquaient que M. Waring n'était pas mort sur le coup, mais qu'il s'était traîné sur quelques mètres en cherchant désespérément de l'aide. Phyllida frissonna à cette horrible pensée. Cela avait dû se passer tard dans la nuit, sinon quelqu'un aurait entendu quelque chose.

—Qui donc a pu faire une chose pareille ? demanda M. Dobble, un léger tremblement dans la voix.

—Pas la moindre idée, répondit-elle. Mais certainement quelqu'un qui se trouve sous ce toit.

Le majordome proféra à voix basse un mot que Phyllida n'avait pas entendu depuis qu'elle avait quitté l'armée.

Toute pensée à propos de l'acide carbolique, de l'horloge à huiler et des ordres à donner au personnel – des tâches auxquelles elle s'était raccrochée comme à un bouclier pour se protéger de la réalité – s'évanouit en même temps que l'émotion la gagnait.

Quelque part, dans le merveilleux et paisible manoir de Mallowan, se cachait un assassin.

2

Quinze chambres d'amis, un bureau pour le maître et la maîtresse de maison ainsi que divers salons et boudoirs, Mallowan était un manoir de dimensions modestes, niché dans les verdoyantes collines du Devonshire, aux confins des Cornouailles. Construit au début du siècle, il était étonnamment moderne pour une résidence de campagne : eau courante, toilettes intérieures et électricité à l'office, au rez-de-chaussée et dans toutes les chambres.

Phyllida n'aurait pas accepté un poste de gouvernante, même pour Mme Agatha, s'il n'y avait pas eu l'eau chaude et l'électricité. Devoir sans cesse nettoyer les lampes à gaz – qui laissaient des traînées de suie au plafond et sur les murs – aurait été une tâche ingrate pour les domestiques dont elle avait la charge.

La demeure en brique rouge foncé, avec ses sept cheminées et ses quatre étages, en plus d'un grenier et d'un sous-sol, offrait une façade imposante, percée de vingt fenêtres et d'une porte monumentale ouvrant sur un vaste hall qu'éclairait une grande fenêtre en demi-lune. La grande allée courbe, menant jusqu'au garage à voitures récemment rénové, était bordée de thuyas, de buis taillés en spirale et d'énormes pots de lierre grimpant, bégonias rampants et gerberas roses.

Plusieurs terrasses et jardins colorés, ainsi qu'une petite pommeraie et des pistes cavalières agrémentaient la propriété, derrière laquelle s'étendait une épaisse forêt. Le parc était ceint d'un muret de pierre qui épousait les ondulations des collines et descendait jusqu'au petit ruisseau qui bordait la partie nord du domaine.

Une petite route sinueuse reliait le manoir au village de Listleigh, situé à une demi-heure en voiture. En plus de La Pie jacasse, un pub localement connu pour sa bière brune au goût de noisette et son patron au caractère ombrageux, on y trouvait un bureau de poste, une pharmacie, un cabinet médical, une église, un salon de thé et une épicerie, ainsi qu'un boucher, un cordonnier et une mercerie.

Un quart d'heure après que Phyllida eut raccroché, une automobile remonta l'allée dans un rugissement de moteur. C'était le sergent Greensticks dont la conduite musclée soulevait des nuages de poussière. Lorsqu'il s'arrêta dans un dérapage contrôlé, qui laissa des marques de pneus dans le gravier, Phyllida ne fut nullement étonnée de constater que la peinture était éraflée d'un côté de la voiture et que la carrosserie était cabossée de l'autre.

Un deuxième véhicule arriva, plus posément, dans le sillage du gendarme.

Le personnel ayant entre-temps appris la nouvelle, Phyllida avait été ferme avec Ginny et Mary – les deux domestiques qui s'occupaient en temps normal des parties communes situées sur l'avant du manoir et du rez-de-chaussée –, les consignant dans la salle de musique, située dans l'autre aile. Benita, la fille de cuisine, avait été aperçue à l'extérieur, en train de blanchir les marches sur le côté de la maison, alors qu'elle aurait dû être à l'office en train de laver les œufs, sans parler du jardinier et des valets de pied, qui invoquaient mille prétextes pour aller et venir devant l'entrée principale.

Quant à la femme de chambre et aux trois valets d'un couple de convives, ils n'avaient d'autre choix que de finir de petit-déjeuner en attendant que les commérages parviennent à se frayer un chemin jusqu'au réfectoire des domestiques.

M. Max, tenu au fait de la situation par le majordome, avait lui-même rapporté la nouvelle à son épouse à son lever. Il fut décidé que les Mallowan attendraient que leurs invités se soient levés pour les informer de la situation. M. Max irait parler sous peu au sergent, et à tout autre représentant de l'ordre, dans son bureau. Toutefois, Phyllida décida de porter elle-même son thé du matin à Mme Agatha plutôt que de laisser cette tâche à une femme de chambre.

M. Dobble conduisit M. Greensticks, ainsi qu'un autre homme qui portait une sacoche de médecin, dans la bibliothèque. En dépit des regards réprobateurs du majordome, Phyllida resta fermement plantée sur le seuil – le sergent voudrait certainement lui parler dès lors que c'était elle qui avait trouvé le mort, sans compter que, pour pouvoir mener rondement le service, il était impératif qu'elle se tienne au courant de l'évolution de la situation.

L'officier de police avait manifestement réussi à contrôler son hilarité, et c'est avec une certaine solennité qu'il salua Phyllida. Petit et pontifiant malgré sa grosse moustache brune, il n'avait rien en commun avec Hercule Poirot.

Phyllida se considérait comme une spécialiste du plus célèbre détective de fiction de Mme Agatha et l'une des raisons pour lesquelles elle était restée célibataire était qu'elle n'avait jamais rencontré un homme qui arrivât à la cheville du détective belge. Bien qu'étant un pur produit de l'imagination de sa maîtresse, elle éprouvait une sorte de tendresse littéraire pour le petit homme du monde aux remarquables cellules grises, et approuvait son sens de l'ordre et de la méthode.

Le sergent Greensticks avait beau présenter une vague ressemblance avec le détective de Mme Agatha, il tenait plus de l'inspecteur Japp que de M. Poirot avec sa moustache mal taillée, son pardessus informe, son calepin écorné et le crayon qu'il portait derrière l'oreille.

Et pourtant il était le représentant de l'ordre à Listleigh !

—J'ai appelé Scotland Yard et l'inspecteur devrait arriver sous peu. D'ici là, je vais examiner la scène du crime, prendre quelques notes et aider le docteur ici présent.

Le docteur Bhatt avait la quarantaine, le teint bistre et des cheveux très noirs. Sa moustache, naturellement brillante, était touffue et impeccablement brossée. Un tel soin lui eût valu les compliments les plus sincères de M. Poirot s'il avait été présent. Le médecin avait un nez proéminent et légèrement bosselé – détail sans lequel il aurait pu être beau.

—Madame Bright, monsieur Dobble, je suis navré de me trouver ici en pareilles circonstances.

Son anglais était limpide, quoiqu'avec un léger accent de son pays d'origine. Il donnait une impression d'efficacité et d'aisance, comme s'il pouvait faire face à n'importe quelle situation, même la plus éprouvante, avec calme et fermeté.

Tous les quatre entrèrent ensemble dans la bibliothèque, et le médecin s'agenouilla à côté de M. Waring.

Phyllida ne put résister à l'envie de s'approcher pour observer le déroulement des opérations. Étant grande consommatrice de romans policiers et ancienne infirmière, elle était mue par la curiosité et insensible à la laideur de la mort.

Le docteur Bhatt ne semblait pas être dérangé par sa présence. Ses gestes étaient posés et efficaces et, quand il se remit debout, peu de temps après, il croisa son regard et annonça :

—Mort par un seul coup porté à la carotide. Il s'est vidé de son sang. Peu probable qu'on aurait pu le sauver. L'heure approximative de la mort se situe entre minuit et trois heures du matin. Je ne vois pas l'intérêt de pratiquer une autopsie. La cause de la mort est évidente.

— Tss tss… Un stylo-plume comme arme ! dit le sergent en jetant quelques notes dans son calepin. Une sale façon de partir. (Il leva les yeux.) Quand l'inspecteur arrivera, il voudra interroger tout le monde. Combien de personnes y a-t-il dans la maison ?

—Dix-sept membres du personnel, non, dix-huit avec le nouveau chauffeur qui est arrivé hier, et le jardinier, l'homme à tout faire, Mme Bright et moi-même, énumérait M. Dobble tandis que Phyllida soupirait intérieurement.

Elle ne s'attendait pas à moins, mais tout cela allait occasionner un fameux chambardement si chacune de ses domestiques et chaque employée de cuisine était obligée de quitter son poste pour répondre aux questions du policier.

—Il y a en outre huit invités, M. Waring étant le neuvième, ainsi qu'une femme de chambre et trois valets accompagnant certains convives. Ils se trouvent actuellement à l'office, en attendant d'être convoqués.

—Waring faisait partie des invités ? s'étonna Greensticks.

—Plus ou moins. Il était là pour interviewer Mme Agatha Mallowan qui, comme vous le savez certainement, est une célèbre auteure de romans policiers.

Le docteur Bhatt se figea puis écarquilla les yeux. Pour la première fois, son flegme subitement perturbé.

—Vous voulez dire que... Mme Mallowan est... Agatha Christie ?

M. Dobble hocha la tête d'un air blasé, mais Phyllida savait qu'il n'était pas peu fier de servir une dame telle qu'Agatha Christie, dont il possédait les œuvres complètes.

—Voilà qui n'est pas ordinaire ! s'extasia le docteur Bhatt, sans pouvoir s'empêcher d'ajouter : Je suis un inconditionnel des histoires de Mme Christie, en particulier celles qui mettent en scène M. Quin.

Une discussion portant sur l'origine de ce mystérieux personnage littéraire aurait pu s'ensuivre, n'eût été un coup frappé à la porte de la bibliothèque. M. Dobble alla ouvrir avec circonspection, entrebâillant juste assez le vantail pour laisser entrer un homme, mais pas le valet qui l'avait mené jusque-là et qui se démanchait le cou pour essayer de jeter un coup d'œil dans la pièce.

—Inspecteur ! dit le sergent, qui entreprit aussitôt de faire les présentations.

Le détective-inspecteur Cork ne donnait pas, à première vue en tout cas, l'impression d'être un as de l'investigation. La trentaine bien sonnée, avec des yeux bleus légèrement globuleux comme s'il avait été en état de choc, il arborait une moustache couleur chamois assortie à son feutre poussiéreux. À la façon dont il occupait l'espace, on aurait dit un figurant. Mais c'étaient surtout les taches de rousseur qui parsemaient son nez et ses joues qui faisaient douter Phyllida de ses capacités de détective.

Il paraissait beaucoup trop jeune, et candide, pour mener *efficacement* une enquête criminelle.

Le sergent et le docteur mirent l'homme de Scotland Yard au fait de ce qu'ils savaient. Puis, tournant vers Phyllida ses yeux de poisson, l'inspecteur Cork demanda :

—Madame Bright, c'est vous qui avez découvert le corps, n'est-ce pas ? Quelle heure était-il ? Avez-vous remarqué quelque chose d'anormal dans la pièce ?

Sa voix grave et rocailleuse contrastait avec son allure juvénile.

—C'était un peu avant sept heures. Ginny, la femme de chambre qui s'occupe habituellement de la bibliothèque, n'était pas encore arrivée quand je suis entrée pour ouvrir les fenêtres et laisser entrer l'air frais du matin après l'orage de la nuit dernière. Je n'ai rien constaté d'anormal, si ce n'est la présence de ce pauvre M. Waring. Mais je n'ai touché à rien, s'empressa-t-elle d'ajouter. Je me suis simplement agenouillée pour voir s'il était décédé, même si j'étais certaine qu'il l'était. Après quoi j'ai appelé M. Greenstick.

Elle entendit M. Dobble bouger nerveusement derrière elle, et se rappela qu'il avait été contrarié d'apprendre qu'elle avait appelé la police sans l'avoir au préalable informé de la situation.

—Madame Bright, à quelle heure les portes-fenêtres ont-elles été fermées hier soir ?

Elle jeta un coup d'œil aux baies vitrées.

—Vingt-deux heures trente environ. Nous mettons toujours le loquet. M. et Mme Mallowan et leurs invités étaient en train de jouer au bridge dans le salon de musique quand l'orage a éclaté. À ma connaissance, personne n'est entré dans cette pièce après que les fenêtres et les portes ont été verrouillées par Stanley, le valet de chambre. Je n'ai touché à rien dans la pièce, hormis les rideaux – que j'ai ouverts pour laisser entrer la lumière – et quelques menus objets sur le bureau.

L'inspecteur Cork prit quelques notes dans un carnet impeccable, puis, relevant soudain les yeux :

—Excusez-moi, madame Bright, mais, si je puis me permettre, vous ne semblez pas particulièrement bouleversée par cette découverte ?

—Vous voulez savoir si j'ai hurlé ou eu toute autre réaction bruyante ? Eh bien, non – même si je ne suis pas sûre que cela ait une quelconque importance pour l'enquête. J'ai été infirmière sur le front, inspecteur, et j'ai vu bien pire.

Cork grommela, porta son regard sur le bureau, puis sur M. Waring.

—Et le stylo à plume ? Vous le reconnaissez ?

—Je ne… je ne me suis pas suffisamment approchée pour pouvoir l'affirmer, répondit-elle, contrariée d'avoir bafouillé. Mais le stylo qui se trouve habituellement sur le bureau n'y est plus. Ce pourrait bien être le même. De couleur foncée. Les ciseaux ainsi que le presse-papiers sont toujours à leur place.

Elle croisa son regard et il lui sembla y déceler une convergence d'idées.

Pourquoi le meurtrier ne s'était-il pas servi des ciseaux ou du presse-papiers pour accomplir son méfait ? Un stylo-plume semblait une arme beaucoup moins létale qu'une paire de ciseaux ou un bloc d'agate.

L'inspecteur Cork s'approcha du corps et s'accroupit. Quand il se releva, il tenait l'arme du crime dans un mouchoir.

Phyllida regarda le stylo, luisant de sang coagulé.

—Oui, c'est bien le stylo qui vient du bureau.

L'inspecteur Cork faisait mine de ne pas la regarder tandis qu'il écrivait dans son carnet, après avoir remis le stylo enveloppé dans le mouchoir à Greensticks. Avait-il cherché à la tester en lui montrant le stylo ensanglanté, pour voir comment elle réagirait devant cet objet répugnant ?

Mais il en fallait plus pour impressionner Phyllida.

—Vous dites que M. Waring était ici en tant que journaliste ? s'enquit l'inspecteur en se tournant vers Dobble, et non en tant qu'invité de M. et Mme Mallowan ?

—C'est exact, Monsieur. Il s'est présenté à l'improviste hier, juste au moment où les invités arrivaient. Au lieu d'accueillir ses hôtes pendant le week-end, comme on le fait généralement pour une partie de campagne, Mme Mallowan les a invités du mercredi au vendredi, car elle doit se rendre à Londres samedi.

— À l'improviste, dites-vous ? Est-ce à dire que Mme Chris… Mme Mallowan n'attendait pas M. Waring ?

—Pas à ma connaissance, non, Monsieur. Mais il n'est pas inhabituel que des journalistes viennent ici pour l'interviewer. Certains téléphonent, mais d'autres débarquent au débotté et croisent les doigts.

—À l'évidence, M. Waring faisait partie de ceux qui tentent leur chance et croisent les doigts. Au lieu de quoi, il a fini assassiné. Très intéressant, conclut l'inspecteur Cork, ses paroles résonnant davantage comme une menace que comme une constatation.

3

C'est sur cette pensée déprimante que Phyllida quitta la bibliothèque, laissant M. Dobble en finir avec les policiers. Il était sept heures et demie passées et Mme Agatha avait certainement été réveillée par son époux qui lui avait appris la nouvelle. Elle allait avoir besoin d'une bonne tasse de thé et Phyllida voulait que tout soit prêt avant qu'elle ne sonne.

Pour cela, il lui fallait descendre à la cuisine – ce qui lui permettrait de s'assurer que Mme Puffley et son équipe n'avaient pas été trop perturbées par les événements du matin. Le petit déjeuner, le déjeuner, la collation et le dîner devaient être servis comme à l'ordinaire. Elle alla s'enquérir des domestiques des invités, contrariée à l'idée qu'une seule de ces dames, parmi les convives, se soit fait accompagner par sa propre femme de chambre. Cela signifiait que Violette, la femme de chambre de Mme Agatha, et Beth, si nécessaire, allaient devoir aider ces dames à s'habiller. Ce qui allait considérablement alourdir leurs tâches quotidiennes.

Les quatre domestiques externes étaient attablés dans la salle à manger de l'office. Les restes de leur petit déjeuner étaient toujours sur la table, qui ne serait débarrassée que lorsqu'on aurait servi le petit déjeuner à l'étage. En tant que personnel invité, ils n'avaient rien à faire d'autre que servir leurs maîtres quand ceux-ci les sonneraient, d'ici une heure ou deux.

—C'est donc vrai ? demanda Fanny en se levant à moitié de son siège lorsqu'elle vit Phyllida.

Elle était pâle et les yeux exorbités.

—Si vous faites référence au cadavre qu'on a trouvé ce matin, c'est vrai, répondit Phyllida. (Puis s'adressant à l'ensemble du personnel externe, elle expliqua :) L'inspecteur de Scotland Yard va tous vous interroger. C'est pourquoi vous allez devoir rester ici jusqu'à ce que quelqu'un vienne vous chercher pour vous conduire à l'étage.

Étant étrangers à la maison, ils auraient eu du mal à s'orienter dans la grande demeure, et Phyllida voulait éviter qu'ils ne s'égarent dans les dédales de l'étage principal.

Ayant fait son annonce, qui fut accueillie sans enthousiasme, Phyllida continua sa tournée auprès de son propre personnel cette fois.

—Molly, préparez le plateau de Mme Agatha. Je le monterai moi-même. Et surtout, n'oubliez pas le biscuit de Peter.

Une joyeuse cacophonie dominait la vaste cuisine où régnait une relative fraîcheur, du fait qu'elle se trouvait au sous-sol. Une grande table de travail burinée par les coups de hachoir occupait presque toute la longueur de la pièce. Les deux filles de cuisine s'affairaient d'un côté et la cuisinière de l'autre. Un grand fourneau, deux fours et une rangée de placards occupaient tout un pan de mur blanchi à la chaux. L'arrière-cuisine jouxtait la pièce et juste au coin se trouvait la glacière, près du garde-manger. Plus loin, il y avait le débarras où était entreposé le linge de maison et, au bout du couloir, se trouvait l'atelier où étaient confectionnés la poudre dentifrice, les pommades et les sachets parfumés, de même que les fortifiants, les sirops et les détergents.

L'odeur de bacon rissolé et de pain grillé rappela à Phyllida qu'elle n'avait avalé qu'une tasse de thé depuis son lever. Or, il se trouvait que Mme Puffley avait confectionné des muffins à la pomme et à la cannelle, ses préférés.

—C'est donc vrai, cette histoire ? demanda la cuisinière, les joues en feu, tout en touillant le contenu d'un grand bol en argent.

C'était une grande femme énergique, dont les bras tournaient aussi vite que les hélices d'un aéroplane.

—Si vous faites allusion à M. Waring, le journaliste, qui a été retrouvé mort dans la bibliothèque, alors la réponse est oui.

Soudain, un gros *bang* suivi d'un *crac* assourdissant fit se retourner Phyllida. Rebecca avait laissé tomber une théière qui s'était brisée en mille morceaux sur le plancher.

L'aide-cuisinière, mortifiée, courut chercher un balai, tandis que Mme Puffley poussait des cris d'orfraie, sous le regard imperturbable de Phyllida. Benita, la bonne à tout faire, arriva en courant.

Phyllida se pencha pour ramasser les plus gros débris de porcelaine. Ce genre d'accident n'était-il pas prévisible dans une maison où un meurtre avait été commis ?

—Rebecca, tu ne vas tout de même pas laisser Mme Bright faire ton travail à ta place ! s'impatienta Mme Puffley. Tu vas me faire le plaisir de nettoyer tout ça !

—Ce n'est pas grave, tempéra Phyllida. Rebecca va balayer le reste et toi, Molly, tu vas aller chercher une autre théière pour Mme Agatha.

—On raconte que c'est un meurtre, dit la cuisinière, tout en se remettant à battre le contenu de son saladier – sans doute des blancs en neige pour une meringue au citron.

—C'est probable, car je vois mal quelqu'un se poignardant volontairement avec un stylo-plume pour se donner la mort.

À quoi bon leur cacher la vérité, dès lors que tout le monde allait être interrogé par l'inspecteur Cork ? songea Phyllida. Mieux valait mettre les domestiques au courant, plutôt que de les laisser colporter des rumeurs aussi inexactes qu'extravagantes.

—Un *stylo-plume* ! Doux Jésus ! Je ne vois pas pourquoi quelqu'un se servirait d'un stylo-plume pour faire une chose pareille.

Le regard de Mme Puffley se posa sur son alignement de couteaux, comme pour dire : *alors qu'il y existe tant d'autres moyens pour cela.*

—À quel endroit a-t-il été poignardé, madame Bright ? demanda Molly, la plus ancienne des filles de cuisine.

C'était la seule qui osât s'adresser à elle directement.

—Dans le cou. Un spectacle abominable, comme vous pouvez l'imaginer. Ce qui m'amène à quelque chose d'important, ajouta-t-elle d'une voix forte, juste au moment où Stanley, Freddie, Ginny et Mary – les *fouineurs* du rez-de-chaussée – entraient dans la cuisine. L'inspecteur Cork, de Scotland Yard, va tous vous interroger chacun à votre tour. J'attends de vous que vous lui racontiez ce que vous savez sans inventer ce que vous ne savez *pas*, et qu'ensuite vous regagniez *immédiatement* vos postes de travail. (Elle les regarda un à un dans les yeux, puis déclara :) Pas de messes basses, pas de pauses, pas d'oreilles qui écoutent aux portes. Me suis-je bien fait comprendre ? M. Max et Mme Agatha ont des invités dont il faut s'occuper. Tout le monde va être sous le choc. *Sauf le meurtrier*, ajouta-t-elle par-devers elle.

Tous opinèrent, sauf Mme Puffley, qui objecta :

—Je n'ai pas le temps de monter à l'étage. Si cet homme veut me parler, il n'a qu'à venir à la cuisine. Je ne bouge pas d'ici. J'ai une mousse de saumon en route, des viandes à rôtir et une soupe de lièvre à préparer pour le déjeuner – et il ne va pas se désosser tout seul. Vous savez combien ces os de lapin sont minuscules, plus fins que des arêtes de poisson, et je vais devoir les passer au chinois.

Mme Bright réprima un soupir. Mme Puffley avait le chic pour compliquer les choses. C'était une excellente cuisinière, mais elle se prenait pour une institution.

—Je vais en toucher un mot à M. Cork. Toutefois, s'il refuse, vous n'aurez d'autre choix que d'abandonner temporairement votre domaine. Mais peut-être pourrais-je l'attirer jusqu'ici si je fais mention des muffins à la pomme et à la cannelle. Molly, est-ce que le plateau est prêt ?

—Oui, Madame. Est-ce que vous voulez que je le porte pour vous, madame Bright ?

Comprenant sa curiosité – car la jeune fille avait été retenue à la cuisine toute la matinée par la fastidieuse préparation de la soupe de lièvre –, elle consentit :

— Oui, Molly, cela me rendrait service.

Comme la jeune fille se dirigeait vers l'escalier avec le plateau, Phyllida déclara à la cantonade :

—J'ai l'intention d'être présente à chacun des entretiens que vous aurez avec l'inspecteur. Vous vous y rendrez par ordre d'ancienneté, et M. Dobble et moi-même avons décidé que les interrogatoires se tiendraient dans mon salon. Je sonnerai lorsqu'ils commenceront.

Sur ces mots, elle se rendit au troisième étage en empruntant l'escalier de service. Si M. Max et Mme Agatha n'exigeaient pas trop de discrétion de la part de leurs domestiques quand ils faisaient leur service – dans certaines maisons, en revanche, ils étaient tenus de cesser immédiatement ce qu'ils étaient en train de faire et de se retirer de façon à être « invisibles » lorsqu'un membre de la famille entrait dans une pièce, Phyllida tenait à ce que son personnel soit aussi circonspect que possible sans être pour autant inefficace. En particulier lorsque Monsieur et Madame recevaient.

Molly l'attendait à côté de la porte battante, en haut de l'escalier, ainsi que Violette, la femme de chambre de Mme Agatha.

—Est-elle levée ? Où dois-je lui apporter son thé ? demanda Phyllida.

—Elle vient juste de se retirer dans son bureau, répondit Violette, les yeux écarquillés par la curiosité et ses grosses joues empourprées. M. Max et elle ont parlé pendant un bon moment dans leurs appartements.

—Très bien, je prends le plateau. Vous vous occuperez de la chambre de Mme Agatha et l'aiderez à s'habiller, car l'inspecteur Cork va interroger tout le personnel dans mon salon. Ensuite, Mme Devine et Mme Hartford vont certainement requérir vos services étant donné qu'elles sont venues sans domestiques.

Laissant Molly et Violette à leur conversation – qu'elle espérait brève –, elle s'engagea dans le couloir qui menait sur « l'autre » côté de la maison, dans l'espace familial où se trouvaient la chambre, les espaces privés et les bureaux des maîtres. Les chambres d'amis occupaient les deuxième et troisième étages et, au-dessus encore, il y avait le grenier où logeait le personnel.

Mme Agatha lui dit d'entrer dès qu'elle frappa et, lorsqu'elle vit Phyllida tenant le plateau, elle sourit.

—Vous n'avez pas idée comme je suis contente de vous voir, Phyllie ! Avec toutes ces horribles nouvelles qui nous arrivent d'en bas. C'est vous qui avez trouvé le corps ? J'imagine que ce n'est pas la même chose de trouver un cadavre dans la vraie vie que dans un roman.

Avec un sourire triste, elle tendit la main pour caresser Peter, couché à terre. Le chien se mit sur le dos, langue pendante, et elle se mit à lui gratter affectueusement le ventre en roucoulant :

—Bon toutou.

Phyllida, qui n'appréciait guère la gent canine, même quand il s'agissait du gentil Peter, posa le plateau sur une table entre deux fauteuils. La machine à écrire de Mme Agatha, ses carnets de notes éparpillés, ainsi que des piles de papier reposaient sur sa table de travail de l'autre côté de la pièce.

—Ce n'est certainement pas ce à quoi je m'attendais quand je suis entrée dans la bibliothèque ce matin pour aérer.

—Je n'arrive pas à savoir si je dois en rire ou en pleurer. Un cadavre dans *ma* bibliothèque ! Le croiriez-vous !

Agatha s'était levée de son bureau pour venir s'asseoir dans un fauteuil. Tombée malade alors qu'elle accompagnait son mari dans une expédition archéologique, elle avait perdu plus de six kilos. Grande et à présent très mince, elle semblait beaucoup plus heureuse que lorsque Phyllida était entrée à son service, peu après la fin de son mariage avec Archie Christie – une période qu'on préférait passer sous silence.

—Le sergent de Listleigh a beaucoup ri, pensant qu'il s'agissait d'une blague, quand je l'ai appelé, fit remarquer Phyllida en versant le thé.

—Oh, dit Agatha en ricanant sans joie. Mais asseyez-vous donc, Phillie, et prenez une tasse de thé. Vous allez tout me raconter. Je brûle de curiosité, et en même temps je suis horrifiée à l'idée qu'une chose pareille ait pu se produire dans notre maison ! Le pauvre homme ! Et tout est arrivé pendant que je dormais, et Max aussi, je suppose.

Phyllida prit place dans un fauteuil, face à sa maîtresse.

Toute autre gouvernante n'aurait sans doute pas osé s'asseoir, même si sa maîtresse l'en avait priée. Mais Agatha et Phyllida avaient une relation spéciale. Elles avaient fait connaissance dans un hôpital militaire où Agatha travaillait pendant la guerre et où Phyllida faisait son service comme infirmière avant d'être envoyée au front. Étant du même âge et célibataires, elles étaient devenues amies et avaient gardé le contact, jusqu'à ce que Phyllida – pour des raisons qui n'appartenaient qu'à elle – décide de se placer comme gouvernante. Agatha avait aussitôt proposé de la recruter.

Ayant fait connaissance alors qu'elles étaient sur un pied d'égalité, bien avant qu'Agatha Miller ne devienne l'illustre Agatha Christie, puis Mme Max Mallowan, leur amitié avait continué, mais uniquement en ces lieux et dans la plus stricte intimité. Pour le personnel et le reste du monde, elles étaient employeuse et employée.

—Je ne peux pas rester longtemps, dit Phyllida en coupant en deux un muffin à la pomme et à la cannelle, l'inspecteur Cork, qui ressemble à un gamin en culottes courtes, va interroger le personnel et je veux être présente. Agatha… cela ne peut être que quelqu'un d'ici.

—Oh mon Dieu !… Je redoutais de vous entendre dire ça. (Elle prit sa tasse et fit signe à sa compagne de prendre la moitié du muffin. Elle soupira et se renversa dans son fauteuil.) Comment imaginer que quelqu'un ait fait ça ? Enfin, Max et moi connaissons tout le monde ici. Cela dépasse l'entendement.

—Mais vous ne connaissez… ne connaissiez pas M. Waring.

—Le journaliste ? Je ne lui ai pas dit trois mots hier. Nous étions trop occupés à faire les honneurs de la maison aux Hartford et aux Budgely Rhodes qui sont arrivés en même temps – à croire qu'ils s'étaient donné le mot. Puis Tuddy Sloup et Stan Grinson ont suivi. Et enfin, les Devine, avec une heure de retard comme toujours. (Agatha sourit.) Mais bien sûr, ils étaient tout pardonnés. Ils sont tellement… divins. Beaux et bruns et si charmants. Max et moi les apprécions beaucoup, de même que les Hartford. Après cela, nous sommes tous allés dîner, puis nous sommes passés au salon, etc. Ce M. Waring, je ne lui ai même pas parlé. Il m'a assuré m'avoir écrit pour me dire qu'il se présenterait, mais je ne me rappelle pas avoir reçu un tel courrier. Or, vous savez combien je suis attentive à ma correspondance, en particulier pour les interviews. Je n'ai vu aucun courrier du *Times*, sinon je me serais bien évidemment souvenue du *nom*.

—Mais vous l'avez pourtant hébergé pour la nuit ?

—Comment aurais-je pu le renvoyer alors que l'orage menaçait ? D'ailleurs, ce n'est pas la place qui manque ici, dit-elle en regardant autour d'elle, comme si elle ne pouvait pas croire à quel point son manoir était vaste. (Puis son attention se fixa sur la machine à écrire et elle soupira :) J'ai un chapitre à finir ce matin, étant donné que je ne pourrai pas écrire une ligne ce soir. C'est vraiment une grosse contrariété, pour vous et pour nous. Sommes-nous *certains* que c'est un meurtre ?

Phyllida savait que Madame avait l'habitude d'écrire un chapitre le matin, puis un autre l'après-midi, à moins qu'elle ne fasse une sieste, auquel cas, elle devait finir son lot de pages dans la soirée. Mais, avec des invités, son emploi du temps se trouvait chamboulé.

—On a retrouvé un stylo-plume planté dans le cou de M. Waring, et je suis sûre qu'il ne l'y a pas mis lui-même.

—Un stylo-plume… dans le cou ? Hum… Vous m'en direz tant…

Le regard d'Agatha se perdit dans le vague tandis qu'elle se levait en marmonnant pour aller chercher un cahier sur le bureau. Phyllida reconnut un de ses livres de comptes parmi la pile de papiers. *C'était donc là qu'il avait fini.*

Ce n'était pas la première fois, Agatha avait l'habitude « d'emprunter » les carnets et les cahiers qui lui tombaient sous la main – ceux de sa fille Rosalind, qui était présentement à l'école ; ceux de son époux ou de son personnel, pour y jeter pêle-mêle des idées pouvant servir à ses romans en cours ou à venir.

—Oui, pardon. Vous disiez, Phyllie ?

—Je trouve vraiment curieux qu'un homme… que personne ne connaît… débarque à l'improviste et se fasse tuer.

—Dans ma bibliothèque.

—Oui, c'est assez consternant.

—Je vois d'ici les gros titres, dit Agatha en faisant la moue. Et je n'aime vraiment pas ça.

Elle reposa le carnet d'un geste sec sur le bureau.

—Non, concéda Phyllida en songeant à la dernière fois où son amie avait fait la une de la presse.

Quelques années plus tôt, et alors que son premier mariage s'était mis à battre sérieusement de l'aile, Agatha Christie avait disparu pendant onze jours. On l'avait retrouvée dans une auberge de campagne où elle était descendue sous le nom de la maîtresse de son époux, et semblait souffrir d'amnésie. Depuis lors Agatha répugnait à accorder des interviews, sa disparition suscitant bien souvent plus d'intérêt que le roman qu'elle venait de publier.

À ce jour, personne n'aurait su dire ce qui s'était réellement passé ni pourquoi – à l'exception de Phyllida, qui connaissait mieux que personne (sauf peut-être Max) le déroulement de ces onze journées. Bien sûr, elle ne l'avait jamais révélé à quiconque, pas même à Agatha.

—Je suis convaincue que cette affaire sera résolue rapidement, dit Phyllida en se levant. Après tout, vous ne connaissiez pas M. Waring, et M. Max non plus. C'est sans doute le fait de… d'un intrus qui se sera introduit par effraction dans la maison. À moins que M. Waring lui-même ne l'ait laissé entrer dans la bibliothèque.

Elle avait dit cela sans en croire un mot. Car personne n'était entré par effraction à Mallowan Hall. Il avait plu à verse la veille au soir et il n'y avait pas une trace de boue sur le tapis de la bibliothèque. Sans quoi, elle l'aurait remarqué.

—C'est comme si nous étions à Styles, dit Agatha en levant les yeux. Ou à End House. Il y a ici un assassin, mais pas d'Hercule Poirot pour nous aider à le retrouver.

—Et vous ? dit soudain Phyllida, tandis qu'une pensée lumineuse lui traversait l'esprit. Vous êtes auteure de romans d'investigation ! Vous pourriez certainement…

—Non, non, non. (Agatha secoua la tête en contemplant la machine à écrire ; un signe clair que Phyllida devait se retirer.) J'ai déjà bien assez de mal comme ça à écrire ces fichues histoires. Je ne vais pas en plus mener l'enquête dans la vraie vie – d'autant que je ne peux pas placer les indices là où ça m'arrange ! (Elle lâcha un petit rire.) Mais j'espère que quelqu'un saura résoudre l'énigme, et vite.

Très bien, songea Phyllida en prenant congé, *puisque vous ne voulez pas jouer les Hercule Poirot, je le ferai à votre place.*

Elle connaissait parfaitement ses procédés d'investigation. Elle possédait d'excellentes petites cellules grises. Elle adorait l'ordre et la méthode, et était douée d'un grand sens de l'observation.

Il fallait régler cette affaire au plus vite pour éviter qu'Agatha ne se retrouve sous les feux de la presse – et faire en sorte que la vie à Mallowan Hall puisse reprendre son cours normal.

La première chose que ferait Hercule Poirot serait d'examiner les affaires personnelles de la victime et tâcher d'en savoir le plus possible à son sujet.

En tant que gouvernante, elle avait le droit d'entrer dans la chambre d'un invité – à condition qu'elle soit vide, naturellement. Après tout, il était de son devoir de s'assurer que tout était en ordre et que les femmes de chambre avaient bien fait leur travail.

De sorte que, sans le moindre état d'âme, Phyllida gravit la volée de marches qui menait à l'étage où se trouvaient les Devine, les Hartford, M. Grimson, et où l'on avait donné une chambre pour la nuit à M. Waring. Du moins savait-elle que la chambre en question, appelée la Chambre grise, serait vide, son occupant était présentement enveloppé dans un drap et chargé dans une ambulance.

Comme il n'était que huit heures à peine, aucun son n'émanait des autres chambres de cet étage ou du second, où le reste des convives étaient logés. Même la salle de bains au bout du couloir était silencieuse, sa porte entrouverte indiquant que personne ne se trouvait à l'intérieur. Les bonnes n'allaient venir faire le ménage ici que lorsque les invités seraient descendus prendre leur petit déjeuner.

Ainsi donc, Mme Agatha n'était pas au courant de la venue du journaliste, et c'était uniquement par hasard que ce dernier avait été admis dans la maison – à cause de l'orage, et parce que la maison avait été préparée à recevoir des invités. Que se serait-il passé si M. Waring s'était présenté ici un autre jour ? Serait-il toujours en vie ?

Tenant fermement son trousseau de clés afin de l'empêcher de tinter, Phyllida se faufila à l'intérieur de la Chambre grise. Il lui suffisait de presser un bouton pour allumer le plafonnier, puis la lampe de table. Les rideaux gris fumée avaient été fermés pour la nuit pendant que M. Waring était en bas en train de dîner et de jouer aux cartes avec le reste de la compagnie. Elle les tira pour laisser entrer la lumière du jour. Le lit n'avait pas été défait, et seule la courtepointe en satin argent était légèrement froissée, comme si quelqu'un s'y était étendu.

Sinon, tout était en ordre : le broc et la cuvette de toilette, le bougeoir au cas où le convive aurait eu besoin de se rendre aux cabinets pendant la nuit, la savonnette et les serviettes parfaitement disposées sur la petite table qui jouxtait la porte, un vase avec des fleurs fraîches, une coupelle avec deux petits biscuits. Elle hocha la tête, satisfaite. Son personnel faisait bien son travail.

M. Waring avait posé sa brosse à cheveux, ainsi que divers autres objets, dont un petit flacon de brillantine (à l'odeur plutôt désagréable, songea Phyllida), une boîte de poudre dentifrice, sur la coiffeuse.

Le reste de ses affaires consistait en une petite valise laissée ouverte sur un présentoir, le long du mur, et une mallette. Phyllida entreprit d'inspecter le contenu de la valise. L'homme semblait n'avoir emporté qu'une seule tenue (en plus de celle qu'il portait sur lui naturellement). Ses effets étaient grossièrement pliés, de même que la chemise de nuit qu'il n'avait pas utilisée. La mallette porte-documents était verrouillée, zut ! la clé étant probablement sur le cadavre qui descendait présentement l'allée du manoir à bord d'une ambulance.

Vite, elle ôta une épingle de son chignon et l'introduisit dans la serrure du porte-documents. Elle venait juste de la débloquer quand elle entendit des voix dans le couloir.

Phyllida se redressa d'un bond et poussa la mallette sous le lit. Puis, avec une pose étudiée, elle joignit ses mains devant elle et se tourna vers la porte juste au moment où celle-ci s'ouvrait.

—Inspecteur Cork, dit-elle, en souriant calmement. J'imagine que vous et le sergent êtes venus jeter un coup d'œil à la chambre de M. Waring.

Sans donner la moindre explication quant à sa présence dans la pièce, elle ignora le regard furieux de M. Dobble qui avait accompagné les deux policiers et se lança dans une description des objets qui appartenaient à la maison et les autres. Tout en parlant, elle songeait à la mallette qu'elle avait repoussée sous le lit, assez loin pour qu'aucun coin ne dépassât de sous le volant du couvre-lit.

Si l'inspecteur Cork avait l'idée de regarder sous le lit (ce que tout bon détective aurait fait), il ne manquerait pas d'y trouver le porte-documents, quoique sans savoir qu'elle venait juste de le déverrouiller.

Et s'il ne trouvait pas le porte-documents, Phyllida pourrait en inspecter le contenu plus tard, puis en signaler la présence aux policiers en prétextant qu'une femme de chambre l'avait trouvé en faisant le ménage.

Elle pria le ciel pour que la deuxième option soit la bonne.

L'inspecteur la dévisagea de ses yeux globuleux, puis se lança avec une dextérité surprenante dans une inspection complète de la pièce. Il allait s'approcher du lit quand on frappa à la porte.

M. Dobble alla ouvrir. C'était Ginny, la femme de chambre.

—Monsieur Dobble, quelqu'un a téléphoné quand j'étais en train de faire le ménage en bas, et laissé un message pour l'inspecteur détective Cork.

Elle porta son regard sur les deux officiers de police, qui avaient interrompu leur inspection.

—Quel message ? demanda Cork.

Non sans une certaine satisfaction, Phyllida nota que le tablier blanc de la jeune femme était impeccable et que pas une mèche de son chignon blond ne dépassait de sa petite coiffe empesée.

—Je l'ai mis par écrit, dit Ginny en lui tendant un morceau de papier.

Dès que l'inspecteur s'en fut emparé, Dobble referma la porte, la claquant presque au nez de la femme de chambre. Phyllida se demanda combien de temps il allait falloir à Ginny pour raconter aux autres ce qu'elle avait vu (rien d'important, mais toujours assez pour colporter des ragots).

—Allons bon, dit l'inspecteur en prenant connaissance du message. J'ai demandé à ma secrétaire de contacter le *Times* au sujet de Charles Waring et obtenir des informations sur ses proches. Ils ont rappelé pour dire qu'aucun Charles Waring n'était journaliste au *London Times.*

—Mais, il avait dit… amorça le sergent.

—Apparemment, il n'était pas celui qu'il prétendait être, conclut Cork.

Mais alors pourquoi diable était-il venu à Mallowan Hall ?

4

Cette découverte inattendue suffit à distraire l'inspecteur Cork, qui ne poussa pas plus avant ses recherches et ne découvrit pas la mallette poussée sous le lit par Phyllida.

Malgré ce formidable coup de chance, elle n'eut d'autre choix que de suivre les policiers et M. Dobble quand ceux-ci quittèrent la chambre, ce qui signifiait qu'elle allait devoir revenir au plus vite, car il ne fallait pas que les femmes de ménage, qui étaient beaucoup trop consciencieuses pour ne pas passer le balai sous le lit, découvrent la présence de la serviette.

Phyllida, M. Dobble et les deux officiers de police étaient en train de gagner le rez-de-chaussée, quand un fracas assourdissant retentit du côté de la bibliothèque.

Phyllida et le majordome échangèrent un regard consterné, puis elle dévala quatre à quatre les marches restantes. Des vociférations d'hommes et de femmes lui parvinrent tandis qu'elle s'élançait dans le couloir menant à la bibliothèque, dont l'imposante porte à doubles battants était grand ouverte.

Le tapis taché de sang, à présent roulé en un gros cylindre encombrant, reposait tel un tronc d'arbre sur le parquet tandis qu'une discussion échauffée avait pris place entre deux valets et une femme de chambre. La pendule baroque et ses garnitures (deux anges vêtus de longues robes vaporeuses) étaient tombées de la console et gisaient à présent à terre parmi des éclats de verre. L'aile d'un des anges était brisée.

Dès qu'ils virent Phyllida, les domestiques se turent.

—Ne restez pas là les bras ballants, dit-elle sèchement. Ginny, nettoyez-moi ce désastre et apportez la pendule à Piero pour voir s'il n'y a pas moyen de la réparer. Et n'oubliez pas le morceau d'aile qui manque. Stanley et Freddie, je vous prierai de faire attention la prochaine fois que vous franchirez ces portes. Je vous rappelle que le vase égyptien, là-bas, dans le couloir, est un des préférés de Mme Mallowan.

—Oui, Madame, répondirent-ils en chœur avant de se mettre aussitôt au travail.

Sous l'œil vigilant de Phyllida, les deux valets s'emparèrent avec précaution du grand tapis roulé et l'emportèrent sans provoquer d'autres dégâts.

Phyllida ne put résister à l'envie de se faufiler encore une fois dans la bibliothèque. Laissant Ginny ramasser la pendule en miettes dans le couloir, elle referma la porte derrière elle et jeta un regard circulaire à la pièce.

La scène du crime, songea-t-elle, en observant les taches de sang sur le parquet et les rayonnages.

Phyllida entendit des voix à l'extérieur. Prenant soin de ne pas piétiner les traces de sang séché, elle traversa la bibliothèque et s'approcha de la porte-fenêtre.

—Inspecteur Cork, dit-elle en passant la tête au-dehors, où Cork et Greensticks étaient accroupis sur la pelouse qui s'étirait au-delà de la petite terrasse. Vous cherchez quelque chose ?

L'air frais embaumait la rose et le lis. Cork leva vers elle son regard perpétuellement surpris et se redressa en replaçant poliment son chapeau sur sa tête.

—Des traces de pas que l'assassin aurait pu laisser en s'introduisant dans la bibliothèque.

Phyllida secoua la tête.

—Tss-tss. Je parie que vous n'en avez trouvé aucune et que vous n'en trouverez pas. Il n'y avait pas la moindre parcelle de boue dans la bibliothèque, Inspecteur, et rien à côté de la porte-fenêtre. Ni même à proximité d'une fenêtre ou d'une porte du rez-de-chaussée. L'assassin était déjà à l'intérieur de la maison quand lui et M. Waring se sont croisés.

La mâchoire de l'inspecteur s'affaissa légèrement, mais il ne dit rien à part :

—Je vais continuer mon tour d'inspection, après quoi je vais interroger les membres du personnel. Dans une dizaine de minutes environ.

—Vous pourrez les recevoir dans mon salon, répondit Phyllida. À l'exception de Mme Puffley, la cuisinière, qui vous servira des muffins pomme-cannelle si vous acceptez de la rencontrer dans sa cuisine.

L'idée sembla amadouer le policier, qui opina du chef.

—Entendu, dans dix minutes dans votre salon, madame Bright.

—Je vais prévenir M. Dobble, dit-elle, supposant que l'inspecteur Cork allait, en toute logique, mener ses interrogatoires en commençant par les domestiques les plus importants dans la hiérarchie. De mon côté, la mort de M. Waring ayant passablement chamboulé notre emploi du temps, je dois procéder à quelques ajustements.

Elle pivota sur ses talons et traversa à nouveau la pièce tout en se demandant si les livres éclaboussés de sang allaient pouvoir être sauvés. En particulier les ouvrages brochés.

Elle se figea soudain.

Quelque chose clochait.

Phyllida suivit des yeux les rangées de livres posés sur les rayonnages et fronça les sourcils. Mais bien sûr ! Parmi eux, un ouvrage ne portait pas la moindre trace de sang, alors que les deux livres de part et d'autre en étaient littéralement couverts.

L'ouvrage en question était à sa place, car sous la houlette de Phyllida tout devait être en ordre, de sorte qu'il ne pouvait pas avoir été là quand M. Waring avait été occis.

Et quiconque l'avait remis sur l'étagère, l'avait fait après l'assassinat. Ce qui signifiait que ça ne pouvait être que l'assassin lui-même, et qu'il ou elle (même si Phyllida penchait plutôt pour un assassin de sexe mâle pour différentes raisons évidentes) avait lu ou feuilleté le livre avant d'agresser M. Waring.

À moins que ce n'ait été M. Waring lui-même qui était en train de consulter le livre quand le meurtrier l'avait attaqué… mais dans ce cas, comment ce dernier aurait-il pu savoir où le replacer ? Selon quel ordre ?

Et pourquoi prendre cette peine au demeurant ?

Le livre en soi ne permettait pas de résoudre cette énigme. C'était un vieux guide de voyage consacré aux auberges de campagne… Quel rapport avec le meurtre ? On ne pouvait que l'imaginer.

Un indice des plus fascinants.

5

Harvey Dobble n'appréciait guère le chintz. Quant à la dentelle (une fanfreluche féminine), elle n'avait pas sa place sur les coussins d'un canapé. Mais ce qu'il abhorrait par-dessus tout, c'étaient les chats.

De sorte que le salon privé de Mme Bright, où devaient se tenir les interrogatoires de police, et qui cumulait tous ces détestables attributs, ne lui convenait pas du tout.

À tel point qu'il en vint à se demander si elle n'avait pas fait exprès de choisir ce lieu – afin de le rabaisser en l'obligeant à s'asseoir sur cette chaise droite à l'aspect inconfortable, sous l'œil inquisiteur de deux félins qui le dévisageaient comme s'ils cherchaient à lire dans ses pensées. Il ne connaissait pas leurs noms et n'avait aucune envie de connaître ces créatures fourbes qui laissaient des poils partout et vous faisaient éternuer.

Il déplaça le coussin de dentelle qui reposait sur la chaise en chintz et s'assit.

—Monsieur Dobble, nous allons avoir besoin de vos noms, date et lieu de naissance, dit l'inspecteur Cork.

Le majordome lança un regard appuyé au sergent, qui était censé prendre des notes, mais qui, à la place, pianotait du bout des doigts sur le bureau.

Après que Dobble eut répondu à contrecœur à ces questions (décidant à la dernière minute qu'il valait mieux ne pas pousser trop loin la vanité en cherchant à se rajeunir), Cork poursuivit :

—Pouvez-vous nous dire où vous vous trouviez entre vingt et une heures trente hier soir et ce matin ?

—Je suis allé disputer ma partie d'échecs hebdomadaire chez le vicaire, répondit le majordome, d'une voix égale et posée bien qu'il eût l'estomac légèrement noué. (Ses yeux commençaient à larmoyer à cause des poils de chat qui recouvraient abondamment sa chaise.) J'ai quitté le manoir peu avant neuf heures et suis resté au presbytère jusqu'à… environ minuit et demi.

—Comment vous êtes-vous rendu au presbytère ?

Quelle question ridicule. Les majordomes ne roulaient pas en automobile, et plutôt mourir que de monter sur un vélo, ou pire encore, sur un cheval.

—À pied, naturellement.

—Sous la pluie ? demanda Cork en l'observant attentivement, et malgré une furieuse envie de serrer les poings, Dobble garda ses doigts calmement étalés sur les accoudoirs de sa chaise. Il y a eu un orage terrible la nuit dernière.

—Ce n'est pas très agréable, mais avec des bottes en caoutchouc et un imperméable… Je manque rarement une partie d'échecs, dit Dobble avec un haussement d'épaules et un sourire tranquille en réprimant le besoin de sortir son mouchoir et de s'éponger les yeux. Le pasteur Billdop est un redoutable adversaire. Rien de tel qu'une partie d'échecs pour garder l'esprit alerte.

Cork ne fit aucun commentaire, mais le chat à la robe gris bleu perché sur le dos du sofa retroussa ses babines en regardant Dobble comme s'il cherchait à le percer à jour.

—Et vous êtes rentré à minuit et demi, à pied, sous la pluie, dit l'inspecteur. Quelqu'un vous a-t-il vu rentrer ?

Le majordome secoua la tête et battit des paupières pour essayer de soulager les picotements dans ses yeux. Maudits matous. Maudite enquête policière.

—Personne, répondit-il. D'après ce que je sais, M. et Mme Mallowan, ainsi que leurs convives, se sont retirés de bonne heure – vers dix heures. Les invités qui avaient voyagé toute la journée étaient fatigués. Je suis rentré par la porte de derrière, naturellement, et je n'ai croisé personne. Mais j'ai entendu les filles de cuisine qui terminaient de tout mettre en ordre à l'office. Je suis allé jeter un coup d'œil dans la resserre pour m'assurer que Mme Bright avait remis la clé de la cave à vin à sa place, puis je me suis retiré dans mes appartements. Il devait être une heure environ quand je me suis endormi.

—Vos patrons avaient des invités, hier soir, mais vous avez pris votre soirée ? voulut savoir Cork.

Dobble déglutit sous l'œil attentif de Greensticks, qui regarda monter et descendre sa pomme d'Adam.

—Ma soirée au presbytère est mon unique soirée de congé et M. et Mme Mallowan me demandent rarement de rester. Mme Bright est parfaitement capable de se débrouiller seule le soir, même quand Monsieur et Madame reçoivent.

—Et vous étiez avec M. Billdop, le vicaire, toute la soirée ? À quelle heure avez-vous quitté le presbytère ?

—Nous avons joué aux échecs et pris un verre de sherry. Et quand je suis rentré il était minuit passé.

—Une partie assez longue, ma foi, fit remarquer Cork en le fixant de ses yeux bleu pâle.

Comme Dobble ne relevait pas, l'inspecteur eut une moue pincée (à l'évidence, l'homme n'avait jamais joué aux échecs).

—Bien, bien. Et ce matin, à quelle heure vous êtes-vous levé ? Et êtes-vous allé dans la bibliothèque ?

—J'étais debout et prêt à prendre mon service à six heures et demie. N'ayant rien à y faire, je ne suis pas allé à la bibliothèque jusqu'à ce que Mme Bright me sonne. Et c'est à ce moment-là que j'ai vu… M. Waring, expliqua le majordome, qui n'avait toujours pas digéré le fait que ce soit la gouvernante qui l'avait convoqué, et non pas le contraire, et qu'elle avait appelé le commissariat sans même le lui notifier.

Il fallait qu'elle ait une haute estime d'elle-même pour prendre les choses en main sans le consulter.

Le fait qu'il ne l'ait pas entendue crier alors qu'il se trouvait au premier étage, le contrariait au plus haut point. Car enfin, elle aurait dû pousser des hurlements en découvrant le cadavre.

Au même instant, Mme Bright en personne entra dans le salon dans un tintement de clés exaspérant. Son exubérante chevelure rousse luisait comme une flamme – chose qui, selon lui, ne convenait pas pour une gouvernante (ni pour n'importe qui d'autre d'ailleurs).

Car comment se faire discrète et se fondre dans le décor quand on arborait une telle crinière ? Et les robes, qu'elles soient grises, bleu marine ou noires n'y changeaient rien.

Mme Bright n'aurait jamais dû être gouvernante. Surtout compte tenu de sa relative jeunesse. (Dobble estimait qu'elle n'avait pas encore atteint les quarante ans), et alors qu'elle n'avait jamais, de son propre aveu, servi dans une grande maison.

Cependant, l'irritation de Dobble s'évanouit, remplacée par un immense soulagement, lorsqu'il s'aperçut qu'elle n'était pas dans la pièce quand il avait décliné ses date et lieu de naissance.

Mais son soulagement s'envola quand Mme Bright, un petit livre sous le bras, vint s'asseoir à côté du sergent Greensticks, qui était en train de prendre des notes dans son calepin. La maudite femme allait-elle rester là jusqu'à la fin de l'entretien ?

Les deux officiers de police s'étaient levés à son entrée, et Dobble n'eut d'autre choix que de la gratifier d'un petit signe de tête.

—Madame Bright. Inspecteur, j'imagine que vous n'avez plus besoin de moi ?

—Une dernière chose, dit Cork en priant Dobble de se rasseoir. Quand M. Waring est arrivé hier, est-ce vous qui lui avez ouvert la porte ?

—Tout à fait.

—Quelle heure était-il ?

—Il faisait nuit. Je dirais quelques minutes avant que je ne me rende au presbytère. Après vingt heures. Le dîner venait seulement de commencer et j'ai dû quitter mon poste dans la salle à manger pour aller ouvrir, parce que le premier laquais était occupé à servir le potage et que son assistant était allé chercher un autre beurrier, M. Hartford ayant malencontreusement mis son coude dans le beurre qui se trouvait sur la table. Nous avons dû envoyer son valet personnel lui chercher une autre veste.

—Et comment est-ce que cela s'est passé quand vous avez accueilli M. Waring ? J'ai cru comprendre qu'il n'était pas attendu.

—En effet. Il m'a dit s'appeler Waring, et naturellement, connaissant tous les noms figurant sur la liste des invités et de presque toutes les connaissances de Monsieur et Madame, je lui ai demandé ce qu'il voulait. Il m'a dit qu'il était envoyé par le *Times* et qu'il avait une interview prévue avec Mme Mallowan.

—Vous a-t-il montré sa carte de journaliste ?

—Non, répondit Dobble, en pinçant les lèvres pour se retenir d'éternuer.

Ses yeux le brûlaient et l'interrogatoire semblait se prolonger bien au-delà de la « dernière question » annoncée par l'inspecteur.

—A-t-il précisé qu'il était attaché au *London Times* ?

Dobble réfléchit un moment.

—Non. Il me semble qu'il a simplement dit le *Times*. J'ai pensé qu'il sous-entendait le *London Times*. Ou quelque autre journal.

L'inspecteur grommela, puis leva un sourcil en direction du sergent, afin que ce dernier note que l'hypothèse du majordome était erronée. Dobble se sentit obligé d'ajouter :

—Je n'avais aucune raison de ne pas croire M. Waring sur parole étant donné que les reporters, photo-journalistes et autres fouineurs se présentent souvent ici à l'improviste dans l'espoir de parler avec Mme Mallowan, ou au moins avec un de ses domestiques. Ce que je réprouve, naturellement. Il m'est même arrivé d'en surprendre personnellement quelques-uns en train de fureter dans le parc. Une fois, j'ai appréhendé une jeune femme qui essayait d'emporter une pierre de…

—Et malgré cela, vous avez invité Waring à entrer et lui avez proposé une chambre pour la nuit.

Les yeux de l'inspecteur Cork semblaient sur le point de sortir de leurs orbites comme si pareille courtoisie le scandalisait.

—Monsieur et Madame n'ont pas pour habitude de refuser l'hospitalité à des voyageurs – en particulier en fin de journée et quand le temps se gâte par-dessus le marché. Il m'a assuré que son rendez-vous était programmé pour le lendemain – c'est-à-dire aujourd'hui – et m'a dit de ne pas déranger Mme Mallowan si elle était en train de dîner. (Dobble haussa les épaules.) Il n'est pas rare que des voyageurs cherchent refuge chez les gens quand ils sont en rase campagne. Soit ils sont perdus, soit ils ont une panne automobile ou sont surpris par l'orage.

—M. Waring avait-il une voiture, ou s'était-il fait amener depuis la gare ?

—Il avait sa propre automobile.

—Le sergent va devoir l'inspecter. J'imagine qu'elle est au garage ? Le chauffeur saura certainement où… (Dobble hocha la tête et Cork poursuivit :) Très bien, à quel moment exactement avez-vous informé Mme Mallowan de cette visite impromptue ?

—Immédiatement, cela va de soi, pendant que l'homme attendait dans le salon. Je le lui ai fait savoir discrètement afin qu'elle confirme qu'il pouvait rester. Elle a semblé surprise, puis a mis cette visite sur le compte d'un quiproquo – même si, pour être tout à fait franc, Mme Mallowan ne fait jamais ce genre d'erreurs, et les événements survenus ultérieurement ont d'ailleurs prouvé qu'elle ne s'était pas trompée. « Nous n'allons tout de même pas l'éconduire », m'a-t-elle dit. « La Chambre grise, qu'en pensez-vous, Max ? Et pendant que vous y êtes, faites ajouter un couvert pour lui. Nous venons à peine de finir le potage. » Et c'est comme ça que M. Waring est resté.

Cork restait impassible.

—Très bien. Et donc il a dîné avec les autres convives et les Mallowan ?

—C'est cela même, dit Dobble, ignorant Mme Bright qui s'était penchée en avant comme si elle allait dire quelque chose.

Heureusement, l'inspecteur lui coupa l'herbe sous le pied en reprenant :

—Et vous étiez présent, en train de superviser le dîner, j'imagine. Avez-vous remarqué que quelqu'un autour de la table semblait connaître M. Waring, et inversement ?

—Si c'était le cas, je n'ai rien remarqué. Je l'ai présenté, et il s'est assis à côté de M. Grimson. Le peu de conversation que j'ai pu entendre entre eux portait sur des banalités : les randonnées en campagne, la course équestre de Cheltenham, le dernier film de Fred Astaire.

Cork jeta un coup d'œil au sergent, comme pour s'assurer qu'il prenait tout bien par écrit, puis hocha la tête.

—Très bien, M. Dobble. Ce sera tout.

Dobble avait à peine franchi la porte qu'il explosa en une salve d'éternuements.

Fichus matous !

6

— Nerveux, le bougre, commenta le sergent Greensticks quand Dobble fut sorti. Le regard fuyant, et les yeux rouges, vous avez remarqué ? Comme s'il se retenait de pleurer.

Bien qu'il s'adressât à l'inspecteur Cork, et non à elle, Phyllida se permit de répondre :

—C'est à cause de Stilton et Rye. M. Dobble est allergique aux poils de chat.

—Stilton et Rye ? releva Cork.

Phyllida s'empara du gros minet qui se prélassait sur le dos du fauteuil à côté d'elle.

—Voici Stilton. Comme vous pouvez le voir, elle a la couleur d'un fromage persillé – blanc et gris, noir charbon avec des taches bleues. Et celui à la robe ambrée, là-haut sur l'étagère, c'est Rye. Il est notoirement asocial.

Tandis que l'attention des deux hommes se portait sur le bibus, elle jeta un coup d'œil aux notes du sergent. L'écriture en pattes de mouche était à peine lisible, mais elle parvint à déchiffrer les mots *Harvey Dobble, majordome.*

—Madame Bright, dans le cadre de notre enquête, nous allons avoir besoin de votre nom de naissance et nom marital, ainsi que de vos lieux et date de naissance, dit Cork.

La première requête de l'inspecteur faillit prendre Phyllida au dépourvu. Dans les romans policiers, ces informations étaient généralement laissées de côté lors des interrogatoires, sauf si elles constituaient un indice… ou permettaient de brouiller les pistes. Elle en toucherait peut-être un mot à Mme Agatha à l'occasion.

—Mais naturellement, Inspecteur, répondit Phyllida, à qui quelques secondes avaient suffi pour décider de ce qu'elle allait répondre. Je suis née à Londres le…

Elle laissa tomber Stilton sur le bureau, à l'endroit précis où Greensticks était en train de prendre ses notes.

Stilton, qui ne manquait jamais une occasion de faire des siennes, fondit toutes griffes dehors sur les papiers qui s'envolèrent, tel un petit cyclone, tandis que Phyllida se répandait en excuses tout en mettant encore un peu plus de pagaille dans les notes du sergent. (Plus tard, elle donnerait un bout de fromage à Stilton pour se faire pardonner.)

—Je suis confuse, sergent ! La chatte m'a échappé ! Je vous en prie, laissez-moi vous aider.

Une fois tous les papiers rassemblés, Phyllida prit le contrôle de la conversation avant que celle-ci ne revienne en terrain miné.

—Inspecteur, je venais juste d'entrer dans la bibliothèque pour superviser l'enlèvement du tapis taché, quand j'ai remarqué cet ouvrage, qui avait été remis à sa place après le meurtre.

Elle posa le livre sur le bureau.

—Ce que je n'ai pas réussi à élucider, c'est l'intérêt du meurtrier pour un guide des auberges de campagne anglaises.

Cork lui décocha un regard maussade.

—C'est aller un peu vite en besogne, madame Bright, que d'assumer que le meurtrier s'intéresse aux auberges de campagne. (Effleurant à peine le livre du regard, il demanda :) Qu'est-ce qui vous donne à penser qu'il a été remis sur l'étagère après le meurtre ?

—Je ne pense pas, inspecteur. Je *sais* qu'il a été replacé sur l'étagère, car il ne porte pas de traces de sang. Contrairement aux livres qui se trouvaient de chaque côté et qui en sont constellés.

—Quelqu'un a peut-être remis le livre sur l'étagère au hasard, lui dit poliment le sergent Greensticks. Une femme de chambre ou bien…

—Sergent, je connais la place exacte de chaque volume sur chaque étagère de cette bibliothèque. Outre que je les ai presque tous lus, je dois m'assurer, en tant que gouvernante, que chaque chose est à sa place dans cette maison. Et je puis vous assurer que le livre a été remis à sa place *après* le meurtre. De sorte que ça ne peut être que le meurtrier lui-même qui l'a replacé sur le rayonnage, car ce n'est certainement pas ce pauvre M. Waring. Et le fait que le livre n'était *pas* sur l'étagère au moment du meurtre, et qu'il y a été replacé ensuite, laisse présumer qu'il présentait un intérêt particulier pour le meurtrier, ce que ce dernier a tenté vainement de cacher en le remettant exactement à sa place.

Elle se cala confortablement dans son fauteuil, les mains jointes bien proprement sur ses genoux.

La moustache de Cork frémit nerveusement, mais cette fois il prit le livre et le feuilleta. *Guide des relais-auberges d'Angleterre.*

—Il ne contient aucune annotation ni aucune note glissée entre les pages, dit Phyllida. J'ai déjà vérifié.

—Je n'en doute pas, madame Bright.

—Si vous ne savez pas où loger, Inspecteur, je vous recommande La Pie jacasse à Listleigh, poursuivit-elle.

—Très bien, je vous remercie pour ce conseil. Nous y… songerons, répondit Cork.

À cet instant un coup hésitant fut frappé à la porte, et Phyllida se leva, pas mécontente d'avoir fait diversion et réussi à éluder les questions relatives à son état civil.

—Ce doit être la première femme de chambre. J'ai informé le personnel que les interrogatoires débuteraient à huit heures précises, par ordre hiérarchique, et ne dureraient que quinze minutes afin d'empiéter le moins possible sur l'emploi du temps des uns et des autres.

—Et si l'un des interrogatoires devait se poursuivre au-delà de quinze minutes ? s'enquit Cork. Cela ne risque-t-il pas de semer la pagaille dans votre planning ?

—J'ai pris mes dispositions, naturellement, afin de pallier un éventuel retard, même s'il y a peu de chances pour que cela arrive.

Sans attendre qu'on l'y autorise, Phyllida alla ouvrir la porte à Ginny, la première femme de chambre.

La jeune femme entra, passablement nerveuse, mais sans hésiter. Phyllida nota au passage que l'uniforme en mousseline grise de la jeune femme était impeccable et sans un faux pli, et que le tablier blanc qu'elle portait par-dessus était d'une blancheur éclatante. Les bas noirs qui lui couvraient les jambes ne faisaient pas de plis, et il allait sans dire que l'ourlet de sa robe était parfaitement droit. Sa coiffe, garnie de deux petits galons de dentelle conformément à son rang, était nouée par un ruban gris passé sous son chignon doré.

Ginny avait beau être une pipelette à la voix désagréable (quelle domestique ne l'était pas ?), elle était toujours impeccablement mise. Raison pour laquelle elle occupait la place de première femme de chambre.

—Bonjour, Mademoiselle. Veuillez vous asseoir et donner vos noms, date et lieu de naissance, au sergent Greensticks, dit l'inspecteur.

Sans lui laisser le temps de se rappeler son omission, Phyllida déclara :

—Oh, mon Dieu, je crains fort que les pitreries de Stilton ne nous aient égarés. S'il vous plaît, donnez-moi de quoi écrire pour que je note mes données personnelles, ajouta-t-elle en décochant un sourire désarmant à Greensticks, qui lui remit une feuille de papier.

Elle y griffonna une date et lieu de naissance d'une main parfaitement illisible tandis que Ginny déclinait son état civil.

—Et maintenant, Mademoiselle, pouvez-vous me dire où vous étiez et ce que vous avez fait entre hier soir, vingt-deux heures et ce matin ? demanda l'inspecteur.

—À vingt-deux heures, j'ai fini de mettre la bibliothèque en ordre. Mme Brigth aime bien que j'époussette le bureau, la cheminée et les étagères chaque soir, et que je range tout ce qui pourrait traîner sur la table. Je dois remettre les fauteuils à leur place et ôter les soucoupes ou autres. Après quoi, je passe le balai mécanique sur le tapis. J'ai fait tout ça, et ensuite j'ai tiré les rideaux, mais Stanley, le valet, est arrivé à ce moment-là pour fermer les fenêtres sur ordre de Mme Bright, parce qu'il allait pleuvoir.

—Le stylo-plume était-il à sa place sur le bureau, Ginny ? demanda Phyllida.

—Oui, Madame. Sur le bureau et à sa place.

Cork fixa la gouvernante, comme pour s'assurer qu'elle n'allait pas reprendre la parole, et elle lui adressa son sourire le plus modeste en se tenant parfaitement coite.

—Une fois que Stanley a fermé les portes-fenêtres, que s'est-il passé ?

Les joues de Ginny rosirent légèrement tandis qu'elle évitait le regard de Phyllida.

—On est ressortis de la bibliothèque – en même temps.

—Et quelle heure était-il ?

Les joues de la jeune femme s'empourprèrent un peu plus.

—Il était – je pense – un peu plus de dix heures et demie.

Phyllida songea que le chignon de la femme de chambre n'était sûrement pas aussi serré quand elle et le valet avaient quitté la pièce que lorsqu'elle y était entrée. Elle soupira intérieurement. Ce Stanley était une fameuse fripouille.

—Et avez-vous croisé quelqu'un en sortant de la bibliothèque ?

—Non, Monsieur.

—Avez-vous vu M. Waring ?

—Non, Monsieur. Seulement quand il est arrivé. Mais pas après cela.

—Et après avoir quitté la bibliothèque, qu'avez-vous fait ?

Les joues de Ginny avaient repris une teinte rose.

—J'ai… euh… je suis sortie prendre un peu l'air.

—Seule ?

—N… non, Monsieur. Stanley est sorti avec moi. Il… voulait s'assurer que toutes les lanternes du jardin étaient allumées, parce qu'il faisait nuit et qu'il allait y avoir de l'orage. L'une d'elles s'était éteinte, apparemment. Et ensuite on est – je suis – rentrée dans la maison et j'ai rangé tous mes produits d'entretien et fini de plier le linge. Après quoi je suis montée dans ma chambre, j'ai fait ma toilette et je me suis couchée.

Ces derniers mots jaillirent d'une traite.

—Quelle heure était-il quand vous avez regagné votre chambre ?

—Presque minuit.

Ginny évitait soigneusement le regard de Phyllida, qui trouvait plaisants les subterfuges de la femme de chambre pour éluder les questions embarrassantes, car elle savait très bien qu'il fallait moins d'un quart d'heure pour plier le linge et ranger les produits d'entretien.

Cela étant, il fallait absolument que cette malheureuse apprenne à ne pas rougir aussi facilement – Phyllida le lui ferait remarquer et insisterait par la même occasion pour qu'elle veille à ne pas se fourrer dans le pétrin.

—Avez-vous croisé d'autres personnes quand vous êtes sortie dehors, ou en sortant de la bibliothèque ? demanda Cork.

—Non, Monsieur. Seulement Molly, qui descendait l'escalier de service avec un plateau à thé. Et les valets qui jouaient aux cartes à l'office.

—Avez-vous vu ou entendu quelque chose d'anormal durant la nuit ?

—Non, Monsieur. Nous, on dort sous les combles, Monsieur, et à part les sonnettes des domestiques, on n'entend rien. Moi je dors sur mes deux oreilles jusqu'au matin.

—Très bien, je vous remercie, Mademoiselle.

Sitôt congédiée, Ginny s'empressa de quitter la pièce. Phyllida consulta la montre épinglée à son corsage puis lança un regard appuyé à Cork. L'interrogatoire avait pris dix minutes à peine.

L'inspecteur fit mine de ne rien remarquer, se plongeant dans la paperasse de Greensticks. Sans lui laisser le temps de se pencher sur son gribouillage illisible, Phyllida se leva pour aller ouvrir la porte. Comme elle s'y attendait, la deuxième femme de chambre était en train d'attendre dans le couloir.

Moins imposante que Ginny, tant par sa taille que par son degré de nuisance sonore et son statut, Mary était d'une minceur extrême, avec des cheveux blond pâle qui lui conféraient une allure éthérée quasi immatérielle. Son uniforme était tout aussi impeccable que celui de Ginny, mais sa coiffe n'était garnie que d'un seul volant de dentelle.

—Je vous en prie, asseyez-vous, Mademoiselle, et veuillez décliner vos nom et prénom, date et lieu de naissance, l'invita Cork.

Une fois cela fait, il la questionna sur son emploi du temps de la veille au soir.

—À neuf heures et demie, je venais de finir de nettoyer le salon de devant et j'attendais que Monsieur et Madame et leurs invités quittent le salon de musique, où ils avaient joué au bridge. J'en ai profité pour passer le plumeau et balayer le couloir de l'aile est et le vestibule. J'ai fini le salon de musique un peu avant onze heures, car ces messieurs-dames sont allés se coucher de bonne heure.

Mary s'exprimait de la même façon qu'elle s'acquittait de ses corvées, avec clarté et précision, quoique d'une voix peu sonore, et lançait des regards en coin à Phyllida pour recueillir son approbation.

—Avez-vous vu quelqu'un aux abords de la bibliothèque ?

—Non, Monsieur.

—Avez-vous vu M. Waring ?

—Non, Monsieur, je ne crois pas.

—Qu'avez-vous fait après avoir quitté le salon de musique ?

—J'ai rapporté les tasses à la cuisine et je suis montée me coucher. Il était presque minuit.

—Et ensuite, avez-vous remarqué ou entendu quelque chose d'anormal ?

—Non, Monsieur.

Cork lissa sa moustache.

—Très bien. Je vous remercie.

Mary décocha un dernier regard à Phyllida avant de quitter la pièce.

—Nous sommes toujours dans les temps, madame Bright ? demanda l'inspecteur.

—Tout à fait, murmura-t-elle en s'approchant à nouveau de la porte.

Ce fut ensuite au tour des deux valets, dont Stanley qui, contrairement à Ginny, décrivit en quelques mots seulement son passage dans la bibliothèque, donnant à Phyllida la désagréable impression qu'une de ses femmes de chambre allait avoir le cœur brisé sous peu. Elle se renfrogna intérieurement. Les amourettes entre membres du personnel étaient inévitables, mais elle ne les approuvait pas.

Quand Cork en eut fini avec Freddie, le second valet, infiniment plus plaisant que son collègue, ce fut au tour de Piero, l'homme à tout faire.

Si Piero avait un talent inégalé pour réparer les pendules cassées et les mécaniques endommagées, il n'avait guère plus à offrir. C'était un homme renfermé. À presque cinquante ans, le cheveu rare et grisonnant et des yeux d'un bleu magnétique, il avait la personnalité d'un gamin de huit ans. C'était son frère qui l'accompagnait chaque jour en voiture à Mallowan Hall, où il avait son petit atelier dans le hangar du jardinier, puis revenait le chercher en fin de journée. À sept heures, le soir du crime, il n'était déjà plus là.

Ce fut ensuite au tour de Bess, la femme de chambre. Elle et sa collègue Lizzie étaient au deuxième étage, où elles préparaient les chambres des invités pendant que ces derniers étaient en train de se détendre dans le salon de musique. L'entretien de Bess ne dura pas cinq minutes en tout.

Toutefois, quand la seconde femme de chambre entra, Phyllida, qui détenait des informations que l'inspecteur Cork ignorait, décida d'apporter son grain de sel :

—Lizzie, c'est vous qui vous êtes occupée de la chambre de M. Waring, la Chambre grise. L'avez-vous croisé à un moment ou à un autre ? Avez-vous remarqué quelque chose d'inhabituel ?

Lizzie se frotta le nez avec le pouce – une manie détestable – puis hocha la tête. Elle avait une face ronde et joviale, généreusement parsemée de taches de son.

—Oui, Madame. C'est bien moi qui me suis occupée de la Chambre grise. M. Waring était là quand j'ai frappé, et il a passé la tête au-dehors pour me dire d'attendre dehors.

—Quelle heure était-il ? demanda Cork.

—Il était pas dix heures, Monsieur. Je le sais parce que l'horloge s'est mise à sonner et que je me suis rappelé que j'avais encore plein à faire. Il faut dire que la chambre des glycines – celle de Mme Devine – m'avait pris plus longtemps que prévu à cause de la cafetière cassée en mille morceaux. Il y en avait partout sur la table, le fauteuil, le parquet ! Mes aïeux quel gâchis ! Et comme elle est venue sans sa femme de chambre, c'est moi qui ai dû tout nettoyer, y compris la robe qui était tachée aussi !

—Dites à Violette de s'occuper de la robe, ordonna Phyllida d'une voix ferme. Elle saura quoi faire. Rosalind a la fâcheuse habitude de se salir en mangeant.

Rosalind, qui était au pensionnat, était la fille que Mme Agatha avait eue de son premier mariage.

—Oui, Madame. Bref, je devais faire la Chambre grise en plus. Et voilà qu'on me demandait d'attendre.

—Combien de temps avez-vous attendu ? demanda Cork.

Lizzie se redressa sur sa chaise, les lèvres pincées en une moue contrariée.

—Mme Bright aime pas qu'on reste les bras croisés, « à gober les mouches », comme elle dit. Alors, je suis allée donner un coup à la salle de bains, au fond du couloir, même si je venais juste d'apporter deux serviettes propres. Mais quelqu'un y était allé entre-temps et avait mis du bazar. Le tapis était de travers, et quand j'ai eu fini de nettoyer le lavabo, j'ai entendu la porte s'ouvrir à l'autre bout du corridor.

—La porte de la Chambre grise ? voulut savoir Phyllida.

—Oui, Madame. M. Waring était sorti. Je l'ai entendu causer avec quelqu'un, puis ils sont descendus ensemble au rez-de-chaussée.

Enfin un détail digne d'intérêt, songea Phyllida tandis que Cork se redressait légèrement sur sa chaise.

—Avec qui parlait-il ?

—Je saurais pas vous dire, Monsieur. J'étais encore dans la salle de bains, et il y avait du bruit parce que l'eau coulait.

—Était-ce un homme, une femme ? De quoi parlaient-ils ?

—Il me semble que c'était une voix de femme, mais j'ai pas entendu ce qu'ils disaient.

L'inspecteur pianota des doigts sur la table.

—Mais avez-vous eu l'impression qu'ils se connaissaient ? Est-ce qu'ils ont parlé longtemps ou juste échangé quelques mots ?

—Je sais pas, Monsieur, dit Lizzie en coulant un regard nerveux à Phyllida. J'ai pas entendu grand-chose, vous savez. Et puis je me dépêchais de nettoyer le lavabo pour pouvoir finir la Chambre grise avant neuf heures et demie.

—Mais vous n'avez entendu qu'une seule porte s'ouvrir ? lança Phyllida.

Lizzie hocha la tête, tandis que Cork pinçait les lèvres. Deux poils trop longs se dressaient comme deux bras minuscules de part et d'autre de sa moustache, donnant envie à Phyllida de s'emparer des ciseaux qui se trouvaient là pour les couper.

—Oui, Madame, une seule porte, dit la femme de chambre en remuant nerveusement sur sa chaise.

—D'autres impressions ou quelque idée quant à la personne qui se trouvait avec M. Waring ? (Comme Lizzie secouait la tête, l'inspecteur poursuivit son interrogatoire.) Quand vous avez fait la chambre, avez-vous remarqué quelque chose d'anormal ?

—Non, Monsieur, rien de rien. C'est à peine si on s'apercevait qu'il était passé par là. Après, c'est vrai qu'il venait seulement d'arriver, juste au moment où on servait la soupe. Il avait qu'une petite valise et une mallette pas ouvertes et le dessus-de-lit était à peine froissé. Ça m'a bien arrangée, parce que du coup j'ai fini avant dix heures et demie, quand Mme Bright nous a demandé de descendre pour plier le linge et…

—Une valise et une mallette ? dit Cork songeur.

Sans battre un cil, Phyllida précisa :

—Il n'y avait pas de mallette tout à l'heure dans la Chambre grise, Inspecteur.

Il émit un petit soupir, puis déclara, l'air sceptique :

—C'est du moins l'impression que nous avons eue.

—Ni dans la bibliothèque, ajouta Phyllida dans la foulée.

—Monsieur ? dit Lizzie qui commençait à avoir des fourmis dans les jambes.

—C'est sans importance, Mademoiselle. Quand vous avez eu fini la Chambre grise, qu'avez-vous fait ?

—Je suis descendue. Comme d'habitude. Et j'ai trié le linge. Et puis il y avait un peu de raccommodage aussi.

—Vous avez vu M. Waring après cela ?

—Non, Monsieur.

—Vous êtes allée du côté de la bibliothèque ce soir-là ?

—Non, Monsieur.

—Quand êtes-vous allée vous coucher ?

—À onze heures. Il était temps après une journée pareille.

—Avez-vous entendu ou vu quelque chose d'inhabituel après vous être mise au lit ?

—Non, Monsieur. J'ai dormi comme une morte… Oups, désolée, s'excusa aussitôt Lizzie.

La moustache de Cork frétilla imperceptiblement, mais il demeura impassible.

—Merci, Mademoiselle. Ce sera tout.

—La mallette se trouve peut-être dans son automobile, suggéra Phyllida en se levant. Je vais demander à Stanley d'aller y jeter un coup d'œil.

—Nous avons déjà fouillé la voiture de M. Waring, répondit Cork.

—Et ?

Cork ne daigna pas répondre, mais l'un et l'autre savaient qu'il n'était pas nécessaire de préciser que la mallette ne s'y trouvait pas. Cependant, il lui adressa un regard torve auquel elle répondit par un sourire innocent.

—C'est au tour du premier des domestiques invités, ceux des Budgely-Rhodes, de M. Sloup et M. Hartford. Une femme de chambre et deux valets. Étant donné qu'ils n'ont rien à faire tant que leurs maîtres ne les ont pas sonnés, j'ai pensé qu'il était plus logique de les faire passer avant les filles de cuisine. Je doute qu'ils aient grand-chose à vous apprendre. Ne faisant pas partie du personnel de la maison, ils n'ont aucune raison de s'aventurer en dehors du quartier des domestiques, ou des appartements de leurs maîtres.

—Vous doutez donc, madame Bright ?

Pour toute réponse, il eut droit à un sourire flegmatique.

—Je vais revenir sous peu pour vous conduire jusqu'aux cuisines où vous pourrez vous entretenir avec Mme Puffley. J'ai quelques tâches urgentes qui m'attendent.

—Je n'en doute pas, murmura Cork.

7

Phyllida intercepta Lizzie dans la dernière volée de marches qui menaient au premier. Elle portait un plumeau, un balai mécanique et des chiffons d'une main et, de l'autre, un seau rempli d'eau parfumée au citron.

—Madame Bright ? dit la femme de chambre, la voix légèrement tremblante. Est-ce que j'ai dit ce qu'il fallait à l'inspecteur ?

— Tout à fait.

Phyllida s'immobilisa au sommet de l'escalier avant que Lizzie ait ouvert la porte qui menait de « l'autre côté » et demanda :

— Quelles chambres avez-vous pu finir ce matin ?

—Seulement celle de la Prairie, madame Bright, parce qu'elle est vide, et la salle de bains aussi. Aucun des invités n'a encore quitté sa chambre.

—Vous n'êtes pas allée dans la Chambre grise ?

La face de Lizzie vira au rose.

—Oh, Madame, j'allais justement vous demander si je devais la faire ou pas. J'ai pensé que l'inspecteur voudrait d'abord y jeter un coup d'œil. Pour chercher des indices. Comme dans les romans de Mme Agatha, pas vrai ?

—En effet, répondit Phyllida avec un sourire satisfait – le personnel de Mallowan Hall était décidément de première qualité. Avant de faire la Chambre grise, je vous prierai de descendre dire à Amsi qu'il faut un bouquet de gerberas pour le salon de Mme Agatha. Et dites à Violette de le monter quand elle ira débarrasser le plateau du petit déjeuner de Madame.

Si Lizzie ne comprenait pas pourquoi diable sa supérieure lui demandait une chose pareille, elle n'en laissa rien paraître. Avec un petit hochement de tête poli, elle tourna les talons et dégringola les marches.

Phyllida profita de ces quelques instants de répit pour se faufiler discrètement dans la Chambre grise. Il y avait du bruit dans les chambres adjacentes. Les invités commençaient à se lever, et quand ils apprendraient la mort de M. Waring, une nouvelle onde de choc et d'excitation se propagerait dans toute la maison. Et il faudrait prévoir des remontants. M. Dobble allait devoir servir double ration de whisky et de sherry.

Elle ferma la porte de la Chambre grise et posa le porte-documents de M. Waring sur le lit. Grâce à son intervention antérieure sur la serrure, celle-ci s'ouvrit presque instantanément.

La serviette ne contenait pas grand-chose. Deux carnets – un complètement vierge et l'autre à peine utilisé sur quelques pages. Un assortiment de crayons retenus ensemble par un élastique, une carte routière de la région, et un agenda. Un bruit de pas lui fit dresser l'oreille. Cork allait-il attendre qu'elle lui apporte la sacoche de Waring, ou allait-il envoyer quelqu'un pour la chercher ? Elle ouvrit l'agenda.

Curieusement – ou peut-être pas – aucun rendez-vous n'était noté à la date d'hier ou d'aujourd'hui. Phyllida allait remettre le calepin à sa place quand elle perçut un bruit étouffé de l'autre côté de la porte. C'était un bruit… sournois, hésitant… Elle sentit sa nuque se glacer. Soudain la poignée se mit à tourner lentement. Saisissant d'une main ferme le trousseau de clés accroché à sa ceinture pour l'empêcher de tinter, elle plongea sous le lit.

Elle regretta aussitôt cette réaction impulsive pour un certain nombre de raisons – en plus du fait qu'elle s'était cogné le coude à l'endroit le plus sensible et qu'elle avait failli pousser un cri de douleur.

La première était qu'elle allait avoir du mal à expliquer pourquoi elle se trouvait sous le lit si on la surprenait dans cette étrange posture. Ce serait terriblement humiliant – en particulier si c'était M. Dobble ou l'inspecteur Cork qui la débusquaient. À cette pensée, le feu lui monta aux joues. Et puis il y avait Lizzie, qui allait remonter d'un moment à l'autre… Jamais Hercule Poirot ne se serait laissé prendre dans une situation aussi embarrassante. Le capitaine Hastings, peut-être… et Tuppence, sûrement… mais pas Poirot. Et encore moins la très digne Miss Marple.

La seconde était la façon dont elle avait plongé sous le lit, de sorte qu'elle se retrouvait face au mur et dos à la chambre et ne pouvait donc pas voir la personne qui allait entrer, sauf à tenter une rotation périlleuse qui risquait de trahir sa présence.

La troisième, et de loin la pire de toutes, était qu'elle avait laissé la serviette ouverte sur le lit.

Furieuse de s'être laissée piéger ainsi, Phyllida n'eut d'autre choix que de rester terrée dans sa cachette et d'épier du mieux qu'elle le pouvait les mouvements de l'inconnu. La porte se referma sans bruit, puis s'ensuivit une série de pas accompagnés de couinements, comme en font les souliers neufs. Il y eut une courte pause, comme si l'intrus se demandait pourquoi on avait laissé une mallette ouverte sur le lit. Saisie d'une soudaine détermination, Phyllida commença à pivoter tout doucement sur elle-même. Tout en veillant à ce que son trousseau de clés ne rafle pas le parquet, elle se hissa sur ses coudes et ses genoux sans faire un bruit.

Au-dessus de sa tête, un bruit de papiers qu'on feuillette la conforta dans l'idée que la personne qui était entrée était là incognito. Sinon, pourquoi aurait-elle refermé la porte derrière elle, et pourquoi serait-elle en train de fouiller dans la mallette ?

Flûte et reflûte.

Pivotant doucement dans le sens contraire des aiguilles d'une montre, toujours à quatre pattes sur le plancher sur lequel ne traînait pas un grain de poussière (grâce en soit rendue à Lizzie et à Bess), elle se rapprocha du bord du lit. Il fallait qu'elle découvre l'identité de l'intrus, car de toute évidence, cette personne n'était pas censée se trouver là…

Son sang se glaça d'un coup et elle se figea, la gorge sèche.

À supposer qu'il s'agisse du meurtrier ?

Cela tombait malheureusement sous le sens, car qui d'autre serait venu fouiller dans les affaires personnelles de M. Waring ?

Le cœur de Phyllida se mit à battre violemment dans sa poitrine. L'air lui manquait. Cependant, elle parvint à contenir ses émotions avant de céder à la panique, et reprit sa manœuvre silencieuse de façon à pouvoir ne serait-ce qu'apercevoir un peu des souliers de l'intrus.

Mais au même moment, le meurtrier supposé tourna les talons et, avant que Phyllida ait eu le temps de voir quoi que ce soit, s'éloigna promptement du lit. La porte s'entrouvrit, et il y eut un court instant d'hésitation, comme si le visiteur jetait un coup d'œil dans le couloir avant de quitter la chambre. Phyllida roula sans bruit sur elle-même et souleva le bas du couvre-lit, mais presque aussitôt elle entendit la porte s'ouvrir en grand, puis se refermer avant qu'elle ait eu le temps de se retourner complètement.

Elle n'avait pas pu apercevoir ne serait-ce qu'un bout de soulier ou de vêtements.

Phyllida s'extirpa en pestant de sa cachette, puis fonça vers la porte et l'entrebâilla d'un cheveu pour tenter d'apercevoir l'intrus. Mais comme par un fait exprès, tous les convives semblaient avoir choisi cet instant pour quitter leurs appartements et se retrouver dans le couloir.

Il y avait M. et Mme Hartford. Lui, un vieil ami de collège de M. Max, avait des cheveux blonds pommadés de frais, et des souliers à l'aspect usagé, qui semblaient peu susceptibles de couiner à la marche. Son épouse, plus jeune que lui, devait avoir dans les vingt-neuf ans, avec des cheveux miel et la peau dorée. Grande et élancée, elle portait une ravissante robe vert mousse garnie de dentelle, que même M. Dobble n'aurait pas désapprouvée. Phyllida ne voyait pas leurs visages, car ils se tenaient de dos. Mais pour autant qu'elle s'en souvienne Mme Hartford avait des traits patriciens alors que ceux de son époux exhalaient une bonhomie qui allait de pair avec la coupe sobre de son costume.

Ils étaient en train de bavarder avec M. et Mme Budgely-Rhodes, dont elle ne savait que peu de choses, si ce n'est que lui était un collaborateur de Mme Agatha – pas un éditeur à proprement parler, mais plutôt un professionnel du spectacle… qui avait peut-être l'intention d'adapter une de ses œuvres au théâtre ?

Phyllida espérait de tout cœur qu'il n'allait pas tourner un film avec M. Poirot. Car personne n'aurait pu décemment incarner l'élégant personnage du détective belge tel qu'elle se l'imaginait.

Le peu de cheveux qui restaient à M. Budgely-Rohdes étaient d'un roux pisseux, et il fumait une cigarette de tabac brun. Malheureusement, elle ne pouvait pas voir ses chaussures. Son épouse avait les mains couvertes de bagues qui serraient ses doigts boudinés, et ses cheveux coiffés à la Pompadour (sorte de choucroute grisonnante complètement passée de mode) détonnaient singulièrement avec sa toilette hors de prix. Quant à ses pieds et ses chaussures, ils étaient cachés par les jambes de M. Hartford.

Les Devine ne se tenaient pas l'un à côté de l'autre. Était-ce parce que l'un des deux s'était joint tardivement au groupe après être allé fureter dans la Chambre grise ? Mme Devine avait un rire délicieux. C'était une femme terriblement séduisante, avec des cheveux noirs d'encre formant de ravissants accroche-cœurs autour de son visage. Maquillée à la perfection – lèvres peintes en rouge vif et fins sourcils dessinés au crayon –, elle portait une impressionnante collection de bracelets.

M. Devine était suffisamment attirant pour faire battre un peu plus vite le cœur pourtant blasé de Phyllida.

Sa voix, grave et soyeuse, allait magnifiquement avec son physique de beau brun. Les deux époux avaient des allures de stars de cinéma ou, même, en extrapolant un peu, de dieu et de déesse de beauté. Phyllida ne savait plus précisément comment ils avaient fait la connaissance des Mallowan, mais il lui semblait que Devine était un parent éloigné de M. Max.

Les deux MM. Sloup et Grimson s'étaient aussi joints au groupe qui conversait sur le palier reliant les premier et deuxième étages – soit à l'exact opposé de la chambre de M. Waring.

Ce n'était vraiment pas de chance que les huit convives se soient réunis au même moment au même endroit – même ceux qui logeaient à l'étage au-dessus – alors que Phyllida tentait de déterminer qui s'était introduit dans la Chambre grise.

M. Tuddy Sloup avait un visage chafouin qui rappelait celui d'un renard. La trentaine environ, ses cheveux peignés en arrière exagérément pommadés et luisants. Phyllida l'avait pris en grippe dès le premier instant où elle l'avait vu, et la façon qu'il avait de se tenir tout près de Mme Hartford et de lui parler d'un ton condescendant ne faisait que renforcer son antipathie. Naturellement, elle n'était pas stupide au point de le désigner comme le coupable au premier regard, mais elle aurait bien aimé que ce fût lui. Même son surnom – Tuddy – avait quelque chose de superficiel et de ridicule. Elle tenta d'apercevoir ses souliers, sans succès.

M. Grimson, qui était un peu plus jeune que M. Sloup, était un homme discret et vêtu de façon légèrement négligée. Il semblait préférer se tenir à l'extérieur du petit groupe plutôt que de mener la conversation, et donnait l'impression d'être quelqu'un de sournois. À part ça, il était grand et mince, et aurait eu besoin d'une bonne coupe de cheveux. Phyllida réussit à voir ses souliers – récemment cirés – mais sans parvenir à déterminer s'ils couinaient ou non.

Le ton apaisé des convives, qui ne semblaient pas le moins du monde survoltés, tandis qu'ils échangeaient leurs impressions, excellentes, sur la nuit qu'ils avaient passée et l'aménité des chambres à coucher tout en spéculant sur ce qu'on allait servir au petit déjeuner, donnait à penser que la nouvelle du meurtre ne leur était pas encore parvenue.

Sauf, bien entendu, à l'exception du ou de la coupable… qui devait savoir que la chambre de M. Waring était inoccupée.

De sorte qu'il ou elle ne pouvait être que le meurtrier – et qu'il ou elle l'avait peut-être entendue remuer sous le lit.

Elle se recula soudain, songeant que n'importe laquelle de ces personnes aurait pu remarquer que la porte de la Chambre grise était légèrement entrebâillée. Or, Phyllida ne voulait à aucun prix que le meurtrier sache qu'il était surveillé.

Après avoir observé le petit groupe pendant quelques instants encore pour essayer de deviner (sans succès) qui s'était joint tardivement à la conversation ou qui portait des souliers suffisamment neufs pour crisser, Phyllida se retira dans la Chambre grise. Lissant sa jupe et rajustant ses manches, elle revint vers le lit et ouvrit la serviette.

C'est alors qu'elle poussa un petit cri de consternation.

Le carnet avec les notes avait disparu.

8

Rebecca McArdle, la deuxième aide de cuisine, n'était à Mallowan Hall que depuis trois mois. Elle aimait bien la gouvernante, Mme Bright, l'une des créatures les plus belles qu'il lui ait jamais été donné de voir (y compris parmi les stars de cinéma). Non pas qu'elle ait possédé ce côté glamour des vedettes ou l'élégance irrésistible de la blonde Mme Hartford, mais elle avait des yeux pétillants et un sourire désarmant qui vous donnaient envie de sourire en retour – sauf quand on faisait une bêtise, naturellement.

Dans ces cas-là, Mme Bright ne se gênait pas pour vous remonter les bretelles. Et avec raison, estimait Rebecca.

Par contraste, Mme Puffley, la cuisinière, était une véritable tornade, qui pétrissait la pâte à grands coups de poing et maniait le hachoir avec la détermination d'un bourreau qui coupe des têtes.

Non pas que Rebecca se sentît menacée *physiquement* par sa cheffe (elle en avait vu d'autres à Bunder House, où les casseroles volaient littéralement à travers la cuisine), mais elle avait eu tôt fait d'apprendre qu'ici il fallait travailler vite et bien si on ne voulait pas s'attirer les foudres de Mme Puffley et se faire traiter de feignasse.

C'est pourquoi Rebecca était ravie de pouvoir souffler quelques instants et de se détendre, loin du tintamarre qui régnait à l'office... Même si l'idée de devoir répondre aux questions de la police la mettait mal à l'aise.

Elle avait l'estomac noué depuis qu'elle avait appris la nouvelle, ce matin, de l'assassinat de ce Charles Waring dans la bibliothèque.

Par chance, elle avait renversé le plateau à thé, ce qui lui avait valu une punition, et laissé le temps de se ressaisir un peu pendant qu'elle astiquait l'argenterie pour se faire pardonner.

Mais maintenant, le moment était venu de répondre aux questions des policiers, et Rebecca se tordait nerveusement les mains tandis qu'elle attendait à l'extérieur du petit salon de Mme Bright. La semaine dernière, quand elle avait apporté le thé à la gouvernante, celle-ci l'avait invitée à entrer dans la petite pièce douillette et lumineuse et à faire connaissance avec Stilton et Rye, pendant qu'elle achevait de rédiger une liste de provisions pour Mme Puffley.

Elle en était là de ses réflexions quand la poignée tourna et que Molly, la première aide de cuisine, sortit en refermant la porte derrière elle.

—Comment ça s'est passé ? lui demanda Rebecca, anxieuse.

Étaient-ils sévères et pas commodes ? Combien y avait-il de policiers là-dedans ? La Vieille Bosse était-il là, lui aussi ? L'avaient-ils menacée de l'arrêter si elle refusait de parler... ?

Mais avant qu'elle ait pu lui poser davantage de questions, la porte s'ouvrit en grand et elle se retrouva nez à nez avec un inconnu. La première chose que Rebecca remarqua était ses taches de rousseur, qui le rendaient moins intimidant. Mais quand elle croisa ses yeux bleu pâle qui semblaient saillir de leurs orbites, elle se mit à trembler intérieurement.

—Entrez, Mademoiselle, l'invita l'homme d'une voix plutôt aimable.

Rebecca entra et vit aussitôt Rye, le chat à la robe couleur de pain grillé. Elle l'attrapa avant qu'il ait pu lui échapper. L'animal se montra suffisamment conciliant pour ne pas lui résister lorsqu'elle s'assit sur la chaise que lui indiquait l'inspecteur, et qu'elle le posa sur ses genoux en le caressant pour cacher sa nervosité.

—Je suis l'inspecteur Cork, et voici le sergent Greensticks, dit l'homme aux taches de rousseur. Mme Bright devrait revenir d'un moment à l'autre, mais nous allons commencer sans elle.

Pourquoi ne pas attendre qu'elle revienne ?

—Oui, Monsieur, répondit-elle avant de décliner ses nom, prénoms, lieu et date de naissance tout en gardant les doigts enfouis dans le pelage de Rye, dont les ronronnements l'aidaient à se détendre. Juste un peu.

—Bien et maintenant, Mademoiselle, dites-nous ce que vous avez fait entre vingt et une heures hier soir et ce matin quand vous vous êtes réveillée.

—Oui, Monsieur, bien, Monsieur. Je travaille à la cuisine, et j'en sors quasiment jamais, expliqua-t-elle. À neuf heures, j'étais – on était en train de faire la vaisselle des deux premiers services du dîner, et moi je finissais de préparer le dessert que Stanley devait porter à l'étage. C'est le seul à qui Mme Puffley confie ce genre de tâches, parce qu'il est dégourdi, contrairement à Freddie, le second valet, qui a dérapé dans l'escalier de service, la dernière fois, et esquinté la génoise. La belle génoise à trois étages de Mme Puffley qu'on avait mis deux jours à préparer, pour l'anniversaire de Mme Agatha ! Autant vous dire que Mme Puffley lui a taillé les oreilles en pointe.

Rebecca était hors d'haleine après cette longue tirade, qu'elle avait débitée sans même réfléchir.

L'inspecteur Cork battit des paupières.

—Et donc, vous étiez à la cuisine ?

—Et donc, j'étais à la cuisine jusqu'à environ onze heures parce qu'après le repas, on a fait la vaisselle et qu'ensuite j'ai pétri la pâte pour le pain du lendemain. Mme Agatha aime bien qu'on fasse au moins une miche de pain chaque semaine, au lieu de l'acheter chez le boulanger, et donc il faut que la pâte ait le temps de lever. Ensuite, j'ai préparé un plateau pour les invités et Monsieur et Madame, qui sont passés dans le salon de musique après dîner – oh, juste quelques tranches de fromage et des fraises, pour accompagner les digestifs, du porto ou du whisky.

—Et vous avez apporté vous-même ce plateau dans le salon de musique ?

—Oh, mais bien sûr que non, Monsieur. C'est le valet ou bien une femme de chambre qui s'en charge. Moi, je monte jamais là-haut, j'ai bien trop à faire à la cuisine. C'est tout juste si Mme Puffley me laisse aller au petit…

Elle s'arrêta net, les joues en feu. Un peu plus et elle disait *au petit coin* à l'inspecteur. Elle aurait voulu plonger sous le bureau et disparaître.

—Bien, je crois que j'ai compris, Mademoiselle, dit l'inspecteur qui ne semblait ni offensé ni scandalisé par sa remarque. Je présume donc que vous n'êtes pas allée dans la bibliothèque, ni hier soir ni ce matin ?

—Non, Monsieur, enfin, je veux dire, oui, c'est ça. J'y suis pas allée. On va rarement à l'étage, nous les aides de cuisine, ou seulement pour venir ici, chez Mme Bright.

—Très bien, dit-il en jetant un regard au sergent qui prenait des notes dans son carnet sans dire un mot. Avez-vous des questions pour cette demoiselle, monsieur Greensticks ?

Le plus jeune des deux hommes eut l'air surpris de quelqu'un qu'on arrache à ses méditations, et laissa tomber son crayon.

—Non, Monsieur l'inspecteur. Simplement, avez-vous vu ou entendu quelque chose d'anormal hier soir, Mademoiselle ?

—Non, Monsieur, rien d'anormal.

Était-ce la fin de l'interrogatoire ? Rebecca n'osait pas y croire.

—Très bien, Mademoiselle, dans ce cas vous pouvez vous retirer, dit l'inspecteur après avoir pianoté des doigts sur le bureau pendant ce qui lui avait semblé une éternité.

Elle se leva d'un bond, laissant tomber Rye à terre, qui s'éloigna, en agitant furieusement le bout de sa queue. Mais elle ne prit pas le temps de lui faire des excuses et, une fois n'est pas coutume, ne se fit pas prier pour regagner la cuisine.

9

Phyllida n'était pas censée aller dans la salle à manger ; c'était le domaine de M. Dobble et celui des valets qui servaient les repas.

Mais aujourd'hui, les circonstances étaient exceptionnelles. Elle alla se poster discrètement à côté de la porte laissée grande ouverte pour que le flot des convives puisse entrer facilement dans la salle à manger, où le buffet du petit déjeuner avait été dressé. Phyllida était ostensiblement en train de disposer un bouquet de fleurs dans le couloir, après quoi elle irait s'assurer que les doubles rideaux étaient bien tirés, et qu'ils n'avaient pas besoin d'être remplacés, nettoyés ou raccommodés.

Si elle avait demandé l'autorisation à M. Dobble, ce dernier lui aurait répliqué qu'une gouvernante n'avait rien à faire là alors que les invités étaient en train de manger. Mais Phyllida n'avait nullement l'intention de lui demander quoi que ce soit, sachant que jamais il n'oserait en découdre avec elle en présence des maîtres de maison et de leurs invités, même si, plus tard, il ne se gênerait pas pour lui dire le fond de sa pensée – obligeant Phyllida à reprendre une bonne tasse de thé, additionnée d'une rasade de whisky.

De toute façon, M. Dobble devait s'attendre à ce qu'elle veuille être présente quand M. Max informerait ses hôtes de la situation, car une gouvernante digne de ce nom se devait de rester informée de tout ce qui se passait dans la maison dont elle avait la charge.

—Bonjour à tous, dit M. Max en entrant dans la pièce. J'espère que vous avez bien dormi ?

Max Mallowan était un maître agréable et plutôt facile à vivre, qui passait le plus clair de son temps à parler des fouilles archéologiques que lui et Mme Agatha avaient menées en Égypte. De fait, c'était à l'occasion de ce voyage en Égypte qu'elle l'avait rencontré, plusieurs de ses romans ayant comme toile de fond les fameuses ruines archéologiques. Son cadet de quatorze ans, il était à peu près de la même taille que son épouse. Mais, contrairement à Archie Christie, le premier mari d'Agatha, il était entièrement dévoué à sa femme, avec qui il formait un couple harmonieux.

Les convives, occupés à remplir leurs assiettes au buffet, répondirent par des murmures polis, certains rendant chaleureusement le bonjour à leur hôte. Personne ne semblait avoir remarqué que M. Waring n'était pas présent.

M. Max coupa court aux échanges de banalités, et Phyllida (qui était en train d'inspecter les feuilles d'une fougère en pot tout en essayant d'épier les conversations ou de surprendre un couinement de chaussures) comprit pourquoi quand elle vit paraître l'inspecteur Cork.

—Je suis désolé de jouer les trouble-fêtes, dit M. Max, qui se trouvait sur le seuil de la salle à manger aux côtés de l'inspecteur, mais il y a une nouvelle dont j'aimerais vous faire part sans attendre qu'Agatha nous ait rejoints. Il se trouve que M. Waring – que vous avez rencontré hier soir au dîner – a été retrouvé mort ce matin. Il est… il a… Ce n'était pas un accident. Charles Waring a été assassiné.

Si Phyllida ne put pas voir l'expression de tous les visages en même temps, elle s'efforça néanmoins d'observer la réaction des huit visiteurs après coup. Car l'un d'eux était forcément l'assassin, et lui ou elle (même si elle penchait de plus en plus pour il, après son aventure dans la Chambre grise) chercherait à simuler le choc ou la surprise.

Si elle avait écrit la scène dans un roman de Mme Agatha, Phyllida aurait fait en sorte que Mme Budgely-Rhodes laissât tomber sa tasse sur la table avec un violent haut-le-corps, répandant du thé partout et allant même jusqu'à ébrécher la délicate porcelaine, tandis que le sublime M. Devine se figerait sur place en s'exclamant quelque chose comme : Grands dieux !

Il y eut des murmures ponctués de hoquets stupéfaits, mais personne ne fit tomber la moindre goutte de thé – même si le silencieux M. Grimson manqua renverser le plat de harengs fumés et que l'élégante Mme Hartford se laissa tomber brusquement sur une chaise, les joues blêmes, tandis qu'elle sortait une cigarette de son petit réticule. Ce gommeux de M. Sloup, que Phyllida observait avec une attention toute particulière, fronça les sourcils et regarda autour de lui comme s'il essayait d'identifier le coupable.

—L'inspecteur Cork de Scotland Yard est venu exprès pour tirer cette affaire au clair, poursuivit calmement M. Max. Et il va devoir vous interroger chacun votre tour.

Cork entra dans la pièce et fit un petit speech. Personne ne devait quitter Mallowan Hall jusqu'à nouvel ordre – ce qui ne manqua pas de susciter quelques grommellements contrariés, ainsi qu'un gémissement de la part de Mme Budgely-Rhodes, qui n'allait pas pouvoir se rendre chez sa couturière comme prévu. Puis il se tourna vers M. Max.

—Je vais commencer avec vous, monsieur Mallowan, si vous n'y voyez pas d'inconvénient.

—Non, bien sûr. Le salon de devant devrait convenir. Vous pourrez vous y entretenir avec tous nos convives. Mme Bright les fera entrer un par un.

Phyllida était ravie de la tournure que prenaient les événements car il lui serait infiniment plus facile de rôder autour du salon que de la salle à manger. Cette pièce étant plus petite et ne contenant pas de portes, les conversations se tiendraient plus près du couloir. En outre, par le plus merveilleux des hasards, le salon de devant jouxtait directement son petit boudoir dont il était séparé par une simple cloison. Phyllida ne serait pas contre appliquer un verre contre ladite cloison, ou même coller son oreille à la bouche d'aération qui reliait les deux pièces pour écouter ce qui se disait, et ainsi entendre toutes les dépositions.

—Certainement, monsieur Mallowan, répondit-elle en évitant de croiser le regard de M. Dobble qui, sous ses dehors flegmatiques devait bouillir d'indignation.

—Madame Bright, je vous prie, conduisez l'inspecteur et le sergent jusqu'au salon. Je les rejoins dans un instant, dit M. Max, juste au moment où Mme Agatha paraissait au pied de l'escalier.

Tandis qu'elle s'éloignait avec l'inspecteur, Phyllida entendit M. Max qui disait à sa femme :

—Ah, te voilà, ma chérie. Comment s'est passée ta matinée ? Tu as pu écrire ?

Phyllida fit signe à Cork de la précéder dans le salon.

—Je présume, Inspecteur, que vous n'aviez pas fini d'interroger tout le personnel quand les convives sont descendus.

Le salon était une pièce confortable et chaleureuse – comme la plupart des pièces de la maison – avec deux sofas au centre, disposés face à face. Sur une table basse, un petit vase contenant des roses fraîchement coupées reposait sur un napperon de couleur crème. Bien qu'on fût en été, un bon feu flambait dans la cheminée afin de chasser la fraîcheur matinale qui régnait dans cette partie de la maison exposée au nord.

—Il me reste à interroger la très estimée Mme Puffley et la bonne… euh… Benita, je crois. Est-il exact que les aides-cuisinières ne montent jamais ici, madame Bright ?

—Seulement de façon très exceptionnelle, Inspecteur. Elles sont très occupées à la cuisine et ne sont pour ainsi dire jamais appelées à se rendre à l'étage. Y a-t-il un problème avec Molly ou Rebecca ?

—Non, non. Mais j'ai trouvé curieux que l'une et l'autre ne soient entrées qu'une seule fois dans la bibliothèque.

Il s'installa sur le sofa et fit signe au sergent de prendre place derrière le secrétaire qui se trouvait dans un coin.

Phyllida n'eut pas le temps de lui répondre, car des voix excitées retentirent dans le couloir. C'étaient de voix de jeunes femmes, vraisemblablement celles des deux femmes de chambre. Réprimant un soupir d'exaspération, elle dit :

—Si vous voulez bien m'excuser…

Mais avant qu'elle ait pu sortir, Lizzie s'encadra dans le chambranle.

—Madame Bright, dit-elle d'une voix bien trop forte pour une femme de chambre (raison pour laquelle Lizzie était affectée au premier étage et non pas au rez-de-chaussée). J'ai trouvé quelque chose !

Phyllida aperçut le bas d'une jupe qui disparaissait au bout du couloir – vraisemblablement Ginny qui filait avant de se faire houspiller parce qu'elle parlait trop fort – puis son regard revint sur Lizzie qui tenait quelque chose à la main.

—Ah, parfait. Et peut-on savoir ce qui vous retient de travailler, Lizzie ?

—J'ai trouvé ça dans la Chambre grise, répondit la bonne surexcitée. C'était bien celle du mort – M. Waring, hein ?

—Pourquoi ne l'apportez-vous pas à l'inspecteur, au lieu de le crier sur tous les toits et de rameuter toute la maison ? demanda sèchement Phyllida. Eh bien, qu'est-ce que c'est ?

Elle le savait déjà, c'était la mallette de M. Waring.

—Je l'ai trouvée grande ouverte sur le lit, figurez-vous. Juste comme ça, dit Lizzie de sa voix de stentor.

Et dire que tous les membres du personnel allaient être dans le même état de surexcitation qu'elle, jusqu'à ce que cette affaire soit réglée, songea Phyllida contrariée.

—Eh bien, qu'attendez-vous ? demanda l'inspecteur tandis que la gouvernante évitait soigneusement son regard. Ouverte en grand sur le lit, dites-vous ?

—Oui, Monsieur, dit Lizzie.

Cork se tourna vers Phyllida, qui affichait un air distrait, bien qu'elle sût pertinemment qu'il n'était pas dupe. Après tout, elle se trouvait dans la chambre de Waring quand Cork y était entré pour l'inspecter.

—Ce qui veut dire que quelqu'un est entré dans la chambre, y a trouvé la mallette et l'a ouverte, médita l'inspecteur en examinant la serrure. En la forçant, ajouta-t-il en pinçant les lèvres. Posée sur le lit, hein ?

—Oui, Monsieur.

—Voyez-vous ça, dit Phyllida avec une parfaite innocence, tout en ôtant le vase et le napperon et en les tendant à Lizzie pour faire de la place sur la table afin d'y déposer la mallette. Peut-être qu'il, ou elle, a été interrompu pendant qu'il était en train de fouiner et qu'il ou elle a quitté la chambre précipitamment pour ne pas être découvert ?

—Peut-être, dit Cork avec humeur.

À son grand dam, la gouvernante se sentit rougir, chose qui ne lui était pas arrivée depuis au moins dix ans.

Mais l'attention de l'inspecteur s'était portée sur le porte-documents de M. Waring.

—Et vous venez de la trouver à l'instant, Mademoiselle ? voulut savoir Cork.

—Oui, Monsieur. Je suis descendue faire la commission à propos des fleurs pour la chambre de Mme Agatha, comme vous me l'aviez demandé, madame Bright, et quand je suis remontée dans la Chambre grise, je l'ai trouvée – paf – en plein sur le lit.

Phyllida tiqua intérieurement, car lorsque Lizzie avait mentionné la commission à propos des fleurs, Cork l'avait toisée longuement.

—Vous vous êtes absentée un assez long moment, madame Bright, dit-il en retournant négligemment le contenu de la mallette. Vous avez manqué plusieurs interrogatoires.

—Malheureusement, j'ai été retenue plus longtemps que prévu par mes obligations, Inspecteur. Mais comme vous le savez, le devoir n'attend pas. Ce sera tout, Lizzie, merci. J'imagine qu'il vous reste à faire toutes les autres chambres.

—Oui, Madame, dit la jeune femme avant de s'esquiver avec un petit signe de tête poli.

—Veuillez noter, Sergent, ordonna Cork. Le contenu de la mallette comprend un agenda, des crayons, une carte routière du Devonshire et… qu'avons-nous là ? Des photos, glissées dans le rabat intérieur.

—Des photos ? (Phyllida ne les avait pas remarquées quand elle avait fouillé en vitesse la mallette.) Comme c'est curieux.

Elle mourait d'envie de s'emparer des clichés pour y jeter un coup d'œil. Cependant, elle attendit que Cork se décide à les poser sur la table – quand il aurait fini de les examiner une à une en prenant tout son temps.

—Et un carnet ? dit-elle. Il n'y en a pas ? C'est étonnant. Un journaliste n'est-il pas censé prendre des notes ?

—Si, madame Bright, à condition qu'il s'agisse effectivement d'un journaliste. Ce qui reste à prouver. Et en effet, où le carnet a-t-il pu bien passer, s'il y en avait un ?

—Peut-être que la personne qui a fouillé dans ses affaires l'a subtilisé, pensant que ce pouvait être une pièce à conviction, suggéra Phyllida.

—C'est probable. Si seulement nous savions qui s'est introduit en douce dans la Chambre grise.

Sa voix était glaciale, tandis qu'il la dévisageait avec ce qui ressemblait de moins en moins à des yeux de poisson et de plus en plus à des yeux de félin.

—Inspecteur, je pense détenir l'information que vous cherchez.

—Je m'en doutais, madame Bright.

—Désolé de vous avoir fait attendre, Inspecteur, dit M. Max en entrant dans le salon.

Phyllida se leva promptement. Rester assise en présence de quelqu'un d'autre que Mme Agatha la mettait mal à l'aise.

—Je vais attendre que vous me donniez le signal d'aller chercher la personne suivante, Inspecteur, dit-elle.

—Après cet entretien-ci, je vous demanderai de m'accompagner à la cuisine, répondit Cork sur un ton qui ressemblait fort à une menace.

Et zut ! Elle avait réussi à se mettre le bonhomme à dos.

—Dois-je vous débarrasser de ceci, Inspecteur ? demanda-t-elle en tendant une main intrépide vers la mallette. Je vais l'emporter dans mon salon pour que vous puissiez l'examiner ensuite tranquillement.

Il poussa un soupir vaincu.

—Je suppose, madame Bright. Et maintenant, M. Mallowan, si vous voulez bien me dire ce que vous savez de M. Waring.

N'ayant aucune raison valable de rester pendant que M. Max faisait sa déposition, Phyllida se retira dans son boudoir afin d'examiner les photos à loisir.

Toutefois, elle n'avait pas fait deux pas dans le couloir que Freddie l'interpella.

—Madame Bright, M. Tentley vous attend à l'office.

Enfer et damnation ! Comment avait-elle pu oublier ? On était jeudi, le jour du boucher.

Elle soupira et alla déposer à regret le porte-documents avec les photos qu'elle n'avait toujours pas vues, dans son salon privé.

La vérité finirait par éclater, mais chaque chose en son temps.

10

— Allons, monsieur Tentley, vous n'espérez tout de même pas que je vais acheter votre rôti de bœuf à ce prix-là ? dit Phyllida en relevant les yeux du bordereau que le boucher lui avait donné.

Ils se trouvaient dans le réfectoire des domestiques qu'un couloir séparait de la cuisine et du garde-manger. La lourde table où ils étaient assis pouvait accueillir jusqu'à vingt personnes. Les valets invités avaient momentanément déserté l'office pour monter mettre de l'ordre dans les affaires de leurs maîtres, qui étaient présentement en train de prendre leur petit déjeuner.

—Mme Puffley m'a dit que les jambons de la semaine dernière étaient plus petits que d'ordinaire. J'ai vu ceux de M. Barker et je dois dire qu'ils ont l'air excellents pour le prix.

Phyllida le scruta par-dessus ses lunettes qu'à son grand dam elle était obligée de chausser pour pouvoir lire le gribouillis illisible du boucher.

Alton Tentley portait un tablier de boucher fraîchement lavé et sans tache quand il venait à Mallowan Hall. Il avait ôté son calot, révélant un crâne luisant sous des cheveux gris clairsemés.

—Oui, madame Bright, je comprends, et c'est pour ça que je suis venu vous dire que j'ai mis trois jambons de côté pour Mme Puffley. Ils sont plus gros que ceux de la semaine dernière, et je vous offre le quatrième pour faire bonne mesure, dit l'homme. Et j'espère que vous allez me passer votre commande habituelle, hein ?

D'un geste gracieux, il posa une petite flasque brune devant elle sur la table.

Hum. Du madère.

Phyllida ne disait jamais non à un thé arrosé d'un doigt de whisky, mais le madère était son péché mignon. Et à en croire l'étiquette, cette bouteille-là était de meilleure qualité que celle que lui avait offerte le fromager. Le bouche-à-oreille quant à ses préférences semblait fonctionner.

Il n'était pas rare que les commerçants fassent de petits cadeaux aux gouvernantes (et parfois aux cuisinières) afin de les fidéliser. Après tout, une maison comme Mallowan Hall pouvait changer la vie des petits commerçants locaux, bouchers, laitiers, marchands de primeurs, couturières, blanchisseuses, et tout ce qui s'ensuit. Et c'était ainsi que Phyllida s'était constitué une réserve modeste, mais non négligeable de whisky et de madère, de thé, de fromage et de bœuf séché, ainsi que de colifichets et garnitures en dentelle pour embellir sa toilette ou son intérieur. Elle avait même eu droit à une paire de gants en chevreau fourrée en poil de lapin, courtoisie de la fournisseuse en linge de maison et toiles fines de Mallowan Hall.

—Je vais vous passer commande, monsieur Tentley. Jusqu'à présent, Mme Puffley et moi-même avons été pleinement satisfaites de la qualité de vos viandes et de vos prix, de sorte que je ne vais pas vous pénaliser pour une malencontreuse erreur. (Elle fronça les sourcils, ajusta ses lunettes, puis posa sur l'homme un regard interrogateur et pointant du doigt le mot *mouton*, demanda :) Est-ce un six que je vois écrit ici ?

—Oh, non, non, madame Bright. Pardonnez mon gribouillis, dit Tentley en s'emparant promptement de la feuille et en écrivant un cinq par-dessus le chiffre (qui était bien un six), soit un rabais de dix pour cent pour sept livres de mouton.

—Merci, dit-elle en reprenant le bon de commande et en le plantant sur le pique-fiches où elle gardait toutes les factures en attente.

Le monticule informe de factures irritait la femme organisée qu'elle était, car il était impossible d'empiler proprement tous ces papiers de tailles diverses, écornés ou froissés quand ils n'étaient pas tachés ou déchirés. Sans compter que déchiffrer les pattes de mouche des fournisseurs était un exercice de patience qui s'apparentait à de la cryptographie. Raison pour laquelle Phyllida n'avait aucun scrupule à accepter les cadeaux desdits fournisseurs.

—J'ai entendu dire qu'il y aurait eu un mort ici, ce matin ? fit Tentley, en se penchant au-dessus de la table comme s'il s'apprêtait à entendre un secret. Un assassinat, c'est ça ? Scotland Yard est là à ce qu'on dit.

Pas moins de dix minutes s'étaient écoulées avant que la conversation ne bifurque sur cette affaire – la plus trépidante que Listleigh ait connue depuis des lustres. Quand Phyllida était descendue à l'office pour rencontrer Tentley, elle avait remarqué que trois autres commerçants faisaient la queue – dont le volailler, qui était déjà passé la veille pour livrer trois oies, cinq canettes et sept poulets. Elle se demandait quelle excuse il allait bien pouvoir trouver pour expliquer cette visite impromptue.

—La téléphoniste n'a pas perdu de temps, on dirait, répliqua-t-elle d'un ton sec.

—Désolé, Madame, dit le boucher, l'air contrit, quoique sans abandonner ses airs de conspirateur.

—Bien, dit Phyllida.

Autant mettre fin aux souffrances du pauvre homme en lui transmettant des informations dignes de foi, même si elle n'avait aucun contrôle sur la façon dont lesdites informations seraient divulguées ensuite.

—Il se trouve que c'est moi qui ai découvert le mort, ce matin, dans la bibliothèque. Il a été frappé à la carotide.

Inutile de donner plus de détails.

—Un invité de M. et Mme Mallowan ? s'enquit Tentley, en se penchant imperceptiblement en avant, les coudes sur la table.

—Un visiteur qui n'était pas attendu, répondit-elle. Mais comme le temps était à l'orage, Mme Mallowan lui a proposé de passer la nuit ici.

—Il est resté et a eu la malchance de croiser quelqu'un qui l'a renvoyé chez son Créateur, c'est ça ? Il aurait mieux fait de continuer son chemin. À moins qu'il ne soit venu en train ? C'est le vieux Marcus qui l'a amené ?

—Il avait sa propre automobile. (Une pensée lui traversa soudain l'esprit et elle dit :) Il est peut-être passé par le village. Si quelqu'un l'a vu, ça pourrait peut-être intéresser Scotland Yard.

Et moi aussi.

—Quelle sorte d'automobile ?

Phyllida hésita. Elle n'avait pas la moindre idée du modèle – pour elle, toutes les voitures se ressemblaient.

—Vert sombre ou bleu marine, fut tout ce qu'elle parvint à se remémorer. Avec une capote noire.

—J'ai rien vu de tel, répondit Tentley en grattant le toupet grisâtre sur son crâne. (Il avait l'air déçu.) Je m'en serais souvenu.

—Bien, monsieur Tentley. Il me semble que nous nous sommes tout dit – pour aujourd'hui.

Elle poussa sa chaise qui racla bruyamment le plancher, puis se leva et le raccompagna jusqu'au couloir.

La fromagère, à ne pas confondre avec la laitière, était sa deuxième visiteuse. Alicia Amaldi alla droit au but. Elle tendit à Phyllida une facture pour cinq différentes sortes de fromage (la plupart originaires comme elle d'Italie), et dit :

—Il paraît qu'il y a eu un meurtre, madame Bright. Ici même à Mallowan Hall ! Jésus, Marie, Joseph ! Dans quel monde vivons-nous ? (Elle fit un signe de croix puis tapota le crucifix qu'elle portait autour du cou.) Qui était-ce ?

Phyllida lui transmit la même information qu'au boucher, et reçut la même réponse décevante quand elle mentionna le fait que l'automobile avait peut-être été aperçue dans le village. Elle eut ensuite une conversation similaire avec le volailler, Roger Winkle, puis le boulanger (qui, une fois n'est pas coutume, avait amené sa femme avec lui). Phyllida supposa que Mme Miller ne pouvait pas attendre le retour de son mari pour connaître tous les détails concernant le cadavre de Mallowan Hall ;

il les lui fallait toutes affaires cessantes. La femme avait un goût prononcé pour les commérages ainsi qu'une extraordinaire capacité à répandre les rumeurs.

Mais quand Mme Miller lui offrit un gâteau au citron recouvert d'un glaçage parsemé de violettes givrées, et une petite boîte de thé Assam, Phyllida décida que sa présence n'était pas un problème. Le gâteau était encore légèrement tiède et exhalait un délicieux parfum de citron et de fleur.

—Et on ne l'attendait pas, je parie ? dit Mme Miller. Un étranger qui débarque ici sans crier gare, et qui se fait trucider… Franchement, c'est pas croyable. (Le boulanger voulut dire quelque chose, mais sa femme ne lui en laissa pas le temps.) Et le voilà qui rapplique en auto et qui se gare en plein devant chez vous. Il venait de Londres, c'est bien ça, n'est-ce pas, madame Bright ?

—Je n'ai jamais dit cela, répondit Phyllida. L'inspecteur n'a pas réussi à remonter sa trace, de sorte que nous ignorons d'où il venait.

—Vous vous rendez compte ! dit Mme Miller, les yeux écarquillés autant par l'horreur que par la curiosité. Mais il devait sûrement connaître quelqu'un ici pour faire tout ce chemin en voiture. Si ça se trouve, il s'est peut-être arrêté à La Pie jacasse ?

Avant que Phyllida ait pu répondre, Molly passa la tête par l'embrasure.

—Excusez-moi, madame Bright, mais M. Dobble demande à vous parler. Tout de suite.

Phyllida se leva, heureuse de cette interruption. Elle rafla la bouteille de madère ainsi que le cake au citron et le paquet de thé, et déclara :

—Monsieur Miller, j'aurai seulement besoin de notre commande habituelle cette semaine, bien que je vous remercie d'être passé. Bonne journée à vous et encore merci pour le cake. Molly, s'il vous plaît, veuillez raccompagner M. et Mme Miller, et dites aux autres fournisseurs que je ne pourrai pas les recevoir avant demain, car nous sommes très occupés étant donné les circonstances.

Sa bouteille solidement calée sous le bras, Phyllida ramassa son pique-fiches et s'élança hors de la pièce. Elle jeta un coup d'œil dans la cuisine, où Mme Puffley était en train de ficeler un rôti tandis que Rebecca versait de la mousse de saumon dans un grand moule en forme de poisson. Deux autres moules plus petits, posés sur le comptoir, attendaient d'être remplis à leur tour. Benita se trouvait dans l'arrière-cuisine où elle faisait la vaisselle du petit déjeuner des domestiques ainsi que les assiettes qui commençaient à arriver de la salle à manger des convives.

Rebecca jeta un rapide coup d'œil à sa cheffe, et Phyllida crut déceler une étrange expression – de culpabilité, ou simplement de méfiance – sur les traits de la jeune femme. Puffley était-elle dans un de ses mauvais jours ? Avait-elle balancé des casseroles ? Où était-elle contrariée à cause du service à thé renversé de ce matin ?

Quoi qu'il en soit, Phyllida n'allait pas avoir le temps d'assister à la suite du drame – et dès lors que personne à la cuisine n'avait les yeux rouges d'avoir pleuré, elle décida que cette affaire pouvait attendre.

Il était rare que M. Dobble la convoque (parce qu'il avait peur qu'elle ignore ses injonctions ?), de sorte qu'il devait avoir une bonne raison pour cela. Peut-être en rapport avec le meurtre.

Quand Phyllida poussa la porte capitonnée qui servait littéralement de ligne de démarcation entre le monde des domestiques et celui des maîtres, elle sursauta en voyant le majordome. Ce crétin se tenait si près de la porte qu'un peu plus elle l'embrochait par mégarde avec son pique-fiches.

—Monsieur Dobble ? dit-elle en resserrant son bras autour de la bouteille de madère.

Non qu'elle se sentît obligée de la dissimuler au regard du majordome, mais elle préférait ne pas attiser sa jalousie.

—Madame Bright, nous avons un problème, dit-il d'un air si pincé que ses lèvres bougeaient à peine quand il parlait.

—Plusieurs même, répondit-elle. À quoi vous référez-vous au juste ?

Son regard se porta sur la bouteille, puis sur le cake et le thé, et sa bouche se pinça encore plus.

—Vous devriez peut-être vous débarrasser de tous vos paquets afin que nous puissions nous occuper de *celui-là.*

D'un signe de tête, il désigna la porte d'entrée.

—Je vois, dit Phyllida en remarquant un petit attroupement devant la porte. *Et flûte.*

Il n'était pas bien difficile de deviner quelles étaient les intentions de ces individus, qui brandissaient des carnets et des stylos ou des appareils photo.

—Mme Agatha est au courant ?

—Pas encore, répondit M. Dobble en jetant un coup d'œil furtif au salon. Elle est avec M. Max et l'inspecteur depuis un certain temps. Mais leur entretien ne devrait pas se prolonger beaucoup plus longtemps. Car enfin, on ne peut tout de même pas les soupçonner d'avoir commis le meurtre.

—Non, certainement pas, concéda Phyllida. C'est une idée grotesque.

—Mais vous savez ce que c'est, avec toutes ces histoires de poison, de coups de couteau et de cadavres… et toutes les recherches de Mme Agatha… et puis son étrange disparition, dit-il avec un nouveau regard inquiet du côté de la porte.

—Je m'étonne que vous n'ayez pas envoyé Stanley et Freddie les disperser, dit Phyllida sèchement.

Pourquoi diable ressassait-il ces sinistres pensées ? Et pourquoi Dobble voulait-il qu'elle l'aide à chasser les journalistes alors que ses prérogatives se limitaient strictement à superviser l'intérieur de la maison.

—Freddie est en train de servir le petit déjeuner, et je dois moi-même m'occuper d'affaires plus urgentes. Oh, et à l'occasion, dites à Puffley que les jaunes des œufs à la coque n'étaient pas centrés. J'en ai vu moi-même trois dont le jaune était tout au fond.

Phyllida garda ses lèvres fermement closes, bien qu'elle ait eu une furieuse envie de répliquer qu'une aide de cuisine ne pouvait pas perdre son temps à remuer constamment des œufs pochés dans une casserole pour s'assurer que les jaunes restaient bien au milieu des blancs. Qui est-ce que cela dérangeait ? Certainement pas M. et Mme Mallowan.

—Et Stanley est introuvable, ajouta le majordome.

Phyllida fronça les sourcils. Stanley était un coureur invétéré, mais c'était aussi un domestique consciencieux et responsable. On n'avait encore jamais vu un valet porté disparu en pleine action.

—La dernière fois que je l'ai croisé, c'était pendant son entretien avec l'inspecteur Cork, il y a une heure tout juste, dit-elle en consultant sa montre de gousset. Pourquoi n'êtes-vous pas allé parler aux journalistes vous-même, M. Dobble ? Il y a longtemps que vous auriez dû les chasser.

—En effet, madame Bright. Et je m'apprêtais à le faire, mais j'ai pensé que nous aurions plus de poids si nous étions deux pour chasser ces fauteurs de troubles.

Phyllida n'avait aucune intention de chasser les intrus qui risquaient de prendre sa photo ou même de se procurer son nom. Elle préférait garder l'anonymat et se cantonner à son rôle circonspect de gouvernante, loin de Londres, dans cette charmante petite bourgade de province.

—Je suis certaine que vous n'avez pas besoin de l'assistance d'une femme pour chasser une poignée de reporters, monsieur Dobble. Ah, et comme j'entends M. et Mme Mallowan prendre congé de l'inspecteur Cork, je pense que le moment est venu pour vous de passer à l'action. Je n'ose imaginer ce que Madame va penser si elle se retrouve encore une fois traquée par les journalistes.

En réalité, Phyllida savait exactement ce qu'Agatha allait penser et ce qu'elle allait ressentir en apprenant qu'il y avait des reporters et des photographes qui se pressaient sous ses fenêtres. Elle serait dévastée et horrifiée, car cela ferait remonter tous les terribles souvenirs de son mariage avec Archie et du fiasco qui avait suivi. Quel dommage que la presse s'intéressât davantage à ces onze jours où

Agatha avait disparu de la surface de la Terre plutôt qu'à son œuvre de fiction.

M. Dobble lui décocha un regard dans lequel il lui sembla percevoir de la terreur. Mais quoi qu'il en soit, il se dirigea d'un pas raide et prompt vers la porte d'entrée, les pans de son habit frémissant derrière lui.

Ceci réglé, Phyllida fila dans son salon privé pour se débarrasser de ses paquets. Stilton, qui occupait sa place habituelle sur le fauteuil en chintz bleu, étrécit les yeux lorsqu'elle vit sa maîtresse entrer en trombe. Rye était étendu sur le dessus du bibus, sa queue en forme de *J* se balançant devant une collection d'ouvrages consacrés à la botanique et d'herbiers.

—Oui, leur dit-elle, nous allons partager, lorsqu'ils levèrent le nez pour humer le cake, car même s'ils préféraient le carrot cake au cake au citron, ils n'étaient pas assez bêtes pour refuser une part de gâteau.

Elle gratifia Stilton d'une caresse vigoureuse qui fit frissonner la chatte de plaisir.

L'attention de Phyllida se porta sur son bureau et son agenda, ouvert à la page du jour, même si elle n'avait pas pris le temps ne serait-ce que d'y jeter un coup d'œil. Pour des raisons évidentes.

Elle s'aperçut qu'elle était très en retard sur son planning, qui incluait la confection de poudre dentifrice (ou plus exactement de superviser Bess et Lizzie pendant qu'elles s'en chargeaient), ainsi que la distillation d'eau de romarin, d'orange et de rose. Toutes ces tâches revenaient à la gouvernante et non à la cuisinière, et se déroulaient donc dans le cellier qui jouxtait le garde-manger, lui-même adjacent à la cuisine. Loin des entretiens menés par l'inspecteur Cork. Elle n'allait même pas trouver un instant pour regarder les photos qui se trouvaient dans la mallette de M. Waring.

Comment diable allait-elle pouvoir mener l'enquête alors qu'elle avait une maison entière à administrer ?

Et voilà que Stanley s'était volatilisé.

Oh, et puis zut ! Le maudit valet était la responsabilité de M. Dobble, pas la sienne… Sauf qu'il leur revenait à tous les deux de gérer conjointement le domaine. De sorte que Phyllida ne pouvait ignorer la disparition inopportune du domestique, même si elle en avait envie.

—Bien, dit-elle à Rye qui continuait de balancer sa queue en la regardant d'un œil torve. Je ferais bien de me lancer à la recherche de Stanley. J'espère juste que son absence n'a aucun rapport avec le décès de M. Waring.

Mais non, voyons. Le meurtrier ne pouvait être qu'un des invités, et tous avaient dormi jusqu'à tard, et maintenant ils étaient occupés à petit-déjeuner.

C'était le moment idéal pour aller fouiner.

11

Phyllida ne voulait pas attirer l'attention sur la disparition de Stanley, mais elle décida néanmoins de faire sa tournée d'inspection plus tôt qu'à l'ordinaire au cas où les femmes de chambre sauraient où était passé le premier valet.

En principe, elle attendait jusqu'après le déjeuner de midi pour aller inspecter les chambres à coucher, pendant que les filles étaient occupées à d'autres tâches. Mais aujourd'hui n'était pas un jour ordinaire, et en plus de s'assurer que le ménage avait bien été fait, elle allait fourrer son nez là où elle pensait pouvoir trouver des indices intéressants.

Tout en gravissant les marches qui menaient au rez-de-chaussée, Phyllida jeta un regard par la petite fenêtre qui donnait sur le devant de la propriété. Les escaliers réservés au personnel étaient généralement sombres et étroits, mais ici à Mallowan Hall, ils étaient larges et dotés de petites ouvertures qui offraient une vue imprenable sur l'élégante courbe de l'allée principale et le vaste perron. Sans doute était-ce voulu, afin que le majordome, les valets et la gouvernante puissent surveiller les allées et venues, ce qui n'aurait pas été possible depuis un escalier aveugle.

Elle nota avec satisfaction que M. Dobble avait réussi à disperser les vautours de la presse – du moins temporairement – même si elle savait que cette dispersion ne durerait pas. Et d'ailleurs…

Elle se figea devant la petite fenêtre du premier palier. Non, ses yeux ne l'avaient pas trompée. Elle avait bien aperçu comme un frémissement dans la haie de buis, derrière les hortensias tout au bout de la pelouse, côté sud. Un objet métallique avait furtivement scintillé au soleil. Maudits photographes !

Phyllida reprit son ascension, irritée par cette invasion de son intimité autant que celle des Mallowan. Arrivée au second palier, elle franchit la porte de l'office et émergea dans le couloir en forme de U où se trouvaient la plupart des chambres d'amis. Au moins, les reporters embusqués à l'extérieur ne pouvaient pas prendre de photos nettes de cette partie de la maison. Elle en informerait M. Dobble dès que possible.

En attendant, elle allait jeter un coup d'œil aux chambres des invités.

Ici, au premier étage, se trouvaient la Chambre grise, ainsi que celle des Devine, des Hartford et de M. Grimson.

Sans perdre une seconde, Phyllida se faufila dans la chambre la plus proche. Elle ne craignait pas de se faire surprendre par son occupant au cas où celui-ci entrerait, étant donné qu'elle avait toutes les raisons du monde d'être là.

La chambre du beau et ténébreux M. Devine était la première. Elle découvrit que l'homme était soigneux et que son habit d'après-midi avait déjà été préparé et disposé sur le serviteur. Une paire de souliers reposait contre le mur. Elle tenta de déterminer si ceux-ci crissaient à la marche, mais ne pouvant pas les enfiler, son expérience s'avéra infructueuse.

Sur la commode s'étalaient pêle-mêle boutons de manchettes, épingles à cravate, ainsi que deux petites bagues qu'il devait porter à l'auriculaire. Il avait apporté un pot de brillantine, un petit nécessaire à barbe, de la crème à raser, ainsi que neuf chemises blanches fraîchement empesées pour un séjour de trois jours. Elle passa en revue le reste des affaires contenues dans sa malle, mais ne trouva rien qui fût digne d'intérêt.

Le lit était défait, les femmes de chambre n'étant pas encore passées. Elle jeta un coup d'œil dans la corbeille ; celle-ci ne contenait qu'une feuille blanche roulée en boule.

Il n'y avait rien sur la table de chevet hormis un mouchoir et un petit agenda. Naturellement, elle le feuilleta, mais sans rien y trouver d'intéressant. Beaucoup de rendez-vous à Londres, apparemment. Et il avait vu un dentiste la semaine dernière – sans doute pour préserver son sourire éclatant. Phyllida eut une grimace compatissante.

La chambre de Grimson était à côté. Elle était étonnamment bien rangée. N'eût été la corbeille à papiers qui n'avait pas été vidée, on aurait pu croire que les bonnes avaient déjà fait le ménage. Même le lit, alors qu'il avait été utilisé, était fait et ses oreillers retapés. M. Grimson faisait partie de ces gens qui ne supportaient pas le moindre désordre, allant jusqu'à replier les essuie-mains après s'en être servi.

Sur la commode, son nécessaire de toilette était aligné comme à la parade : pommade, brosse et ciseaux à moustache, un petit pot de cire, de la crème à raser et une brosse. Ses bagues et boutons de manchette étaient également soigneusement alignés sur un petit plateau en argent qu'il avait dû apporter.

Ses vêtements étaient soigneusement pliés et quelqu'un avait sorti pour lui son habit d'après-midi. Un homme aussi maniaque que M. Grimson ne pouvait pas porter des chaussures qui couinaient, songea Phyllida. Toutefois, ne pouvant là encore pas les enfiler, elle laissa la question en suspens.

La photo d'une belle jeune femme trônait sur la table de nuit, à côté d'un roman et d'une paire de lunettes. Il y avait également une pochette d'allumettes du Red Bar, qui devait se trouver quelque part dans le Yorkshire.

La chambre de Mme Devine se révéla beaucoup plus intéressante – tout au moins pour une femme. Il y avait une multitude de fards à joues, poudres de riz, crèmes faciales, lotions toniques, bâtons de rouge à lèvres et vernis à ongles ainsi que toute sorte d'ustensiles dont elle ne connaissait pas l'usage.

Sur la coiffeuse s'étalaient des pinces à épiler, des ciseaux à ongles, un minuscule miroir grossissant, ainsi qu'un élégant poudrier serti de perles et d'opales, que Phyllida prit le temps d'examiner. Les bijoux de Mme Devine n'étaient pas aussi bien rangés que les accessoires de M. Grimson, mais ils n'étaient pas pour autant laissés en vrac, comme c'était souvent le cas des boucles d'oreilles, colliers et bracelets. Phyllida ne put qu'admirer les pinces à cheveux en strass, qui devaient être du meilleur effet sur la chevelure noir de jais de Mme Devine. Elle remarqua également un fer à friser et une petite boîte métallique contenant des centaines d'épingles à cheveux pour les accroche-cœurs.

La garde-robe de Mme Devine était impressionnante. Les tons en étaient chatoyants (ce qui seyait parfaitement à une brune) : robes bleu saphir, rouge grenat ou vert émeraude. Un peignoir en soie blanche brodée de dragons rouge et or reposait négligemment sur un fauteuil.

Phyllida aurait pu passer des heures à admirer les robes, mais elle ne disposait que de très peu de temps car, pour des raisons évidentes, elle voulait inspecter les chambres de tous les hommes.

Elle prit tout de même quelques minutes pour examiner le contenu de la corbeille, où elle trouva des lingettes et des boules de coton à démaquiller, ainsi que celui de la malle et de la penderie où les robes de Mme Devine avaient été accrochées.

À côté du lit, elle avisa une paire de mules blanches garnies de plumes – peu pratiques quand on voulait avoir les pieds au chaud, mais très à la mode. Sur la table de chevet, un petit carnet de notes qui semblait contenir des recettes de cuisine ou de beauté côtoyait une tasse de thé et un reste de biscuit.

Phyllida passa ensuite à la chambre de Mme Hartford. Là, Lizzie et Bess étaient déjà passées.

Cependant, sous l'odeur citronnée de l'encaustique on percevait le parfum de Mme Hartford – un bouquet floral mêlé d'essence de pin. Une senteur plaisante et fraîche qui seyait bien à Amelia Hartford.

La coiffeuse était, là encore, encombrée de toute une panoplie d'accessoires de beauté : crèmes, fards à joues, mascara, khôl, rouge à lèvres, poudre, etc. Ses bijoux étincelants, colliers, boucles d'oreilles, pinces à cheveux pour ses tresses aux reflets dorés et bracelets, n'étaient pas étalés sur la coiffeuse, mais rangés dans une mallette compartimentée.

La penderie était pleine de robes – robes de jour, robes du soir, et même une tenue de tennis. Le tout dans des tons denses, mais suaves en accord avec sa carnation : vert d'eau, aqua, myosotis, or bruni, rose poudré… Elle avait sept paires de chaussures assorties à ses toilettes, parmi lesquelles un peignoir à manches transparentes brodé de fil d'or qui ressemblait à une sortie-de-bain.

Phyllida inspecta les affaires qui restaient dans la malle. Il y avait bien un maillot de bain, ainsi que des dessous en soie et une *huitième* paire de chaussures.

Un peignoir et une paire de pantoufles assortie en soie bleu ciel étaient étalés sur le lit fait avec les oreillers retapés. Sur la table de chevet, Phyllida trouva un petit pilulier plein de cachets (vraisemblablement pour la migraine) et un verre à eau propre.

Elle nota avec satisfaction que le parquet était parfaitement balayé, et le tapis bien aligné, et que sur la pile d'essuie-mains proprement pliés reposait une savonnette à la rose. La femme de chambre avait même disposé quelques fleurs fraîches dans un petit vase.

La chambre de M. Hartford était la dernière de cet étage, et elle découvrit que sa malle de voyage était la copie conforme de celle de sa femme. Un gilet brun et noir reposait sur le serviteur, ainsi qu'une cravate d'une jolie teinte rouille et un manteau marron foncé – des tons qui devaient bien s'accorder avec sa chevelure blonde et son hâle doré.

Elle examina les deux paires de chaussures qui se trouvaient là, sans pouvoir déterminer si elles couinaient. La corbeille ne semblait rien contenir d'important – une enveloppe vide, une pochette d'allumettes usagée, et le reçu d'une station essence des environs de Londres.

Comme sa femme, M. Hartford gardait ses bijoux, boutons de manchette, épingles à cravate et bagues, dans une mallette compartimentée. Dans un des compartiments, il y avait un assortiment de boutons en ivoire et écaille de tortue – sans doute pour remplacer ceux de ses tenues favorites en cas de nécessité.

La malle ne contenait que des vêtements. Une brosse et un peigne, de la pommade ainsi qu'un nécessaire à barbe occupaient le dessus de la commode.

Elle allait sortir de la chambre quand la femme de chambre frappa. Bess sursauta en voyant sa cheffe.

—Oh, madame Bright, j'allais justement m'y mettre, dit-elle confuse.

—Oui, oui, pas de souci. C'est vous qui avez fait la chambre Lavande ? Elle est impeccable.

—Oui, Madame, mais ensuite j'ai dû redescendre chercher un nouveau plumeau parce que l'autre perdait ses plumes.

—Je comprends.

Phyllida laissa Bess faire son travail et monta au deuxième. Jusqu'ici, elle n'avait rien découvert d'intéressant – mais à quoi s'attendait-elle ? Le meurtrier n'allait tout de même pas laisser traîner des indices au vu et au su de tous. Pour autant son petit tour d'inspection lui avait permis de se faire une petite idée du tempérament de chacun des convives. S'ils étaient ordonnés ou pas, quelle sorte de choses ils jugeaient indispensables en voyage.

Comprimés, livres, photographies, notes, type de vêtements (et de souliers), et j'en passe.

Lizzie était au deuxième, en train de ranger la chambre de Mme Budgely-Rhodes.

—Doux Jésus ! s'exclama Phyllida en découvrant le capharnaüm qui régnait dans la pièce.

Des vêtements éparpillés aux quatre coins, ainsi que des tasses, des soucoupes et des restes de nourriture, sans parler des serviettes et des magazines.

—Heureusement que Mme Budgely-Rhodes a amené sa propre chambrière !

—Un fameux bazar ! dit Lizzie. Je vais me mettre en retard avec tout ça.

—Je suis sûre que vous allez vous en sortir haut la main, l'encouragea Phyllida tout en jetant un coup d'œil dans la corbeille que Lizzie avait déjà vidée, hélas.

De toutes les femmes invitées, Mme Budgely-Rhodes était celle qui avait le plus de bijoux et le moins de produits cosmétiques. Du vernis à ongles avait coulé sur un petit plateau (mais Dieu merci pas sur la commode), et il y avait des houppes, de la poudre et du rouge à lèvres partout. À côté du lit se trouvait une pile de magazines à scandale, ainsi qu'un biscuit à demi mangé et une tasse de café refroidi depuis longtemps.

Phyllida passa rapidement en revue les vêtements dispersés dans toute la chambre en levant mentalement les bras au ciel, puis s'en alla.

M. Budgely-Rhodes n'était guère plus soigneux que son épouse. Toutefois il avait apporté moins d'habits qu'elle, et en entrant dans sa chambre on n'avait pas l'impression qu'un cyclone avait tout emporté sur son passage.

Ses épingles à cravates, boutons de manchettes et chevalières s'amoncelaient en un tas brillant sur un petit plateau en bois posé sur la commode et, tout comme M. Dobble, il semblait porté sur l'utilisation de crèmes et lotions faciales, eau de Cologne et brillantine.

Son épouse et lui semblaient considérer qu'il était de leur devoir de faire tourner à eux deux l'industrie pharmaceutique et cosmétique.

À côté du lit, une liasse de papier, qui se révéla être le scénario d'une pièce de théâtre intitulée *Quinze jours à Hedgeberg*. Les taches de café et les pages écornées indiquaient qu'il en avait lu approximativement un tiers.

La corbeille contenait une pochette d'allumettes usagée, ainsi qu'une carte routière froissée et tachée de café, du coton hydrophile et des rognures d'ongles. Du moins ne les avait-il pas laissées dans le tiroir, comme M. Brevort l'année dernière. Phyllida quitta la pièce en frissonnant.

La chambre de M. Sloup était bien rangée, Lizzie étant passée par là. Il y avait une grosse malle de voyage toujours à demi pleine de vêtements alors même que la penderie regorgeait de costumes que le valet avait suspendus.

Phyllida s'attarda un peu plus dans cette chambre-ci, car l'homme à la personnalité sournoise l'intriguait. Elle espérait mettre la main sur quelque chose d'intéressant.

Et ce fut le cas.

Au fond de la malle, elle débusqua un de ces magazines exhibant des seins dénudés, des fesses rondes et une grande quantité de peau nue.

Allons bon. À défaut d'autre chose, cette découverte confirmait l'impression qu'elle avait eue de l'homme.

Phyllida remit soigneusement la revue là où elle l'avait trouvée, sous les vêtements.

Toutefois, hormis le magazine, il n'y avait pas grand-chose d'autre à découvrir, la corbeille à papier ayant été vidée et le plateau à thé, débarrassé par la femme de chambre.

Phyllida ressentit un profond soulagement lorsqu'elle quitta la pièce avec l'intention de regagner aussitôt son petit boudoir.

Elle fit une pause devant la grande fenêtre en demi-lune située au centre du couloir en U et qui offrait une vue sur le devant de la propriété et au-delà l'extrémité sud du domaine.

L'auto de l'inspecteur, toujours stationnée derrière celle du sergent, se trouvait presque pile-poil sous la fenêtre. À droite, on voyait l'allée pavée qui cheminait vers le sud et contournait la maison, où s'étirait une vaste pelouse bordée de saules et de grands chênes.

À gauche se dressait le grand garage, dont les fondements en pierre et l'étage en bois évoquaient une grange. La structure, qui jadis abritait des écuries, avait été reconvertie quand les Mallowan avaient acheté le domaine. Ni lui ni elle ne montaient à cheval – la seule fois où M. Max avait enfourché un canasson, l'an passé, c'était quand il avait quitté le site archéologique où il était en train de mener des fouilles pour se rendre à Bagdad afin d'entendre sa femme parler à la radio. Le couple n'avait donc aucune raison d'entretenir des chevaux – et de payer un palefrenier – alors qu'il pouvait avoir un chauffeur et plusieurs automobiles.

La vue du garage rappela à Phyllida qu'elle voulait examiner seule la voiture de M. Waring – une tâche de plus à rajouter à sa longue liste de choses à faire. Il n'y avait tout simplement pas assez de temps dans une journée pour élucider un meurtre *et* administrer une maison. Pourtant, s'il y avait quelqu'un capable d'un tel exploit, c'était bien Phyllida Bright.

Juste au moment où elle s'écartait de la fenêtre, elle aperçut une silhouette qui tournait au coin du garage, en rasant le mur de brique qui entourait la propriété. Elle se rapprocha pour observer l'homme, mais il était trop éloigné pour qu'elle pût distinguer autre chose que sa chevelure brune et le fait qu'il ne portait ni veste ni chapeau. Il se faufila dans le garage par la porte latérale en jetant un coup d'œil furtif en direction de la maison.

Dans le garage.

Où se trouvait la voiture de M. Waring.

12

Sans une seconde d'hésitation, Phyllida franchit de nouveau la porte de séparation et dévala les trois volées de marches de l'escalier de service. Elle était légèrement essoufflée quand elle atteignit la salle des domestiques, située un demi-étage plus bas. Vite, elle passa devant la cuisine et, se faufilant par la porte de derrière, émergea dans le jardin.

La caresse du soleil et de l'air frais la revigora. Elle traversa la cour à toutes jambes sans se soucier des poules qui s'égayaient sur son passage.

La porte latérale du garage était entrouverte. Phyllida hésita. Devait-elle entrer en trombe et se retrouver nez à nez avec l'individu qui se trouvait à l'intérieur – un de ces maudits reporters à tous les coups – ou devait-elle au contraire entrer sur la pointe des pieds et voir ce qu'il manigançait ?

La voiture de Charles Waring avait très certainement déjà fait l'objet d'un examen poussé de la part du sergent Greensticks – du moins fallait-il l'espérer, car Phyllida doutait de la capacité de l'inspecteur Cork ou de son acolyte à relever des indices, y compris quand ceux-ci se trouvaient sous leur nez.

Prenez le *Guide des relais-auberges d'Angleterre*, par exemple. Le guide de voyages constituait sans conteste une clé quant à l'identité et les mobiles du meurtrier, et pourtant, les prétendus experts l'avaient dédaigné.

Toutefois, il n'était pas impossible qu'un journaliste s'intéressât à tous les véhicules stationnés dans le garage – ne serait-ce que pour tenter de découvrir l'identité de tous les hôtes de Mallowan Hall. Si elle avait été une journaliste en quête d'une histoire croustillante à raconter, c'était certainement ce qu'elle aurait fait.

Mais foin de tergiversations, le moment était venu de confronter le... à moins que...

Elle était prête à pousser la porte quand elle se figea brusquement et ôta sa main.

À supposer que ce soit l'assassin lui-même qui se soit introduit dans le garage pour voir si l'auto de M. Waring ne contenait pas des indices compromettants ?

Phyllida rejeta aussitôt cette possibilité, pour la bonne raison que l'homme qu'elle avait aperçu en train de fureter – même depuis une fenêtre située deux étages plus haut – n'était pas l'un des invités des Mallowan. Outre qu'il ne portait ni veste ni chapeau, l'intrus arborait une tignasse brune bouclée qui aurait eu besoin d'une bonne coupe, et ne portait ni barbe ni moustache.

Non, ça ne pouvait pas être le coupable.

Sauf si celui-ci avait un complice – quelqu'un d'extérieur à la maison.

Elle aurait pu spéculer ainsi toute la journée sans avancer d'un iota. Non, décidément, elle n'avait d'autre choix que de « se jeter dans la brèche », comme aurait dit le grand Shakespeare.

Inspirant profondément, Phyllida pénétra dans le hangar.

La structure, autrefois conçue pour abriter des écuries, était vaste avec un haut plafond. Tous les boxes et les mangeoires avaient été ôtés afin de ménager un grand espace ouvert. Le sol en terre battue présentait çà et là des taches de cambouis. Bien qu'elle ne pût le voir de là où elle était, il y avait tout au fond une remise où se trouvaient un bureau, une chambre à coucher et une petite pièce de vie. Une odeur d'huile de moteur et d'essence, et de quelque chose d'autre dont elle ne parvenait pas à identifier la nature, imprégnait l'air.

L'édifice avait été doté de l'électricité à l'époque où des chevaux vivaient encore ici. Mais comme il était midi, l'unique lumière provenait d'une rangée d'ampoules au-dessus de l'établi, ainsi que de deux hautes fenêtres percées à chaque extrémité. Les grandes portes battantes étaient fermées, plongeant le bâtiment dans un demi-jour sinistre. L'endroit idéal pour fureter sans être vu.

Six véhicules étaient stationnés en une longue file, et il y avait encore de la place pour en accueillir un de plus. L'une des autos appartenait aux Mallowan, et de toute évidence, la seconde était celle de M. Waring, même si la couleur était difficilement discernable dans cette pénombre. Les quatre autres avaient dû arriver avec les convives, ce qui voulait dire que certains avaient fait la route ensemble ou avaient été acheminés jusqu'à la propriété par le vieux Marcus depuis la gare.

Il régnait un silence sépulcral dans la bâtisse, et si Phyllida n'avait pas vu un homme y entrer, elle n'aurait jamais soupçonné la moindre présence à l'intérieur.

À moins qu'il ne soit ressorti pendant qu'elle était en train de dégringoler l'escalier ? C'était peu probable.

Laissant la porte légèrement entrouverte, elle pénétra plus avant. Quiconque se trouvait là faisait en sorte de n'être ni vu ni entendu. Serrant dans sa main le maudit trousseau de clés qui pendait de sa ceinture, elle s'approcha sans bruit, mais d'un pas décidé des voitures.

Son pouls battait plus vite qu'à l'ordinaire, et ses mains étaient moites – juste un peu. Après tout, il n'était pas exclu qu'elle se retrouve nez à nez avec le meurtrier ou son complice. À cette pensée, elle chercha instinctivement des yeux quelque objet contondant avec lequel se défendre en cas de besoin, et comme elle se trouvait dans un garage, son regard fut attiré par un démonte-pneu.

Parfait !

Le saisissant à pleine main, elle continua d'avancer, dépassant la première, la deuxième, la troisième voiture…

Un son étouffé lui parvint – le bruit d'un objet cognant contre une surface métallique – puis une ombre glissa non loin de la sixième automobile. Charles Waring étant le dernier à être arrivé, son véhicule vert ou bleu sombre ne pouvait être que le dernier de la file.

Ce qui voulait dire que l'ombre appartenait à un journaliste sans scrupule – ou à l'assassin.

Qui que ce fût, il était en train de faire exactement ce que Phyllida avait imaginé : fouiller la voiture. Le pied de biche toujours brandi, elle ne se souciait plus à présent du tintement de son trousseau de clés.

—Monsieur ! s'écria-t-elle dès qu'elle vit des godillots poussiéreux et les jambes d'un bleu de travail émergeant de la portière du véhicule. (Les pieds et les jambes tressaillirent au son de sa voix péremptoire et un corps s'extirpa des profondeurs de la voiture.) Qu'est-ce que vous faites ?

En un clin d'œil, il se glissa de l'habitacle avec une aisance et agilité qui prit Phyllida par surprise.

L'intrus était un gaillard immense, aux mains comme des battoirs, et dont les manches retroussées révélaient des bras musclés, qu'un démonte-pneu n'aurait pas suffi à impressionner. Toutefois, Phyllida ne recula pas d'un pas, même si son cœur battait à tout rompre. Après tout, elle avait su tenir tête à des soldats irascibles, rendus fous par la fièvre, la douleur ou l'obusite (quoique peut-être pas aussi intimidants). Ce n'était pas le moment de flancher.

—Non, mais, qu'est-ce qui vous prend de me tomber dessus comme ça ? demanda l'homme furieux en se frottant l'arrière du crâne. Ses yeux étaient aussi sombres que sa tignasse en bataille, et il était soit très bronzé, soit d'une carnation naturellement café au lait.

Curieusement, en dépit de sa chevelure en bataille et de ses vêtements qui n'avaient pas dû croiser de fer à repasser depuis un certain temps, il était rasé de frais.

—Et qui êtes-vous, nom d'une pipe ?

Nullement embarrassé ou contrit, il affichait cette indignation outragée de l'individu qui cherche à se défausser lorsqu'il est pris la main dans le sac. C'était précisément cette tactique qu'elle aurait employée si elle s'était fait prendre en pareille situation (dans la Chambre grise, par exemple). Sauf que son indignation semblait bien réelle et que les bonnes manières n'étaient clairement pas son fort.

—Je vous ai vu fureter, répondit-elle d'un ton sec, comme lorsqu'elle recadrait ses femmes de chambre. Ceci est une propriété privée et vous n'avez rien…

—Non, mais, qu'est-ce que vous baragouinez ? s'emporta l'homme.

Il se pencha en avant, prenant une pause intimidante. Et juste au moment où il ouvrit la bouche pour parler, elle s'aperçut qu'elle savait déjà ce qu'il allait dire (quoique pas de façon aussi grossière) :

—Je suis le foutu chauffeur et j'ai parfaitement le droit d'être ici. Mais, et vous, qui êtes-vous, bon sang ?

Les genoux de Phyllida se mirent à trembler quand elle comprit qu'elle venait de faire la connaissance de la dernière recrue des Mallowan, et pour la deuxième fois aujourd'hui, ses joues menacèrent de s'empourprer.

—Je suis Mme Bright, la gouvernante. Et…

Il lâcha un grognement qui non seulement l'interrompit, mais lui donna l'impression qu'il avait déjà entendu parler d'elle et pas en bien (merci, M. Dobble). Posant ses mains sur ses hanches, l'homme la foudroya du regard.

—Je croyais que le domaine de la gouvernante était la *maison*, pas le foutu garage. (Son attention se porta soudain sur l'arme de fortune qu'elle tenait à la main.) Nom de Dieu, et vous voulez faire quoi avec ce truc ?

Avant qu'elle ait pu réagir, il la lui arracha des mains. S'il n'avait pas eu besoin de forcer pour la lui ôter, c'était uniquement parce qu'elle avait été sidérée par sa goujaterie sans bornes.

—Je pensais que vous étiez un de ces journalistes qui fourrent leur nez partout, répondit-elle d'une voix glaciale.

—Et vous alliez… ? Il désigna le démonte-pneu, les sourcils haussés.

Phyllida renonça à riposter par une remarque cinglante et se contenta de répondre :

—Un meurtre a été commis dans la maison…

—Sans blague ? dit-il avec une expression de surprise délibérément exagérée.

Puis un sourire sans joie étira ses lèvres et il balança le pied de biche dans un coin avec d'autres outils.

Elle grinça des dents et, avec le plus grand calme, déclara :

—Et pour cette raison, le jardin grouille de photographes et de reporters. Et quand je vous ai vu vous faufiler dans le garage en douce…

—En douce ? répéta-t-il, incrédule. Bon sang de bonsoir, je viens à peine de prendre mon service que vous me cherchez déjà des poux dans la tête. Vous n'avez donc rien à fiche dans cette grande baraque, pour me tomber sur le poil alors que je fais mon travail ?

Une fois encore, elle s'abstint de relever cette remarque blessante. Se remémorant enfin le nom du quidam (que M. Dobble avait mentionné au passage quelques semaines plus tôt), elle reprit de l'assurance et répondit sèchement :

—Si vous aviez daigné dîner hier, ou petit-déjeuner ce matin, à l'office, nous aurions fait connaissance, monsieur Bradford. Et je vous aurais reconnu, et vous ne vous seriez pas cogné la tête.

Elle réussit à peine à contenir un sourire.

—Bradford suffira, madame Bright, répliqua-t-il avec ce qui ressemblait à un sourire sardonique. Et je vous signale que j'ai pris mon petit déjeuner à l'office, mais sans doute étiez-vous occupée à fourrer votre nez partout ailleurs.

Phyllida parvint à cacher son indignation. L'homme n'avait donc pas même une once de politesse ? Et pourquoi diable Dobble avait-il engagé pareille créature à Mallowan Hall ? Dieu merci, il était relégué au garage, là où elle aurait peu de chances de le croiser.

Sauf quand elle devrait se rendre à Listleigh. Ce qui arrivait régulièrement.

—Très bien, Bradford. Sachez que le parc grouille de reporters et que, lorsque je vous ai vu vous introduire subrepticement dans le garage, j'ai pensé qu'il valait mieux que je prenne les choses en main. M. Dobble est très occupé, entre le service du petit déjeuner et l'enquête policière – et maintenant le valet qui a disparu.

—Sans blague ? Cette fois, il n'y avait pas le moindre sarcasme dans sa voix.

Phyllida savait se montrer magnanime.

—Oui. Stanley a disparu depuis une heure environ. Et comme cela ne lui ressemble pas, nous sommes inquiets.

—C'est vraiment pas de chance.

Il semblait lui aussi sincèrement concerné.

—En effet.

—Espérons qu'il n'a pas cherché à prendre les choses en main lui aussi en tombant à bras raccourcis sur quelqu'un qui n'aime pas être dérangé, dit Bradford, et qui faisait son foutu boulot et rien de plus.

Après être tombée nez à nez avec un cadavre un peu plus tôt dans la journée, et sachant que le meurtrier était toujours dans les parages – sans parler des journalistes – Phyllida était un tantinet soupe au lait.

—Bien, monsieur Bradford, dit-elle quand elle fut certaine d'avoir retrouvé son calme. Espérons que Stanley n'a pas connu le même sort que ce pauvre M. Waring.

—Poignardé dans le cou, dit l'homme, quelque peu radouci. Pas une mort agréable. Et pas facile de toucher la carotide. Il a dû mettre un temps fou à se vider de son sang.

—Surtout avec un stylo-plume.

—Un stylo-plume ? On l'a poignardé avec un stylo-plume ?

Il grommela quelque chose dans sa barbe qui ressemblait à un juron.

Phyllida décida qu'elle avait assez perdu de temps. Elle avait mieux à faire que parler avec ce grossier personnage, soupe au lait et insupportable.

—Pendant que j'y suis, dit-elle froidement. J'aimerais jeter un coup d'œil à la voiture de Charles Waring. Je présume que c'est celle-ci ?

Elle désigna le véhicule dont Bradford s'était extrait.

—Non, dit-il, les mains sur les hanches et l'air hautain. Pourquoi ?

—C'est celle-là alors ? insista-t-elle en pointant du doigt la voiture suivante. Elles se ressemblent toutes, si vous voulez mon avis.

—Pourquoi ? répéta-t-il.

—Je désire voir le véhicule de M. Waring, monsieur Bradford. Je n'ai pas à vous donner de raison pour cela.

—C'est l'Aston Martin ST18.

Phyllida passa la rangée de voitures en revue, espérant voir un *ST18* inscrit quelque part.

—C'est celle du milieu, dit-il, désabusé, en désignant l'Aston Martin. Celle avec la capote rabattue.

Comme Phyllida s'approchait de l'auto (qui, à son grand soulagement, était bleu marine), il ajouta :

—Vous trouverez rien. Le sergent l'a déjà inspectée de fond en comble.

Elle se retourna. Il était toujours là, les mains sur les hanches, une expression hargneuse sur ses traits.

—Le sergent Greensticks serait incapable de trouver son propre nez, même s'il éternuait, glapit-elle en retour. Et même s'il le trouvait, je doute que lui ou l'inspecteur Cork sache quoi en faire, même si je leur tendais un mouchoir.

Il émit un son qui aurait pu passer pour un gloussement ou un reniflement. Mais Phyllida avait déjà tourné les talons. Elle savait que si elle continuait à parler avec cet homme, elle risquait de commettre un acte irréparable.

Or, Phyllida Bright ne se laissait jamais dominer par ses émotions.

13

Phyllida ne trouva rien dans la voiture de Charles Waring. Tout ce qu'elle en retira quand elle s'extirpa des profondeurs de l'habitacle était une jupe froissée et un chignon défait.

Heureusement, Bradford n'était nulle part visible, de sorte qu'il ne la vit pas dans ce piteux état. Phyllida ôta promptement quelques épingles de ses cheveux et remit les mèches folles à leur place.

Elle s'apprêtait à sortir du garage quand une autre pensée lui traversa soudain l'esprit – une pensée qui n'avait vraisemblablement pas effleuré Cork, ou le sergent. Elle était quasi certaine que le meurtrier était l'un des invités du manoir, et peut-être y avait-il quelque chose dans l'une des voitures qui aurait pu permettre de le démasquer… (elle avait décidé qu'il s'agissait d'un homme).

Mais quoi ? Elle n'en savait rien, mais elle était sur place et c'était l'occasion ou jamais…

—Vous êtes encore là ? (Elle sursauta légèrement en entendant la voix du chauffeur.) Bon sang, si j'avais su comme les gouvernantes se la coulaient douce, j'aurais postulé.

Elle résista au besoin de passer une main sur son chignon pour s'assurer qu'il était bien en place.

—Je vous vois mal portant une robe, monsieur Bradford. Et maintenant, si vous voulez bien augmenter l'éclairage, j'aimerais un peu plus de lumière.

Il écarquilla les yeux incrédules, mais, contre toute attente, obtempéra. Quelques instants plus tard, dix ampoules grésillaient, jetant un halo blanc au centre du garage.

Phyllida ouvrit la portière d'un des véhicules qui n'appartenaient pas aux Mallowan, et commença à fouiller méthodiquement entre les sièges et dans la petite boîte à gants. Il ne lui fallut pas bien longtemps avant de déterminer que cette voiture-ci était celle des Budgely-Rhodes, témoin la facture de l'auberge Old Ivy où le couple avait passé une nuit.

Un petit picotement s'immisça entre ses épaules. Les Budgely-Rhodes étaient descendus dans une auberge-relais et le meurtrier avait replacé un guide des auberges de campagne dans la bibliothèque. À en croire ce bon vieux Sherlock Holmes – que Phyllida trouvait nettement moins intéressant que le fringuant Poirot –, les coïncidences n'existaient pas quand on enquêtait sur un crime.

—Qu'est-ce que vous cherchez ? demanda derrière elle une voix bourrue désormais familière. Et maintenant, vous avez du cambouis plein le... plein la jupe, pauvre gourde – euh... madame Bright. Une gouvernante a rien à fiche dans un garage.

Phyllida ne tiqua même pas devant ce langage ordurier. Elle-même était connue pour employer parfois un langage fleuri – quoique jamais en présence du personnel. Mais le fait qu'il ait remarqué une tache de cambouis sur *l'arrière de sa jupe* la fit se retourner trop vite. Elle se cogna la tête contre le haut de la *foutue* portière.

Quand elle releva le nez, Bradford arborait une expression d'une telle suffisance qu'elle résista de toutes ses forces à l'envie de frotter son crâne endolori.

—Merci pour votre considération, dit-elle froidement, tout en se demandant à quel endroit exactement était située la tache. (C'était une de ses robes préférées – en toile bleue parsemée de petites fleurs blanches.) Et merci de ne pas vous soucier de ce que je fais. Je suis parfaitement capable de vaquer seule à mes occupations.

Elle se détourna à nouveau, et en dépit de la bosse qui palpitait douloureusement sur son crâne, reprit son inspection. Malheureusement, ses recherches n'aboutirent pas à grand-chose – si ce n'est qu'elle ne trouva aucune autre facture d'auberge dans les autres véhicules. Elle parvint à identifier l'automobile des Devine (grâce à une petite mèche de cheveux noirs) et celle des Hartford (grâce à un mégot de cigarette teinté de rouge à lèvres rose), et elle était à peu près certaine que celle où ne traînait pas un grain de poussière appartenait à M. Grimson. Ce qui voulait dire que le sournois M. Sloup, son valet, et son énorme malle avaient été voiturés depuis la gare par le vieux Marcus.

Un coup d'œil à sa montre la fit sursauter. Dieu tout-puissant. Il y avait déjà une heure qu'elle était là ?

Non pas qu'on s'étonnerait de son absence – le personnel était bien trop occupé pour cela. Et même si c'était le cas, personne n'oserait le mentionner. Pas même

M. Dobble. Il ferait peut-être une petite remarque insidieuse, mais c'était le privilège des domestiques de haut rang de prendre du temps libre quand cela les arrangeait. Lui-même ne se gênait pas pour disparaître dans la resserre où il s'enfermait pour lire un roman policier tout en sirotant une bière en plein après-midi. Une fois, elle l'avait même entendu ronfler derrière la porte, juste avant l'heure du thé.

N'empêche, le devoir l'appelait, sans compter qu'en s'attardant ici elle était en train de louper les dépositions des invités. Mais toujours est-il qu'elle avait quelque chose d'intéressant à montrer à Cork, qui à l'heure qu'il était avait certainement récupéré la mallette de M. Waring. Peut-être qu'en échange de cette information – en plus de celle concernant les souliers qui couinaient – elle parviendrait à le convaincre de lui montrer les photos qu'on avait trouvées dans le porte-documents.

Cependant, il y avait encore un point qu'elle souhaitait aborder avec le chauffeur.

Phyllida se laissa guider par les bruits métalliques qui lui parvenaient du fond du garage. L'odeur de cambouis et d'essence était de plus en plus prégnante à mesure qu'elle avançait dans sa direction. Il était en train de réparer une roue quand elle s'approcha.

—Vous avez donc vraiment rien d'autre à fiche ?

La grossièreté du personnage était insupportable.

—Monsieur Bradford, quand je vous ai aperçu tout à l'heure, vous sembliez hésitant, comme si vous ne vouliez pas être vu. Je trouve cela très suspect.

—Ouais, vous l'avez déjà dit.

Ses muscles se gonflaient et s'étiraient tour à tour tandis qu'il resserrait un boulon sur la roue en poussant de petits grognements.

—Vous pourriez peut-être m'éclairer quant à cette attitude étrange ? dit-elle.

—Vous voulez savoir pourquoi j'avais l'air d'hésiter ? Si je vous le dis, vous allez me foutre la paix ?

—Absolument.

—Eh bien, c'est parce que je savais plus où étaient les maudites chiottes.

—Mais vous…

—Et quand je suis revenu sur mes pas, reprit-il d'un air pincé, je suis parti dans la mauvaise direction, de l'autre côté du garage, et j'ai dû faire tout le tour pour retrouver la porte. Ça vous va comme explication, madame Bright ?

—Eh bien, oui, dit-elle, songeant qu'il n'avait probablement pas envie qu'on remarque qu'il était en train de tourner en rond parce qu'il était perdu. Mais…

—Vous avez dit oui. Alors ça suffit maintenant.

—Très bien, monsieur Bradford.

—Madame Bright, siffla-t-il entre ses dents serrées, peut-être parce qu'il était en colère ou peut-être à cause du boulon qui lui résistait. Allez donc mettre un peu de glace sur cette fichue bosse, et laissez-moi travailler en paix.

Phyllida trouva Cork et Greensticks dans la salle à manger des domestiques. Une assiette couverte de miettes et deux tasses de café à demi vides lui fournirent les explications dont elle avait besoin. Ils avaient fini d'interroger Mme Puffley et faisaient une petite pause autour de muffins à la pomme et à la cannelle.

—Ah, vous voilà, Inspecteur, dit Phyllida en entrant dans la pièce.

Elle était allée se changer et avait mis sa robe à tremper dans une solution à base de lessive et de cristaux de soude. Puis, une fois ses cheveux remis bien proprement en place, elle était allée faire un tour à la distillerie où Lizzie était en train de concocter de l'eau de romarin.

Phyllida avait même pris quelques instants pour faire ce que Bradford lui avait conseillé : mettre de la glace sur sa bosse.

—Vous aviez raison, madame Bright, dit Cork quand elle vint s'asseoir à la table.

Elle nota au passage qu'il était bien allé reprendre la mallette dans son boudoir.

—Sans doute, Inspecteur. Mais à quoi vous référez-vous au juste ?

La moustache de Cork frétilla.

—Mme Puffley fait les meilleurs muffins que j'aie jamais mangés.

—C'est exact. Et maintenant, puis-je vous communiquer quelques nouveaux éléments en rapport avec vos investigations ?

—Pourquoi pas ? répondit l'inspecteur.

Elle fit glisser la facture de l'auberge-relais Old Ivy en travers de la table.

—J'ai trouvé ceci dans la voiture des Budgely-Rhodes.

Cork jeta un coup d'œil au papier, puis déclara :

—Je présume que vous mettez cette pièce en relation avec le guide des auberges de campagne qui aurait été ôté des rayonnages par le meurtrier lui-même ?

—Tout à fait.

Il la regarda brièvement et soupira.

—Très bien. Je vais la prendre en considération. Et maintenant, madame Bright, à mon tour de vous poser une question : Pourquoi ne m'avez-vous pas dit qu'il y avait une mallette dans la chambre de M. Waring alors même que vous l'avez fouillée ? Vous êtes consciente, j'imagine, qu'il s'agit là d'une obstruction d'enquête. (Pour la première fois, ses yeux jetaient de petits éclats froids.) Et surtout, qu'avez-vous fait du carnet de M. Waring ? Je suppose qu'il y en avait un, sans quoi vous ne l'auriez pas mentionné.

—Je passe toujours en revue les chambres à coucher, Inspecteur, afin de m'assurer que les bonnes ont bien fait leur travail. J'ai découvert la mallette de M. Waring sous le lit. Et, si j'ai bonne mémoire, vous n'avez pas regardé à cet endroit quand vous avez inspecté la pièce, dit-elle, s'empressant d'ajouter quand elle vit ses yeux jeter des éclairs : J'ai saisi l'occasion de regarder ce qu'elle contenait. Je reconnais humblement que j'ai cédé à la curiosité la plus primaire. Voyez-vous, quand on vit sous le même toit qu'Agatha Christie, on acquiert le besoin de mener l'enquête.

Elle lui décocha son plus beau sourire avec l'espoir de dissiper l'orage amassé entre ses sourcils froncés.

—Le carnet, madame Bright. Où est-il ?

Elle hésita, puis se lança.

—Pendant que j'étais en train de le feuilleter, j'ai entendu quelqu'un derrière la porte et je... euh, j'ai jugé plus prudent de me cacher du visiteur. Et c'est alors que...

—Vous vous êtes cachée où ça ? demanda Cork en se fixant sur un détail qu'elle aurait préféré laisser de côté.

Elle aurait juré voir un éclat moqueur dans son regard – comme s'il avait lu dans ses pensées.

—Sous le lit, avoua-t-elle. Raison pour laquelle je n'ai rien pu voir qui aurait pu m'aider – ou vous aider, à l'identifier, ajouta-t-elle d'une voix caressante. J'en suis venue à la conclusion que le coupable était un homme, compte tenu de la force physique qu'il a fallu déployer pour enfoncer un stylo-plume dans le cou de M. Waring.

Comme Cork ne donnait aucun signe d'assentiment ou de récusation – de même qu'il ne lui dit pas s'il en était venu à la même conclusion avant qu'elle ne lui expose sa théorie –, Phyllida n'eut d'autre choix que de poursuivre :

—La personne, quelle qu'elle fût, s'est approchée de la mallette, que dans ma hâte j'avais malencontreusement laissée ouverte en plein sur le lit, et elle a pris le carnet. De sorte qu'il devait contenir quelque chose que personne d'autre ne devait voir.

Pour toute réponse, Cork passa deux doigts sur sa moustache, ses yeux bleus ne trahissant pas le moindre sentiment. Était-il satisfait, ou même reconnaissant de sa franchise ? Au bout d'un moment, Phyllida reprit :

—Il y a autre chose, Inspecteur. Même si je n'ai pas pu le voir, j'ai remarqué que ses souliers crissaient quand il marchait. Quant à savoir si c'était lui l'assassin, cela ne fait aucun doute. Car qui d'autre aurait eu l'audace de se faufiler dans la chambre d'un défunt pour voler son carnet de notes ? Seulement quelqu'un qui savait que M. Waring n'y serait pas – pour la bonne raison qu'il était mort…

—Merci, madame Bright. Cela nous est très utile, dit Cork d'une voix qui ne semblait pas particulièrement enthousiaste.

Mais Phyllida n'attendait pas de gratitude de la part d'un homme qu'elle aidait à faire son travail. C'était, à sa connaissance, l'un des rares représentants du sexe mâle qui acceptait de bonne grâce de se laisser guider par une femme.

Elle adopta une nouvelle tactique.

—Je n'ai pas vu les photos qui se trouvaient dans la mallette. Il serait peut-être utile que je les voie.

—Utile à qui, madame Bright ?

—Étant donné que je vous ai apporté deux indices – non, trois, en comptant la facture de l'auberge et le guide de voyage comme deux éléments distincts –, ne serait-il pas normal que vous accédiez à ma petite requête ?

Il plissa le front, puis soupira.

—Sergent, veuillez montrer les clichés à Mme Bright.

Au premier coup d'œil, elle vit que les photos avaient été prises le même jour ou au cours de journées consécutives au même endroit. On y voyait une sorte de kermesse ou une fête de plein air donnée dans une grande propriété. Le manoir, perché au sommet d'une petite colline et dominant une vaste pelouse, lui rappelait quelque chose sans qu'elle puisse précisément dire quoi. C'était un domaine beaucoup plus vaste que Mallowan Hall, et il devait y avoir pas loin d'une centaine d'invités présents à en juger par les clichés.

Phyllida tenta de percer le halo flou qui nimbait les visages sur la première photo, puis capitula. Son pragmatisme l'emportant sur son orgueil, elle tira une paire de lunettes de sa poche. *Beaucoup mieux !* Cette fois elle distinguait les traits des participants et même une bannière coiffant une enfilade de petites baraques de foire où l'on vendait de la nourriture, des plantes et des fleurs, des confitures, des gelées, des cordiales et autres produits comme on en trouve généralement dans ce genre d'événement. La bannière proclamait que le Derby de la Mare aux canards se tenait chaque année à Bunder House début mai (si le temps le permettait).

—Ne dirait-on pas M. et Mme Hartford ici ? dit-elle en regrettant de ne pas avoir une loupe pour s'en assurer. Elle est en train de déposer un ticket de loterie dans le panier pour gagner un ficus géant.

—Ça m'en a tout l'air, concéda l'inspecteur Cork. Ils sont tous là, madame Bright. Y compris M. et Mme Mallowan.

Voilà qui était pour le moins étrange.

Elle passa rapidement en revue les autres photos. En effet, ils étaient tous là. Sur un des clichés, les Budgely-Rhodes étaient en train de parler avec M. Sloup. Sur une autre photo, les sublimes Devine s'entretenaient avec M. Budgely-Rhodes tandis que Mme Budgely-Rhodes inspectait un étal de tartes à la crème. Une autre photo montrait M. Grimson aux côtés d'une jeune femme (pas celle dont le portrait se trouvait sur sa table de chevet), et venait ensuite un cliché où M. Max et Mme Agatha étaient en grande conversation avec M. Sloup et les Hartford.

—Je ne vois pas M. Waring, dit-elle en empilant proprement les photos.

Elle allait les rendre au sergent Greensticks quand un déclic se fit dans sa tête. Bunder House ? Ce nom lui disait quelque chose…

Mais bien sûr ! Rebecca, l'aide de cuisine, avait travaillé à Bunder House avant d'entrer à Mallowan Hall. Et d'ailleurs, elle devait y être encore à l'époque où les photos avaient été prises.

—J'aimerais les emprunter, Inspecteur. Il y a quelqu'un à qui j'aimerais les montrer.

Cork se redressa, fixant sur elle ses yeux globuleux.

—Je les ai déjà montrées à tous les invités, madame Bright. Ainsi qu'à M. et Mme Mallowan.

—Une des domestiques travaillait à Bunder House quand ces photos ont été prises. Peut-être remarquera-t-elle quelque détail digne d'intérêt. Ce n'est sûrement pas une coïncidence si tous les invités des Mallowan figurent sur au moins une de ces photos. Et ce n'est pas un hasard si M. Waring les a apportées avec lui. Il les a peut-être même prises lui-même.

L'inspecteur fit la moue, puis haussa les épaules.

—Entendu, madame Bright. Prenez-les. Mais je doute que vous découvriez quoi que ce soit de très intéressant. Sans quoi la personne qui a pris le carnet aurait emporté ces clichés, s'il s'était agi d'une pièce à conviction.

Sauf si, tout comme Phyllida, il n'avait pas vu les photos parce qu'elles étaient cachées tout au fond d'une poche dissimulée sous un rabat et qu'il était pressé. Mais au lieu d'en faire la remarque, elle sourit et glissa les photos dans sa poche.

—C'est très gentil à vous, Inspecteur.

—Vous pouvez les montrer à la domestique, dit-il d'un ton brusque, presque menaçant. Mais ne tentez pas de falsifier des preuves, madame Bright, sans quoi je serai beaucoup moins accommodant que je ne l'ai été jusqu'ici.

Ayant obtenu ce qu'elle voulait, Phyllida décida de lui sourire plutôt que de chipoter et de lui demander ce qu'il entendait précisément par *accommodant.*

—Je vous les rapporte au plus vite, Inspecteur. Mais avant cela, je dois m'assurer que le thé est prêt à être servi.

—C'est cela, madame Bright. Faites votre travail et moi je fais le mien.

Si seulement il en avait été capable, songea-t-elle par-devers elle.

14

— Il doit y avoir un lien entre Charles Waring et quelqu'un qui se trouve ici, à Mallowan Hall – quelqu'un qui voulait se débarrasser de lui. Mais jusqu'ici nous n'avons trouvé aucun indice allant dans ce sens, expliqua Phyllida à sa patronne. Et puis pour tuer quelqu'un, il faut avoir une raison. Un mobile.

—Bien sûr, concéda Agatha Christie Mallowan. J'ai souvent recours à la tactique selon laquelle tout le monde devrait avoir un mobile. C'est beaucoup plus intéressant quand tout un chacun pourrait être le suspect. Car ainsi, les options sont innombrables. (Elle eut un sourire las, puis ajouta :) Plus on a de suspects, plus c'est passionnant… Sauf que nous n'en avons aucun. Ce qui est terriblement frustrant.

Elles étaient dans le bureau d'Agatha, cette dernière ayant décidé de s'atteler à la rédaction d'un article qu'elle avait laissé en plan le matin pour pouvoir se consacrer à ses invités. Pour l'instant, ceux-ci étaient en train de visiter les ruines d'un château voisin, une petite excursion organisée par son époux afin de laisser à Agatha une chance de travailler.

Phyllida et Agatha avaient pris l'habitude de discuter de cadavres et de meurtres – comme elles le faisaient pendant la guerre. D'une certaine façon, réfléchir à une intrigue de roman policier les aidait à oublier les tueries massives menées contre les populations civiles.

Mais voilà qu'aujourd'hui les concepts de mort, de meurtre et de mobile s'imposaient à elles dans toute leur réalité.

—Pas de suspect et, pour l'instant, personne qui ait un mobile. Nous n'arrivons pas à faire le lien entre Charles Waring – qui n'était pas celui qu'il prétendait être – et quiconque, fit valoir Phyllida. Même si l'inspecteur Cork m'a dit que Charles Waring était son vrai nom – ils ont retrouvé ses papiers d'identité dans sa voiture, ainsi qu'un appareil photo. Et il y avait quelques photos dans sa mallette. Vous les avez vues ? Et même si M. Waring ne travaillait pas pour le *Times*, il n'en était pas moins une espèce de journaliste ou de photographe. (Elle aurait aimé montrer les clichés à son amie, mais elles se trouvaient toujours dans son boudoir.) C'est comme si un parfait inconnu se faisait trucider dans une maison où personne ne savait qui il était et comment il se trouvait là – et encore moins pourquoi il avait été supprimé.

Agatha, qui allait dire quelque chose, se figea subitement.

—Quelle idée originale ! Trouver un cadavre dans une bibliothèque, c'est assez cliché, mais trouver un *inconnu*... mort... dans sa propre bibliothèque... Voilà de quoi ficeler une belle intrigue !

Son regard se perdit dans le vague, signe qu'elle s'était embarquée dans une nouvelle aventure qui, pour le plus grand bonheur des lecteurs, donnerait peut-être lieu un jour à un roman policier magnifiquement construit.

—Une énigme digne de Poirot, naturellement, dit Phyllida, que cette idée réjouissait. Il pourrait…

—Non, non, non. Pas Hercule. (Agatha secoua la tête. Elle était la seule personne que Phyllida connaissait qui appelait le détective belge par son prénom comme s'il s'agissait d'une vieille connaissance.) Non… ce serait une enquête pour Jane. Oui, c'est cela, pour Jane. Imaginez un étranger retrouvé mort dans une bibliothèque, une petite bibliothèque toute simple, mais fort appréciée de ses propriétaires. Avant de pouvoir déterminer pourquoi on l'a assassiné, et qui est le coupable, il va falloir découvrir qui est la victime ! Et qui plus est dans une maison particulière – ce qui n'est pas la même chose que de trouver un cadavre dans la rue. Non, le meurtrier a réussi à attirer l'inconnu dans la maison en vue de l'assassiner. J'aime vraiment cette idée. Merci mille fois, chère Phyllie ! Vous me soufflez toujours les meilleures intrigues.

Agatha lui décocha un sourire par-dessus son épaule, car elle s'était retournée pour jeter des notes sur un bloc posé sur son bureau.

—Après tout, c'est vous qui m'avez suggéré une histoire dans laquelle tout le monde pensait que la victime était morte par accident alors qu'elle était en réalité la cible de la meurtrière, qui s'était fait passer pour la *victime* afin de déguiser son méfait. C'est l'une de mes intrigues préférées.

—Oui, bien sûr, Agatha, mais… nous devons absolument trouver le lien entre Charles Waring et une personne à Mallowan Hall. Vous êtes certaine de n'avoir jamais rencontré M. Waring auparavant ?

—Quasi certaine… même si son visage m'a semblé vaguement familier. Mais quoi qu'il en soit, si je l'ai déjà rencontré, ça ne peut être que très brièvement, sans quoi je me serais souvenue de lui. Et pourtant quelqu'un devait le connaître… à moins que….

La voix d'Agatha resta en suspens et Phyllida se demanda si elle s'était à nouveau mise à errer dans les limbes de la fiction. Mais non, car elle reprit presque aussitôt :

—Et donc, il n'est pas impossible que M. Waring, non pas parce qu'il était *Charles Waring*… mais parce qu'il se trouvait au mauvais endroit au mauvais moment. Je veux dire par là qu'il a peut-être surpris une personne en train de commettre un méfait, laquelle l'aura réduit au silence avant qu'il ait pu donner l'alarme. Enfin, quelque chose de ce genre. Vous ne pensez pas, Phyllida ?

—Ma foi, c'est tout à fait possible… mais cela n'empêche que l'un de vos invités est le tueur – quel que soit le mobile.

—Sans doute, mais cela change tout quant à l'existence d'un possible lien entre eux et quant au mobile, remarqua Agatha.

—C'est vrai. Mais si M. Waring s'était trouvé simplement au mauvais endroit au mauvais moment, et qu'il n'avait aucun lien avec l'assassin, pourquoi le meurtrier se serait-il introduit en secret dans sa chambre pour dérober son carnet de notes ? Je veux dire par là que, si l'assassin a frappé au hasard, et que le meurtre n'était pas prémédité, il n'y aurait pas eu de matériel compromettant qu'il était urgent de faire disparaître parmi les effets de Charles Waring.

Agatha acquiesça d'un hochement de tête.

—Oui, je pense que vous avez raison sur ce point. Ce qui veut dire que quelqu'un devait savoir qui était Charles Waring. Et voulait le supprimer.

Phyllida sourit.

—Je croyais que vous ne vouliez pas vous impliquer dans l'enquête d'un crime que vous n'avez pas vous-même élaboré.

Agatha rit doucement.

—C'est vrai. Mais… peut-être ai-je un peu d'Hercule, de Jane et du superintendant Battle en moi, tout compte fait.

—Je ne peux m'empêcher de penser aux photos, dit Phyllida, songeuse. Je présume que si c'est M. Waring qui les a prises, il a forcément rencontré tous les gens présents à la kermesse de Bunder House.

Elle n'avait pas encore trouvé le temps de montrer les photos à Rebecca – elle voulait le faire en privé, loin des vociférations de la cuisinière.

—Mais bien sûr ! Le derby de la Mare aux canards. C'est pour cela que le visage de M. Waring ne m'était pas complètement inconnu. S'il faisait partie des journalistes qui ont pris des photos ce jour-là, je l'ai certainement vu, sans pour autant lui avoir adressé la parole. Et il en va de même pour les autres. C'est quand nous étions là-bas que nous les avons invités à venir passer quelques jours chez nous. Les Budgely-Rhodes, les Devine et toute la compagnie. Nous étions assis tous ensemble au dîner qui s'est donné après la kermesse, et Max et moi avons pensé qu'il serait amusant de prolonger les festivités ici, quelques mois plus tard.

—Mais n'avez-vous pas invité M. Waring ?

—Bien sûr que non. Mais s'il a pris des photos de nous, je suppose qu'il nous a entendus parler.

Phyllida hocha la tête. Un tableau commençait à s'esquisser dans son esprit.

—Le fait demeure que M. Waring s'est présenté ici, à Mallowan Hall, sous un prétexte – peut-être parce qu'il savait que tous les gens qui se trouvaient à Bunder House seraient ici. Il a menti à propos du *Times.* Mais alors, pour quelle raison est-il vraiment venu ? L'a-t-il fait parce qu'il voulait… quelque chose ? Voir un de vos invités ? S'en prendre à lui ? L'espionner ?

—C'est un point très intéressant, dit Agatha. S'il est venu ici sous un prétexte mensonger, c'est qu'il avait une raison bien précise pour cela. Peut-être était-ce à nous qu'il voulait s'en prendre, ou peut-être voulait-il nous espionner… mais il aurait pu tout aussi bien être un pigiste qui cherchait à m'approcher pour pouvoir écrire un article sur… sur – je ne sais quoi. « La vie intime d'Agatha Christie » ou je ne sais quelles sornettes de ce genre. Et voilà qu'il tombe par hasard sur quelqu'un qu'il connaissait – et qui l'a tué. Pourquoi ? Probablement pour éviter qu'un secret ne soit divulgué. Quel autre mobile aurait-il pu avoir ?

Agatha secoua la tête.

—Je n'en sais rien.

Elle contempla sa machine à écrire en soupirant.

—Je ferais bien de me remettre au travail si je veux profiter de la soirée… même si la bonne humeur risque de ne pas être au rendez-vous avec ce meurtre qui plane au-dessus de nos têtes. Je n'arrive tout simplement pas à croire qu'il y ait un meurtrier dans cette maison, Phyllida.

Poussée par un élan de compassion, Phyllida tapota doucement la main de son amie. Elle savait combien Agatha souffrait d'être constamment harcelée par la presse. Sans parler du fait qu'un de ses amis pouvait être un assassin.

—Avez-vous ne serait-ce qu'une vague idée de qui cela pourrait être ? demanda-t-elle.

Agatha se cala au fond de son fauteuil.

—Max m'a posé la même question. Pourquoi les gens pensent-ils que, parce que je suis auteure de romans policiers, je suis capable d'élucider une affaire criminelle ? S'il vous plaît, Phyllie, ne le prenez pas mal. Je suis simplement de mauvais poil à cause de ce maudit meurtre.

Elle prit sa tasse de thé – qui devait être froid à présent, songea Phyllida – et en prit une gorgée comme si elle avait besoin d'un remontant.

—Bien, et si je devais imaginer lequel de mes invités a poignardé un homme avec un stylo-plume, qui serait-ce ?

—Que pensez-vous de Tuddy Sloup ? demanda Phyllida. Il me fait l'effet de… quelqu'un de sournois.

—Tuddy ? C'est vrai qu'il a un côté faux jeton, dit Agatha en se penchant légèrement en avant comme si elle avait peur d'être entendue. Je ne raffole pas du bonhomme, mais il a financé les fouilles de Max il y a quelques années, et mon époux est quelqu'un de reconnaissant. Il s'est senti obligé de l'inviter chez nous cette saison, et nous avons décidé que ce serait cette fois-ci parce que ce pauvre M. Grimson venait seul, lui aussi. Mais je ne l'imagine pas comme un homme violent… insistant peut-être. Le genre d'homme avec qui une femme n'a pas envie de se retrouver nez à nez dans un recoin obscur, si vous voyez ce que je veux dire.

Phyllida savait exactement ce qu'elle voulait dire.

—M. Sloup a donc de l'argent, s'il a financé les fouilles de M. Max ?

—Oh, oui, il a une vieille tante cousue d'or dans le Yorkshire, et avec qui il se montre très attentionné. Elle veille sur lui en retour, d'après ce que je sais, et il joue les marchands d'art à l'occasion. C'est parce que sa tante aime l'art égyptien que Max et lui se sont rencontrés. Et il a eu quelques soucis par le passé à cause d'une pièce de collection qui s'est révélée être un faux. Mais je n'ai pas souvenir qu'il ait jamais été accusé d'escroquerie. Je demanderai à Max, mais je ne crois pas.

« Toujours est-il que je ne le vois pas sortir de ses gonds au point d'assassiner quelqu'un. Sans parler du sang sur ses vêtements. Lui qui est tellement maniaque. Je plains son valet. Il n'a pas cessé de parler de faux plis et de nœuds de cravate mal faits pendant la partie de bridge, hier soir. Lui et moi étions partenaires sur les deux premiers coups, expliqua Agatha. Je dois avouer que c'est un joueur médiocre. La façon dont une personne joue au bridge, c'est un peu la façon dont elle appréhende la vie en général. Certains sont prêts à prendre des risques, d'autres pas.

—Et les Budgely-Rhodes ? M. Budgely-Rhodes en particulier. Je pense que l'assassin est un homme, dit Phyllida. Il faut être fort et grand pour pouvoir plonger un stylo dans une carotide. Vous ne pensez pas ?

—Si, tout à fait. Et de quel côté M. Waring a-t-il été poignardé ? Cela pourrait nous indiquer si l'assassin est droitier ou gaucher ?

—Tout dépend si le meurtrier se trouvait face à lui, non ? Il a été touché à droite, de sorte que s'il a été frappé de dos, son attaquant était droitier. S'il a été attaqué de face, ce serait un gaucher.

Phyllida songea qu'elle allait devoir recueillir plus d'informations à ce sujet et qu'elle aurait dû poser la question à l'inspecteur Cork. À l'évidence, elle manquait d'expérience en matière d'enquête policière pour être passée à côté d'un détail aussi important.

—Cela dit, je vois mal Odell Budgely-Rhodes poignardant un homme à mort, dit Agatha. Ce n'est pas son genre. Il a des mains molles et potelées à force de taper à la machine. Et je ne suis pas certaine qu'il ait la force ou l'énergie nécessaires pour tuer quelqu'un. Je le vois mieux dans le rôle de l'empoisonneur, pas vous ? dit-elle avec un sourire espiègle. Il veut adapter un de mes romans à la scène et il a déjà écrit cinq pièces de théâtre qui ont toutes remporté un certain succès. De sorte qu'il a plein de sous. C'est pourquoi, compte tenu de son expérience dans le milieu théâtral, j'envisage de lui donner mon feu vert. Son épouse, Dora, m'a fait plutôt bonne impression. Je l'avais déjà rencontrée une fois par le passé, et si l'on excepte son horrible style capillaire qui remonte à plus de trente ans, elle est tout à fait charmante. Non, je n'imagine décidément pas Odell poignardant un homme dans ma bibliothèque. Si c'était le cas, toute collaboration entre lui et moi serait compromise, vous ne pensez pas ?

Agatha eut à nouveau un sourire en coin.

—Si, vous avez raison. Quant à M. Devine, il est fort plaisant à regarder, dit Phyllida, en songeant que le beau brun et sa femme étaient aussi séduisants que des stars de cinéma.

—Oh, oui. C'est pécher d'être aussi beau. Je crois savoir qu'il cherche à se faire repérer par un producteur – raison pour laquelle nous avons tenu à l'inviter en même temps qu'Odell Budgely-Rhodes. Je pense qu'il crèverait l'écran s'il faisait du cinéma, mais il faut bien commencer quelque part, et Odell connaît tout le milieu du spectacle à Londres.

—En effet, il crèverait l'écran, concéda Phyllida. Et lui ou Mme Devine ont-ils de l'argent ?

—Il en a. Une vieille famille, exploitant de mines de charbon dans le Nord. Ils sont pleins aux as. Et en plus il a un physique à se damner, et Tana aussi. Lui et Max se sont connus à l'époque où Max allait passer l'été dans le Nord chez son cousin.

—M. Devine m'a paru très… euh… à l'aise avec Mme Hartford. Vous pensez qu'il a déjà eu des aventures qui lui ont valu des problèmes ?

—C'est souvent le cas avec les beaux garçons, dit Agatha avec une pointe d'amertume, et Phyllida s'en voulut d'avoir abordé le sujet. (Soudain Agatha pinça ses lèvres.) Mais maintenant que vous le dites, je me suis moi aussi posé la question à propos de lui et d'Amelia – je veux dire Mme Hartford. Elle a exigé une chambre séparée de celle de son mari, et même si ça n'a rien d'inhabituel – imaginez que vous ayez envie d'aller aux toilettes alors que le valet de votre époux est en train de l'aider à s'habiller... Enfin, c'est un point qui mérite d'être creusé. Naturellement, les Devine font chambre à part, eux aussi, pour les mêmes raisons. Mais pas les Budgely-Rhodes, me semble-t-il. Elle est la seule à avoir amené sa propre femme de chambre. Et il a son propre valet.

—Êtes-vous en train de suggérer que Mme Hartford et M. Devine entretiendraient une liaison ? demanda Phyllida.

—Je n'ai aucune preuve qu'il en soit ainsi, mais disons que ça ne me surprendrait pas, répondit Agatha. Les Hartford et les Devine fréquentent les mêmes cercles. Et j'ai l'impression qu'Amelia n'est pas très heureuse avec Paul – M. Hartford. C'est une femme tellement charmante, ça me désolerait... Mais peut-être qu'elle et Geoffrey – M. Devine... Cela doit rester entre nous, n'est-ce pas ? dit Agatha avec un sourire gêné.

—Bien sûr.

Sauf si cela a un rapport avec le meurtre.

—Mais il se trouve que je les ai surpris ensemble – Amelia Hartford et Geoffrey Devine – dans l'escalier hier soir, avant le dîner, et ils se tenaient tout près l'un de l'autre. Trop, si vous voulez mon avis.

—Je vois, dit Phyllida.

—J'ai vu de mes yeux sa main à elle posée sur sa poitrine à lui. Et au dîner, ils étaient assis l'un en face de l'autre et il m'a semblé qu'ils évitaient de se parler ou même de se regarder. Allons bon, voilà que je joue les concierges, ajouta Agatha dans un soupir.

Ayant elle-même subi les infidélités d'un mari, Agatha

était très sensible à ce sujet. Mais lorsqu'on enquêtait sur un meurtre, on ne pouvait écarter aucune piste.

—Pour ne rien vous cacher, j'ai l'esprit beaucoup plus tranquille maintenant que je sais que vous avez décidé d'enquêter de votre côté. Les autorités n'ont aucune… finesse. Jusqu'ici la police n'a fait qu'établir que tout le monde était dans sa chambre pendant la nuit. *Évidemment !* Les gens ne vont pas dire le contraire !

—Merci, dit Phyllida avant de reprendre : Mais en admettant que M. Devine et Mme Hartford aient une relation, je ne vois pas en quoi cela a un rapport avec la mort de M. Waring. Qu'en est-il de M. Grimson ?

Parfois, les gens les plus discrets sont les plus dangereux, songea la gouvernante.

—Lui ? Sûrement pas ! Le pauvre homme a perdu son épouse il y a six mois à peine. Il est dévasté. Elle a été renversée par une voiture. Elle a traversé sans regarder, et le chauffard n'a même pas essayé de freiner ou de l'éviter.

—Quelle horreur !

Le nombre d'accidents de la route mortels ne cessait d'augmenter maintenant que les automobilistes pullulaient. Il avait été question de fixer des limitations de vitesse, mais rien n'avait encore été finalisé. Nombreux étaient les conducteurs à considérer que c'était aux piétons de faire attention à ne pas se faire écraser. Leur argument était que personne de sensé n'aurait traversé la chaussée devant une voiture à cheval lancée au galop ou une paire de fringantes pouliches. De la même façon, il fallait se garder des automobiles quand on s'apprêtait à traverser.

Phyllida avait son opinion sur la question, mais ce n'était ni le moment ni l'endroit pour en parler.

—Et je n'imagine pas Geoffrey Devine s'emparer d'un stylo pour tuer un homme. C'est un geste beaucoup trop… spontané et irréfléchi. Il est trop soigneux et posé pour cela, dit Agatha, qui soupira à nouveau. Si seulement ce n'était qu'une énorme bévue et qu'il ne s'agissait pas d'un meurtre.

Mais ce n'était pas le cas, et toutes deux le savaient.

15

Rebecca se portait toujours volontaire quand Mme Puffley avait besoin que quelqu'un aille chercher des herbes aromatiques ou des légumes dans le potager, de la glace dans le dépôt de glace, des œufs dans la basse-cour. Elle n'aimait pas particulièrement prendre leurs œufs fraîchement pondus aux poules – qui étaient farouches et battaient furieusement des ailes, projetant dans l'air des plumes qui lui chatouillaient le nez –, mais c'était mieux que de rester enfermée dans la cuisine, surtout par une belle journée ensoleillée comme aujourd'hui. Dès qu'elle avait été hors de vue, elle avait ôté son bonnet qu'elle avait accroché aux cordons de son tablier. Le soleil dardait ses chauds rayons sur sa tête dénudée tandis qu'une brise légère lui caressait les joues.

Elle se disait qu'elle avait de la chance de travailler à la cuisine et de pouvoir s'évader un peu, contrairement aux femmes de chambre qui travaillaient dans les étages et n'avaient jamais l'occasion de sortir prendre l'air.

Un panier au bras et une paire de ciseaux à la main, elle remonta l'allée où poussaient les herbes aromatiques. Romarin, thym, sauge, aneth, lavande…

Leur parfum embaumait l'air tiède et Rebecca se laissa aller à rêvasser, s'efforçant d'oublier ce qui s'était passé à Mallowan Hall.

Quel meurtre affreux et terrifiant. Elle avait eu les genoux en coton tout au long de la journée et elle n'avait rien pu avaler au petit déjeuner. Elle était restée à la cuisine, et pendant que tous les autres mangeaient, elle avait dépiauté le lièvre en essayant de ne penser à rien.

Mais qu'avait-elle à craindre au fond, se demanda Rebecca tout en se baissant pour cueillir quelques vigoureux brins de romarin. Elle n'avait rien fait de mal et n'avait dit à personne ce qu'elle avait vu à Bunder House et personne…

Du coin de l'œil, elle perçut un mouvement. Un mouvement qui n'aurait pas dû se produire ici. Non, aucune activité n'était prévue à cet endroit du jardin, côté ouest. À cette heure-ci, Amsi, le jardinier, était en train de travailler de l'autre côté, à l'est, et ce n'est que plus tard qu'il allait revenir sur ses pas pour tailler les haies de buis. Rebecca le savait d'autant mieux qu'elle s'attardait souvent pour bavarder avec lui – juste un tout petit peu, au cas où Mme Puffley aurait besoin d'elle – quand elle revenait de la réserve de glace. Parfois, elle et lui se trouvaient en même temps dans le potager, de sorte qu'ils pouvaient parler plus longtemps.

Il n'était pas beau du tout, et il était beaucoup plus vieux qu'elle, mais il était gentil, et il ne la reluquait pas d'un œil égrillard et ne cherchait pas à la trousser, comme presque tous les autres garçons qui travaillaient au manoir. Même Stanley, pour qui Ginny en pinçait, la faisait se sentir mal à l'aise quand il essayait de flirter avec elle.

Non, Amsi était un homme doux et gentil, qui n'aurait même pas écrasé un insecte qui aurait grimpé sur ses rosiers.

Voilà que ça recommençait.

Elle se redressa et promena son regard sur la pelouse à l'extrémité de laquelle des arbres dépassaient d'un muret en pierre, formant une sorte de barrière naturelle. Oui, il y avait quelqu'un là-bas – une silhouette se mouvait dans l'ombre, s'approchant des pommiers. C'était encore un de ces reporters de malheur.

La Vieille Bosse en avait chassé toute une meute qui s'était agglutinée devant la maison, un peu plus tôt. Quand elle rentrerait au manoir, elle lui ferait passer le mot comme quoi il y en avait qui se cachaient à l'ouest de la propriété, du côté du verger.

Mais rien ne pressait. C'était tellement agréable de passer du temps dehors, loin des odeurs et du tintamarre assourdissant qui régnaient à la cuisine.

Elle aurait voulu rester là à cueillir du thym et du romarin, de l'ail et de la ciboulette sous le chaud soleil, pour l'éternité. Elle se redressa et passa ensuite aux carottes, tout au bout du potager.

« Des petites bien tendres, avait insisté Mme Puffley en agitant son index luisant de graisse. C'est compris ? C'est pour la garniture du rôti, il faut qu'elles soient bien sucrées. Et n'arrache pas les fanes surtout. Il ne faut pas les abîmer. Sinon, je ne t'enverrai plus jamais au potager. »

Elle venait de trouver les carottes qui répondaient aux exigences de la cuisinière quand elle l'entendit : un petit cri.

Rebecca releva la tête et tendit l'oreille. On aurait dit un animal en détresse. Elle attendit, mais le cri ne revint pas.

Du coin de la maison lui parvinrent des voix d'hommes – le sergent et l'inspecteur étaient peut-être en train de s'en aller. Enfin ! Son estomac se dénoua légèrement à cette pensée. Du moins n'avait-elle pas été obligée de leur mentir, car ils ne lui avaient pas posé les questions qu'elle redoutait.

Il y eut un claquement métallique du côté du garage, puis le grondement d'un moteur. M. Max et ses invités étaient-ils rentrés d'excursion ? Si oui, on allait bientôt servir le thé. Il fallait qu'elle se dépêche de rentrer pour aider à préparer les plateaux qu'on allait monter dans les chambres.

Mais voilà que le petit cri retentit à nouveau, plus fort et plus déchirant que la fois d'avant. Ses ciseaux à la main, Rebecca resta interdite, puis elle commença à marcher en direction du bruit.

On aurait dit qu'il venait de derrière le muret qui bordait la pommeraie, au nord. Est-ce qu'un chat s'était retrouvé pris dans un arbre ? Ou était-ce un lapin ou un chat blessé ?

Elle ne pouvait pas laisser la pauvre bête à la merci des prédateurs. Un rapide coup d'œil au soleil la tranquillisa. Il n'était pas encore trois heures. Il lui restait donc une heure avant le thé. Et si Mme Puffley envoyait quelqu'un la chercher parce qu'elle tardait à revenir, elle dirait qu'elle avait été prise de nausées et qu'elle était allée vomir aux cabinets. Ce qui n'était qu'un demi-mensonge.

Elle se hâta de traverser la petite pelouse. Les petits gémissements continuaient, plus forts à mesure qu'elle se rapprochait.

Quand elle atteignit le muret couvert de lierre, elle posa son panier à terre avec les ciseaux dessus. Le muret n'était pas bien haut et Rebecca n'eut aucun mal à l'escalader. En revanche, elle ne put éviter de déchirer son bas à cause d'une brindille récalcitrante qui se trouvait là. Ce n'était pas bien grave, car personne ne voyait jamais les aides de cuisine, mais Mme Puffley allait rouspéter à coup sûr, et Rebecca n'avait pas envie de se faire remonter deux fois les bretelles dans la même journée – parce qu'elle rêvait de devenir femme de chambre un jour, et d'échapper à la tyrannie de la cuisinière.

Les cuisinières étaient toutes les mêmes, vindicatives, braillardes et jamais contentes – sans doute parce que c'était à elles de veiller à ce que tous les repas soient toujours bien préparés, bien présentés et servis à l'heure. Ce qui était une source de stress permanent.

Une ombre – un homme – émergea de derrière un pommier, juste devant elle.

Rebecca réprima un cri de surprise et recula instinctivement. Elle avait le soleil dans les yeux, et l'espace d'un instant, elle ne parvint pas à distinguer ses traits parce qu'il se tenait à contre-jour.

Puis elle distingua son visage et fut parcourue d'un frisson.

—Qu'est-ce que… tu fais i…

Elle ne finit pas sa question, car un méchant coup porté à sa tête la stoppa net… et elle s'effondra à terre.

16

Quand Phyllida descendit à la cuisine pour s'assurer que le thé était prêt, elle trouva l'office en pleine effervescence.

Non pas que ce fût inhabituel, car Puffley était généralement d'une humeur de chien, mais cette fois, la femme était au bord de la crise de nerfs, les larmes menaçant d'inonder ses joues rubicondes.

—Cette fois, je rends mon tablier ! criait la cuisinière tout en continuant d'abaisser la pâte à grands coups de rouleau à pâtisserie. Si les choses ne rentrent pas dans l'ordre, je vais franchir cette maudite porte et vous ne me reverrez plus, madame Bright !

—Que se passe-t-il encore ? demanda Phyllida en regardant autour d'elle pour essayer de déterminer la cause de ces débordements.

—C'est à cause de cette feignasse de Rebecca ! Elle est allée au potager il y a plus d'une heure et je ne peux pas envoyer Benita ou Molly la chercher, parce qu'on ne sait plus où donner de la tête dans cette maudite cuisine. Et tout ça parce que mademoiselle l'aide de cuisine a décidé de prendre ses aises ! Sans parler du meurtre et de la disparition de Stanley ! Non, vraiment, la coupe est pleine !

Cette fois les larmes coulaient à flots tandis que le rouleau à pâtisserie roulait à l'aveuglette sur l'abaisse.

Si elle continuait comme ça, elle allait ruiner la pâte, songea Phyllida, qui s'approcha de la cuisinière et lui prit le rouleau des mains.

—Je vais aller chercher Rebecca. Allez vous laver la figure et calmez-vous, Puffley. Vous aurez tout loisir de beugler plus tard. Et je puis vous assurer que Rebecca va m'entendre.

Légèrement déconcertée, Phyllida posa le rouleau à pâtisserie hors de portée de la cuisinière déchaînée. Puis, avec un regard sévère à Molly, qui observait la scène bouche bée, elle sortit de la cuisine.

Puffley avait raison. Tout allait à vau-l'eau à Mallowan Hall. Et avec ça, Rebecca était allée je ne sais où. Peut-être s'était-elle attardée pour parler avec Amsi ? Toujours est-il que les filles de cuisine n'étaient pas censées perdre la notion du temps.

Et les valets non plus.

Mais deux disparitions en une seule journée, ça faisait beaucoup. C'était tellement improbable que c'en était inquiétant.

Phyllida ne jeta pas même un regard du côté du garage quand elle sortit de la maison et gravit les marches qui menaient à la pelouse. M. Max et ses invités étaient rentrés depuis un certain temps déjà, et toutes les voitures avaient retrouvé leur place au garage. De quoi occuper ce Bradford jusqu'à la fin de la journée.

Elle alla directement au potager, qu'on ne pouvait pas voir depuis la terrasse ni depuis la plupart des fenêtres de la maison, qui donnaient sur le parc paysager. Pas l'ombre d'une domestique en vue.

Les cabinets étaient le second endroit où chercher l'aide-cuisinière. Jamais aucune servante n'avait été surprise en train de piquer un roupillon dans les latrines, tout au moins pas sous la gouvernance de Phyllida. Il y avait des toilettes à l'intérieur de la maison pour les Mallowan et leurs invités du premier et du deuxième étage, ainsi que pour les domestiques en chef comme M. Dobble et elle-même, et la femme de chambre de Mme Agatha, naturellement, mais tous les autres devaient aller se soulager à l'extérieur.

Les loquets n'étaient mis sur aucune des deux portes, signe qu'aucun des cabinets n'était occupé, mais Phyllida frappa avant de passer la tête à l'intérieur. Vides.

Elle sentit soudain la nervosité la gagner. Elle alla trouver Amsi, au cas où il aurait vu Rebecca.

Comme elle s'y attendait, le jardinier était dans la partie de la propriété où il travaillait, chaque jeudi.

—Madame Bright ? dit-il légèrement surpris de la voir.

Il tenait une grosse paire de cisailles à la main et la salua d'un petit hochement de tête.

La quarantaine, l'homme avait des manières posées et agréables. Son accoutrement différait sensiblement de celui habituellement porté par les jardiniers : une longue chemise de lin marron par-dessus un pantalon bouffant assorti qui s'arrêtait à mi-mollet, et des bottes en caoutchouc. Si les bottes en caoutchouc étaient typiquement anglaises, le reste de sa tenue aurait mieux convenu pour jardiner dans son pays d'origine.

M. Max avait ramené Amsi d'Égypte, des années auparavant – d'après ce que Phyllida savait, il y avait eu une sorte de soulèvement là-bas et il avait jugé plus sage de le faire venir en Angleterre. Curieusement, il s'était bien habitué au climat britannique. Jadis chef jardinier d'un des plus grands hôtels du Caire, Amsi était la personne toute désignée pour prendre soin d'un petit parc dans un environnement politiquement sûr. Quant à son anglais, il était meilleur que celui de certaines femmes de chambre.

—Avez-vous vu Rebecca ? lui demanda-t-elle.

Il secoua la tête.

—Non, Madame, pas depuis un bout de temps. Elle était dans le jardin quand je l'ai vue la dernière fois. Mais il y a une heure de cela.

—Vous ne lui avez pas parlé ?

—Non, Madame. Pas aujourd'hui. Je l'ai aperçue quand je suis allé chercher de la tourbe avec ma brouette.

L'expression de l'homme changea soudain, devenant tendue, quand il comprit que quelque chose ne tournait pas rond.

—Je vais vous aider à la trouver, Madame.

—Non, non, je m'en charge, merci. Vous faites ce que vous avez à faire.

Elle commençait à s'éloigner quand elle se retourna, soudain inquiète.

—Vous n'auriez pas vu Stanley, par hasard ?

—Non, Madame. J'ai travaillé dans la roseraie pendant presque toute la matinée et je viens juste d'attaquer les bordures. Il y avait des journalistes qui rôdaient, mais je les ai chassés. Ils ont pris peur en voyant ce drôle d'énergumène à la peau mate armé d'une paire de cisailles. (Il eut un petit sourire bref.) J'espère que tout va bien.

J'aimerais bien vous aider à chercher Rebecca, Madame. Avec tout ce qui se passe… et tous ces gens qui rôdent…

—Entendu, dit Phyllida, qui ne pouvait pas cacher son inquiétude.

Elle savait que l'aide-cuisinière et Amsi étaient très amis. Voire plus. Et puis deux limiers valaient mieux qu'un.

Où Rebecca avait-elle bien pu aller en quittant le potager ? Elle envoya Amsi jeter un coup d'œil du côté de la basse-cour et dans le garage (pour ne pas avoir à donner d'explications à Bradford), puis dans la réserve à glace, tandis qu'elle allait inspecter le jardin. Il y avait de nombreuses traces de pas.

Et le verger ? Elle était peut-être allée cueillir une poire ? Ça ne lui ressemblait pourtant pas de flâner ainsi. Car n'en déplaise à Puffley, Rebecca était une bonne travailleuse, toujours prête à retrousser ses manches – sans quoi elle n'aurait pas eu sa place à Mallowan Hall.

Comme Phyllida se rapprochait du verger, elle aperçut un panier posé sur le muret de pierre couvert de lierre. Quelques carottes en dépassaient. Mais elle ne vit pas trace de l'aide-cuisinière.

Quoi qu'il en soit, elle allait dans la bonne direction.

Rebecca avait-elle croisé le chemin d'un reporter qui avait tenté de lui soutirer des confidences ? Ces journalistes étaient des gens obstinés et insistants qui auraient pu aisément intimider une fille comme elle.

Quand elle atteignit le mur, Phyllida vit des ciseaux à côté du panier et remarqua un fil accroché à une brindille.

Avait-elle escaladé le muret et filé son bas ?

Naturellement, Phyllida passa par-dessus le muret sans y laisser un fil. Une fois de l'autre côté, elle mit ses mains en porte-voix et appela :

— Rebecca !

Le verger était silencieux et paisible. Les arbres à l'épais feuillage étaient couverts de grosses poires et de pommes encore trop petites pour être cueillies. Elle regarda autour d'elle, tel un ventilateur pivotant sur son pied, mais la domestique n'était nulle part visible. Pourtant, elle était certaine qu'elle avait escaladé le mur…

Phyllida inclina la tête et écouta. Une sorte de bourdonnement lui parvint, faible, mais insistant. Elle se retourna, et ce qu'elle vit lui serra le cœur.

Non. Ce n'est pas possible.

Mais déjà elle courait vers le petit essaim de mouches qui s'affairaient au-dessus d'une chose qui gisait à terre. Elle comprit instantanément ce que c'était, mais une partie d'elle-même refusait de se rendre à l'évidence…

—Doux Jésus !

Phyllida tomba à genoux à côté de la jeune fille couverte de sang, tout en chassant les mouches qui s'acharnaient déjà sur elle.

—*Rebecca.*

Elle n'eut pas besoin de lui tâter le pouls.

—Oh, non, pauvre petite, gémit-elle en repoussant une mèche de cheveux du front de l'aide-cuisinière.

Elle ferma doucement les paupières de Rebecca, puis dit une petite prière. Bon sang, c'était la deuxième fois aujourd'hui ! Enfin, elle se remit lentement sur ses pieds.

Elle avait les genoux tremblants et un étau lui comprimait douloureusement la poitrine. Ce qui se passait ici, à Mallowan Hall, était abominable, terrifiant, et d'une tristesse infinie.

Un meurtre de sang-froid et sordide venait d'être commis… pour la deuxième fois.

Peut-être même la troisième.

Non. Phyllida chassa aussitôt cette pensée. Stanley allait reparaître d'un moment à l'autre, avec une explication tout à fait raisonnable et logique – ou tout au moins non violente.

À la place, Phyllida se concentra, endossant mentalement sa cape de gouvernante. Il fallait prendre les choses en main, et comme de bien entendu, c'était elle, Phyllida Bright, qui allait s'en charger.

En même temps, elle hésitait à laisser la malheureuse fille seule. Il fallait qu'elle appelle au secours.

Juste au moment où elle s'apprêtait à escalader de nouveau le muret du verger, elle aperçut Amsi et Bradford qui traversaient la pelouse dans sa direction.

Quand les deux hommes la virent clouée sur place et les bras ballants, ils se mirent à courir. Bradford bondit par-dessus le mur, Amsi l'escaladant plus laborieusement, de sorte que le chauffeur arriva sur la scène de crime quelques instants avant le jardinier.

Quand il vit Rebecca, Bradford jura dans sa barbe, puis s'agenouilla à côté de la jeune fille. Phyllida resta coite. Il n'y avait rien à dire, mais une petite voix intérieure ne cessait de lui répéter : *Qui a pu faire ça ? Qui a pu faire ça ?*

Soudain, une pensée lui traversa l'esprit. Elle n'avait pas trouvé le temps de montrer les photos de la kermesse de Bunder House à Rebecca.

Et maintenant, c'était trop tard.

Un frisson glacé la parcourut des pieds à la tête.

Au même instant, Amsi arriva, pantelant. Il laissa échapper une petite plainte et tomba à genoux. Ni l'un ni l'autre ne portant de veste, ils n'avaient rien pour couvrir le corps de Rebecca.

Phyllida inspira profondément et ravala ses larmes. Elle était la gouvernante, celle qui devait prendre les choses en main.

—Je vais appeler le sergent et lui demander de revenir.

—Je reste avec elle, dit Amsi la gorge serrée.

—Il y a un drap dans le garage, déclara Bradford. Je reviens tout de suite.

Ébranlée et comme vidée de ses forces, Phyllida reprit le chemin de la maison.

Le thé allait devoir attendre.

17

— On lui a fracassé le crâne ? (Dobble chercha appui derrière lui jusqu'à ce que sa main trouve un guéridon auquel se raccrocher.) Doux Jésus.

Jamais il n'avait vu Mme Bright aussi accablée – et cela n'avait rien à voir avec le fait qu'elle venait de perdre une fille de cuisine alors qu'on était en pleine réception. Son visage était plus pâle qu'à l'ordinaire, et même sa flamboyante chevelure dont chaque mèche était parfaitement en place semblait s'être ternie.

Elle était venue le trouver immédiatement après avoir appelé le sergent, et Dobble se serait bien passé de lui entendre dire, pour la deuxième fois, qu'elle avait communiqué son nom aux autorités.

—Il va falloir que je les amène ici quand ils arriveront, lui dit-elle. Ils vont vouloir savoir comment elle a été trouvée, etc. J'ai déjà informé M. et Mme Mallowan que le thé allait devoir attendre et, naturellement, ils n'ont pas soulevé d'objection.

Dobble n'arrivait pas à surmonter sa contrariété. Lui, le majordome ! était la *quatrième* personne qu'elle avait avertie du second meurtre… un second meurtre survenu en moins de vingt-quatre heures. C'était tout bonnement impensable. Ce genre de choses n'arrivait que dans les romans policiers.

—En fait, Mme Agatha pense que nous devrions nous contenter d'un plateau froid, avec du thé, du café et du chocolat, naturellement. Puffley va être positivement retournée quand elle apprendra la nouvelle – elle était déjà en train d'abaisser la pâte pour le bœuf en croûte – et moi je vais devoir faire des pieds et des mains pour que le dîner soit servi à temps.

—Oh, mais, je suis convaincu que s'il y a quelqu'un qui peut mener tout cela de front, c'est bien vous, madame Bright, dit Dobble, avant de s'apercevoir qu'il venait de lui faire un compliment.

Fichtre, après cela, cette maudite bonne femme allait prendre la grosse tête et devenir encore plus hautaine et impérieuse que jamais.

—Elle va probablement rugir et pester comme une possédée, poursuivit la gouvernante, mais elle aimait bien Rebecca – comme tout le monde, du reste – et la nouvelle va la terrasser.

—Oui, bien sûr.

Dobble ne connaissait que trop bien le tempérament irascible de la cuisinière (un trait commun à toutes les femmes qui occupaient ce poste, du reste) de même que le cœur d'or qu'elle cachait sous ses abords bourrus.

—Je vais devoir aller à Listleigh demain pour engager une nouvelle fille de cuisine. Cela peut paraître un peu hâtif et malvenu, souffla Mme Bright à mi-voix. Mais c'est indispensable. Car enfin, nous avons des invités, et il faut bien les nourrir. D'autant que l'inspecteur a insisté pour que personne ne quitte les lieux.

Ce qui lui fit penser qu'elle allait devoir passer une nouvelle commande auprès du boulanger et du marchand de primeurs. Et auprès de M. Tentley. Et aussi expédier le linge sale chez la blanchisseuse sans délai…

—Bien sûr, approuva Dobble. Il faut savoir garder la tête froide en pareilles circonstances.

—Je vais demander à M. Bradford de me conduire en ville, reprit-elle d'une voix morne. Vraiment, monsieur Dobble, excellentes recommandations ou pas, je ne m'explique pas comment vous avez pu engager un homme aussi grossier ici à Mallowan Hall. Car enfin, ce ne sont pas les bons chauffeurs qui manquent.

—Il se trouve que Joshua Bradford m'a été recommandé personnellement par M. Mallowan. Apparemment, c'est un ancien camarade de classe du frère de M. Max et un as de la mécanique. Il assurait l'entretien des avions et des camions pendant la guerre.

—Vraiment. (Elle faillit s'étrangler sur ces deux syllabes, puis reprit :) Ce qui explique sans doute pourquoi il ne craint pas de perdre sa place.

Dobble ravala une remarque pontifiante. Il avait remarqué en effet que Joshua Bradford faisait sa propre loi : laissez-le faire son travail – dans lequel il excellait – et tout se passerait sans incident. Le nouveau chauffeur ne semblait pas enclin à prendre ses repas avec le reste du personnel, mais, cela étant, il n'avait pas d'exigences particulières. De fait, il n'en avait aucune, en dépit du fait que l'ancien logement du palefrenier était dépourvu de tout confort. L'homme voulait juste qu'on le laisse tranquille.

—Et puis, il y a Stanley, dit Mme Bright.

Elle n'ajouta rien.

Ce n'était pas nécessaire.

Et Dobble ne trouvait pas les mots pour exprimer les pensées qui tourbillonnaient sous son crâne.

Soudain, un rugissement de moteur et un crissement de pneus dans l'allée leur indiquèrent que le sergent était de retour. Dobble et Mme Bright échangèrent un regard, et tous deux se levèrent comme un seul homme de leurs sièges.

—C'est reparti pour un tour, marmonna-t-elle en rejetant ses épaules en arrière.

Phyllida n'eut pas besoin de mener le sergent et l'inspecteur (qui était arrivé dans sa propre voiture juste après Greensticks) jusqu'au verger. Ce fut Bradford qui s'en chargea, et elle se félicita intérieurement de n'avoir eu tout compte fait qu'une petite brouille avec lui.

Elle aurait pu refuser d'aller trouver Mme Puffley, mais c'eût été lâche de sa part – chose qu'une femme de son tempérament et de son rang ne pouvait pas se permettre. C'est pourquoi elle inspira profondément et entra dans la cuisine, prête à affronter tous les désagréments, tels que lancers de rouleaux à pâtisserie, sanglots irrépressibles, y compris l'éventualité de se retrouver sans cuisinière. À cette dernière pensée, elle se sentit prise d'une légère nausée, car la cuisine n'était vraiment pas son fort.

—Oh, madame Bright, vous avez retrouvé Rebecca ? J'espère que vous lui avez passé un bon savon ! Et j'espère qu'elle n'est pas en train de pleurnicher dans son coin. On a du travail, bon sang !

L'accueil de la cuisinière était relativement paisible, tout bien considéré, même si elle tenait un hachoir avec lequel elle était en train de décapiter à la chaîne de longs poissons grisâtres.

Molly était à l'autre bout de la grande table, en train d'éplucher des pommes de terre et des navets. Elle releva la tête avec intérêt et même une sorte de contentement. Il y avait toujours une certaine rivalité entre les filles – tout au moins quand il s'agissait de savoir laquelle des deux allait se faire réprimander par la cuisinière.

—Je l'ai retrouvée. (Phyllida, qui avait dû souvent annoncer ce genre de nouvelles pendant la guerre, savait qu'il ne fallait pas tergiverser, c'est pourquoi, elle déclara sans détour :) Madame Puffley, Molly… Je crains d'être porteuse de mauvaises nouvelles. Rebecca est… Elle est morte. Je l'ai retrouvée dans le verger.

—Elle est… *morte* ? (Mme Puffley se figea, son hachoir à la main.) C'est impossible. J'ai besoin d'elle à la cuisine. Il y a la soupe de lièvre à finir de préparer et… et… non, c'est impossible.

Il y avait dans ses yeux un mélange d'espoir et de crainte.

—C'est pourtant la vérité, je suis désolée, Harriet, dit Phyllida, jugeant qu'il était permis d'appeler la cuisinière par son prénom en pareilles circonstances. (Elle désigna une chaise dans un coin de la cuisine.) Asseyez-vous un moment et nous allons voir comment nous organiser. Une tasse de thé, avec un doigt de whisky, peut-être ?

Au même instant, Ginny s'encadra sur le seuil, répondant à l'appel de Phyllida qui avait sonné tous les domestiques avant de descendre à l'office.

—J'ai une annonce à vous faire, dit-elle à la femme de chambre. Mais il faut que tout le monde soit là. En attendant, vous pouvez aller chercher des pêches au sirop et du sherry dans la resserre.

En tant que première femme de chambre, Ginny n'était pas censée effectuer ce genre de tâches subalternes, mais c'est à peine si elle osa battre un cil.

Dans une tentative de calmer l'anxiété de la cuisinière, Phyllida lui dit :

—Mme Agatha a décidé qu'un plateau froid serait servi avec du thé et du café, et peut-être du chocolat chaud, si vous vous en sentez la force, pour le five o'clock. Un simple sandwich et quelques biscuits ou des scones feront l'affaire.

En disant cela, elle repensa au délicieux cake au citron de Mme Miller et décida de le proposer. Après tout, elle n'avait pas besoin de s'empiffrer de gâteau toute seule… même si elle l'avait bien mérité après une journée aussi éprouvante.

Phyllida eut un court moment d'angoisse quand elle songea qu'il n'était pas encore cinq heures et que la journée était loin d'être terminée, puis elle se ressaisit. Ce n'était pas le moment de flancher.

Au même instant, un bruit de pas résonna dans l'escalier. Le reste du personnel arrivait. Elle allait les informer tous en même temps des derniers événements, et leur dire ce qu'ils devaient faire.

Assise dans son coin, Mme Puffley était dans un état quasi catatonique. C'était la première fois que Phyllida la voyait à l'arrêt. Sa face habituellement rubiconde avait la couleur de la cendre, et ses mains vigoureuses pendaient à ses côtés. Même ses cheveux bouclés pendouillaient mollement.

Phyllida décida de réunir tout le monde dans la cuisine, en dépit de la forte odeur de poisson. Une peur panique s'empara d'elle quand elle s'aperçut que Freddie, le second valet, n'était pas présent. Amsi et Bradford non plus, mais elle savait qu'ils étaient dans le jardin, et ses femmes de chambre étaient toutes là. La camériste de Mme Budgely-Rhodes et les trois valets invités n'étaient pas là non plus – sans doute parce qu'ils étaient occupés à l'étage. Violette aussi était absente, mais elle serait mise au fait des événements par Mme Agatha elle-même.

Soudain, un brouhaha leur parvint depuis le couloir. Avant qu'elle ait pu dire un mot, deux individus déboulèrent en titubant dans la cuisine.

Débouler en titubant était la seule façon de décrire la façon dont les deux jeunes hommes, l'un appuyé lourdement sur l'autre, firent leur apparition. Tous deux portaient la livrée de Mallowan Hall. Un concert de *oh* et de *ah* les accueillit.

—Stanley ! s'écria Phyllida, incapable de réprimer sa stupeur. Que vous est-il arrivé ?

C'était bien le valet manquant – qui avait à l'évidence réchappé à quelque brutale mésaventure. Mais il était en vie et arrivait à se tenir debout avec l'aide de Freddie.

Il portait des coupures et des griffures partout sur le visage, et une de ses mains était en sang. Sa livrée était tachée de sang et il lui manquait un soulier. Même de là où elle se tenait, Phyllida put voir qu'une de ses chevilles était très enflée.

—Madame Bright, dit-il en essayant de se redresser en basculant le poids de son corps sur sa cheville valide, quoique sans y parvenir, car son genou se déroba sous lui.

Il s'affala contre Freddie en gémissant de douleur.

—Mais où étiez-vous donc, et que… ? Benita ! De la glace, vite, allez chercher de la glace dans la réserve, et Mary, s'il vous plaît, apportez-lui un repose-pied. Molly, il y a de l'essence de thé des bois dans le cellier. (Comme Stanley allait prendre la parole, elle le coupa :) Non, non. Attendez que M. Dobble soit là pour ne pas avoir à raconter deux fois vos mésaventures. Ginny, allez chercher le majordome.

Dix minutes plus tard, Stanley avait son pied sur un tabouret, sa cheville étroitement bandée, et une poche à glace sur son visage tuméfié. Ginny jeta un coup d'œil mauvais à Molly, qui avait entrepris de laver les blessures du valet avec un linge imbibé d'eau tiède. Phyllida décida de prendre la relève. Elle n'avait ni le temps ni l'énergie pour jouer les arbitres entre les deux jeunes femmes.

M. Dobble arriva sur ces entrefaites et, découvrant la scène, dit à Phyllida :

—Je vois que vous avez annoncé la nouvelle à Mme Puffley. Mais que s'est-il passé ? (Cette dernière remarque s'adressait directement à Stanley.) Qu'est-il arrivé à votre livrée ?

—Chaque chose en son temps, intervint Phyllida d'une voix presque tremblante. Tout d'abord, monsieur Dobble, si je puis me permettre… il convient de mettre le personnel au fait des derniers événements.

À sa surprise, le majordome se tut respectueusement.

—Naturellement, madame Bright. Je vous en prie, continuez.

Phyllida leur parla de ce qui était arrivé à Rebecca, sans y aller par quatre chemins et calmement. Les réactions furent, comme elle s'y attendait, des hoquets réprimés et des petits cris étouffés, des yeux écarquillés et des regards tendus.

—C'est pourquoi, poursuivit-elle aussi posément que possible, et en particulier après ce qui vient d'arriver à Stanley – mais nous allons y venir dans un moment –, vous allez tous travailler deux par deux. Je ne pense que pas que quiconque soit en danger, mais afin d'assurer la sécurité de tous, il vaut mieux que vous ne soyez jamais seuls jusqu'à ce que cette affaire soit réglée. Me suis-je bien fait comprendre ?

Neuf têtes opinèrent en même temps.

—Mais, madame Brigt, dit Benita d'une voix mal assurée. Comment peut-on être sûr que personne n'est en danger ? Qui aurait cru que Rebecca allait être agressée ?

Phyllida regarda M. Dobble, qui était aussi impassible qu'un buste de marbre, et comprit qu'elle allait devoir se débrouiller seule. Sans même réfléchir, elle évoqua une chose qui lui trottait dans la tête depuis un petit moment… mais qui semblait être la vérité.

—Selon moi, Rebecca a été assassinée parce qu'elle savait quelque chose de compromettant pour le tueur. Et je suis quasi certaine que cela remonte à l'époque où elle travaillait à Bunder House, il y a trois mois de cela. Étant donné qu'aucun de vous n'a jamais travaillé là-bas, je pense pouvoir affirmer que vous n'êtes pas en danger.

Elle évitait soigneusement de regarder le malheureux Stanley. Elle n'avait aucun mal à imaginer ce qui lui était arrivé, mais y viendrait dans quelques instants.

—Autre chose, dit-elle. Aucune femme de chambre ne doit répondre si M. Sloup la sonne dans la chambre des

Pins. Freddie, vous devrez vous en charger – ou demander à son valet de descendre ses plateaux ou autres. Est-ce bien compris ?

Voyant Lizzie et Bess hocher vigoureusement la tête, en échangeant des regards soulagés, Phyllida sut que ses soupçons étaient fondés. Elle espérait que ce bourrin de Sloup n'avait pas essayé de les entreprendre. Si les meurtres successifs ne l'avaient pas accaparée, elle y aurait mis elle-même bon ordre depuis longtemps.

—Et maintenant, retournez travailler. Freddie, vous allez faire monter le thé dans le salon de musique. M. Dobble et moi-même avons des affaires urgentes à régler de notre côté. Je vais faire le service, bien entendu, mais il faut que tout soit prêt. Vous pensez que ça ira ?

Le jeune homme semblait encore un peu essoufflé d'avoir aidé Stanley. Mais il hocha la tête sans hésiter.

—Oui, Madame.

—Madame Puffley, dit Phyllida quand tous les domestiques eurent regagné leurs postes. Je pense que ce poisson a urgemment besoin de votre attention.

La cuisinière battit des paupières. Les paroles de Phyllida semblaient l'avoir tirée de sa torpeur.

—Oui… oui, je… Mais comment…

—Vous aurez une nouvelle aide de cuisine dès demain, répondit sèchement la gouvernante. Mais en attendant vous allez devoir vous débrouiller avec Molly et Benita, et Lizzie et Bess aussi, en cas de besoin. Je suis persuadée que vous allez surmonter vaillamment cette tragique épreuve, madame Puffley.

La cuisinière cligna de ses yeux rougis, mais acquiesça.

—Pauvre petite, dit-elle, se référant de toute évidence à Rebecca, avant d'ajouter, en s'emparant de son hachoir : J'aimerais bien dire deux mots à celui qui lui a fait ça.

—Je reviendrai dans quelques minutes. Molly, préparez les plateaux à thé. Vous aiderez Freddie à les monter. Monsieur Dobble, pouvons-nous parler avec Stanley dans votre cabinet ?

La suggestion de Phyllida avait été prononcée sur un ton sans appel, mais, à sa surprise, le majordome ne souleva pas la moindre objection. Il ne chercha même pas à savoir pourquoi elle voulait être présente alors que le valet était sous ses ordres à lui. Il fallait qu'il soit beaucoup plus bouleversé qu'il ne le laissait paraître.

Toutefois, elle jugea plus prudent de laisser M. Dobble interroger le valet quand ils furent tous trois réunis dans le cabinet du majordome. Ledit cabinet était étonnamment spacieux et, même s'il n'était pas aussi confortable que le boudoir de Phyllida, il était malgré tout élégant avec son beau bureau et ses fauteuils, et son plan de travail sur lequel M. Dobble pouvait effectuer des travaux de raccommodage pour son maître, ou cirer les souliers de M. Max, qui n'avait pas de valet attitré. Un épais tapis de laine bleu et crème, que Phyllida lui enviait secrètement, recouvrait le plancher.

—Vous vous êtes battu, vous avez disparu, et votre livrée est en lambeaux… Expliquez-moi, je vous prie, pourquoi je ne devrais pas vous congédier sur-le-champ, Stanley, dit M. Dobble d'un ton froid et sévère.

—Je suis désolé, Monsieur, Madame – vraiment désolé, dit Stanley tout en tenant la poche à glace sur son œil poché. Je ne voulais pas, mais – quand j'ai vu ces reporters qui fouinaient dans tous les coins, et le sa… le sagouin qui s'était approché de la maison pour essayer de regarder par les fenêtres du côté sud, j'ai voulu les chasser. Je leur ai couru après – ils étaient trois – et juste au moment où je tournais au coin, après les avoir mis en fuite, voilà qu'un quatrième sort du bois et se met à me traiter de balourd qui comprend rien de rien. J'allais tout de même pas me laisser insulter, si ? Alors je lui ai demandé ce qu'il voulait dire par là, et il a répondu que personne savait rien de Charles Waring, mais que lui si et qu'il voulait savoir ce qu'il lui était arrivé quand il était dans la maison. Je crois qu'il cherchait juste à me narguer, monsieur Dobble, et je pouvais pas laisser passer ça. Surtout avec tous les énergumènes qui rôdaient autour du manoir.

—Et que lui avez-vous dit concernant M. Waring ? hasarda Phyllida au beau milieu de ce récit décousu.

—Ben, je lui ai dit que c'était un journaliste du *Times* et qu'il était mort, poignardé à la gorge. Et alors le type, je sais même pas si c'était un reporter, m'a regardé d'un drôle d'air, et puis il s'est mis à ricaner, comme si il était choqué, mais qu'il voulait pas le montrer. Et il m'a dit que Charles Waring était pas journaliste au *Times*, qu'il était bien trop intelligent pour ça, mais que celui qu'il l'avait zigouillé allait le payer. Il était comme fou. Et j'ai pas vraiment compris tout ce qu'il disait. (Stanley bougea la poche à glace, révélant son œil enflé, pour la poser sur sa pommette.) Il était surexcité, et il me beuglait dessus. Comme si j'y étais pour quelque chose.

—Cette personne connaissait M. Waring ? voulut savoir Phyllida.

—Oui, Madame. Il a dit qu'il était son pote et qu'ils étaient venus ici ensemble dans sa voiture.

—Il a dit pourquoi ils étaient venus à Mallowan Hall ? Où est cette personne à présent ? Et avec qui vous êtes-vous battu ?

—Mais surtout, où diable étiez-vous passé pendant ces trois heures ? s'emporta M. Dobble en se penchant en avant, des éclairs dans les yeux, et ses mains posées à plat sur le bureau comme s'il s'apprêtait à se jeter sur le valet en loques. Car enfin, cette conversation n'a pas pu prendre plus d'une demi-heure.

Phyllida songea, exaspérée, que M. Dobble ne s'intéressait pas le moins du monde à l'enquête relative au meurtre de M. Waring, alors même que de précieuses informations étaient en train de lui être révélées.

—C'est que j'ai couru longtemps après les reporters, Monsieur, jusqu'au diable Vauvert, protesta Stanley quoique sans véhémence, conscient qu'il devait se tenir à carreau avec son supérieur.

Prudemment, il se tourna vers Phyllida (qui semblait plus réceptive) et poursuivit :

—Je sais pas où il est maintenant, madame Bright. Et il m'a pas dit son nom, mais il avait l'air de quelqu'un qui partirait pas tant qu'il aurait pas trouvé la canaille qui avait tué son ami.

Le valet était de bonne foi, et elle avait la très nette impression qu'il cherchait à la gagner à sa cause.

—Vous vous êtes battu avec lui, Stanley ?

—Non, Madame. On a juste eu des mots et on s'est un peu poussés, mais on n'en est pas vraiment venus aux mains. Après quoi, j'ai filé droit à la maison pour pas perdre ma place, et voilà que je tombe encore sur un reporter en train d'essayer de rôder autour de la maison ! Cette fois, c'était plus fort que moi. Je lui ai volé dans les plumes, sauf vot' respect, Madame. Mais c'est pas moi qui ai commencé, monsieur Dobble, s'empressa d'ajouter Stanley. C'est lui qui m'a poussé le premier. J'ai riposté. Et bam ! Il a pris un direct en pleine mâchoire. Mais ensuite, c'est lui qui a frappé. Alors je lui en ai collé un autre. Et quand il a compris que je lâcherais pas l'affaire, il est parti.

—D'où l'état pitoyable de votre livrée, dit le majordome d'une voix sentencieuse. Mais tout ceci n'explique pas une aussi longue absence. Si vous vous étiez battu aussi longtemps, vous seriez… euh… étendu K.-O. dans un champ.

—Oui, Monsieur, bien sûr. Mais quand j'en ai eu fini avec lui, je vous prie de croire qu'il était bien plus mal en point que moi, dit Stanley, comme l'aurait affirmé tout homme après une altercation physique. Quand j'ai regardé la position du soleil, je me suis dépêché de rentrer, Monsieur. Et voilà que j'ai mis le pied dans un terrier, et que je me suis étalé la tête la première. (Il désigna sa cheville enflée.) J'ai cru que je m'étais cassé la jambe, et alors là, j'aurais été dans un fameux pétrin. Un valet de pied qui peut pas se tenir sur ses jambes…

La blague de Stantley tomba à plat.

Heureusement pour lui, il s'en aperçut aussitôt et reprit son récit laborieux.

—Mais ensuite, j'ai compris que c'était juste une entorse. Je suis rentré aussi vite que j'ai pu, Monsieur, mais ça me faisait un mal de – je veux dire que ça me lançait tellement que je pouvais pas avancer longtemps sans faire une pause. J'ai trouvé un bâton pour m'appuyer, mais sans pouvoir me servir de mon pied droit, ça m'a guère aidé. Pour finir, j'ai aperçu Freddie et je l'ai appelé de loin. Et il m'a accompagné le reste du chemin, Monsieur. Je suis vraiment désolé. J'espère que vous allez pas me donner mon congé.

Sa voix tremblait légèrement.

—Comme vous le dites si bien vous-même, un valet de pied qui ne peut pas marcher ne sert pas à grand-chose, glapit M. Dobble. Je doute que vous puissiez vous servir de votre pied avant une quinzaine.

La pomme d'Adam de Stanley montait et descendait nerveusement.

—En effet, Monsieur.

—Il y a une canne, là-dedans, ajouta le majordome en désignant un placard du pouce.

Phyllida échangea un regard avec Dobble. Il n'avait pas l'intention de congédier Stanley, tout au moins pas ce soir. Mais elle comprenait son mécontentement, de sorte qu'elle ne dit rien. Il fallait se montrer juste, mais ferme avec le personnel, sans quoi c'était l'anarchie.

Elle sortit en même temps que le valet, qui clopinait, l'air penaud et les yeux baissés.

—À quoi ressemblait l'ami de M. Waring ? lui demanda-t-elle. Avez-vous remarqué quelque chose de particulier chez lui ?

Elle avait la ferme intention de faire remonter l'information jusqu'à l'inspecteur ou jusqu'au sergent, mais elle la voulait pour elle aussi.

—Il avait des cheveux blond filasse, et il était pas très grand. Comme vous à peu près, Madame, dit le valet qui la dominait d'une bonne tête. Il était habillé comme un aristo, mais il causait pas comme un milord. Et il portait un feutre écossais vert.

—Et quel âge lui donneriez-vous ? Avait-il une moustache ?

—Je dirais la trentaine, et il avait une barbe.

Voilà qui aurait dû suffire.

—Très bien, Stanley. Vous avez entendu M. Dobble. Allez vous changer et ensuite vous irez donner un coup de main à Mme Puffley.

18

Phyllida aurait pu charger Freddie ou même Ginny de servir le thé dans le salon de musique, mais elle ne pouvait pas laisser passer une aussi belle occasion d'observer les suspects potentiels.

En particulier maintenant qu'un deuxième meurtre avait été commis. La petite troupe était rentrée de son excursion au château voisin suffisamment tôt pour que l'assassin ait eu le temps de s'éclipser pour aller fracasser le crâne de cette malheureuse Rebecca dans le verger. (Même si, pour être parfaitement honnête, Phyllida espérait que l'enquête allait démontrer que le méchant de l'histoire n'était autre que Tuddy Sloup.)

Tout en déambulant parmi les invités pour leur servir le thé accompagné de petits sandwiches savamment découpés en triangles, Phyllida tendait l'oreille et observait.

À sa surprise, les gens ne parlèrent que très peu de la mort violente de l'aide-cuisinière. Mais comment s'en étonner dès lors que les domestiques étaient censés vaquer à leurs occupations sans être vus ou entendus de leurs patrons ? À tel point que ces derniers se laissaient aller à discuter des sujets les plus personnels en leur présence.

En outre, le fait que le deuxième meurtre ait été commis à l'extérieur de la maison ne faisait qu'amplifier ce phénomène de distanciation.

—Une fille de cuisine ? dit Mme Devine, en tapotant sa superbe chevelure noire. Quelle horreur.

C'est à peu près tout ce qui s'était dit sur le sujet.

—Je ne comprends pas pourquoi nous devons rester ici, fit remarquer Mme Budgely-Rhodes en ajoutant quatre sucres à son thé qu'elle remua ensuite si énergiquement qu'il déborda de sa tasse. Personne ne connaissait ce Charles Waring. Comment les autorités peuvent-elles penser que nous ayons quoi que ce soit à faire dans cette histoire ? Odell, tu ne peux pas appeler quelqu'un ou intervenir d'une façon ou d'une autre ? Tu ne connais personne à Scotland Yard ?

—Non, ma chérie. Tu sais bien que ces choses prennent du temps, répondit distraitement son mari, occupé à empiler les sandwiches au jambon et au fromage sur son assiette et à les enduire généreusement de moutarde.

Apparemment, la visite du château avait creusé l'appétit du dramaturge.

—Personnellement, ça ne me dérange pas, dit Mme Hartford de sa voix grave et gutturale. (Elle était étonnamment fraîche et élégante pour quelqu'un qui venait de crapahuter dans les douves asséchées et les escaliers croulants d'un château fort pendant presque une journée entière.) J'adore cet endroit. Max et Agatha, ce domaine est le plus beau et reposant qui soit.

Sauf quand il s'y commet des meurtres chaque jour, songea Phyllida. *Même si c'était l'endroit rêvé pour entretenir une liaison extraconjugale...*

Elle jeta un coup d'œil à M. Devine, dont la beauté ravageuse aurait fait se damner n'importe quelle femme, et vit jouer un petit sourire sur ses lèvres sensuelles… comme s'il approuvait en silence le point de vue de Mme Hartford.

Tous deux étaient assis sur des sofas différents, dos à dos… et quand Phyllida s'approcha avec le lait, le sucre et les fines tranches de citron, elle remarqua que Mme Hartford inclinait très légèrement la tête en arrière… Juste assez pour frôler le bras de M. Devine, qui reposait sur le dossier. Une fois, deux fois, la caresse ne pouvait qu'être intentionnelle. Voyant que M. Devine n'ôtait pas son bras comme l'aurait fait poliment quiconque si le contact avait été accidentel, Phyllida en vint à la conclusion qu'Agatha avait vu juste.

Ce qui amenait la question : Mme Devine et M. Hartford savaient-ils que leurs conjoints fricotaient ensemble ?

Mais plus important encore, aux yeux de Phyllida : Charles Waring était-il au courant ? Avait-il essayé de faire chanter l'un d'eux – et avait-il été réduit définitivement au silence pour cela ?

Certains couples, en particulier chez les gens riches, toléraient l'infidélité, leurs unions étant bien souvent des mariages de convenance, contractés pour protéger la lignée ou les intérêts financiers familiaux. Toutefois, les tromperies pouvaient avoir des conséquences fâcheuses pour les couples, en particulier quand elles finissaient par un divorce – le pire scandale qui soit.

C'était une possibilité mince, mais une possibilité tout de même. Il arrivait qu'on tue pour bien moins que ça pour protéger une réputation. En particulier quand un divorce risquait d'entraîner un changement radical de la situation financière ou sociale des personnes...

Elle observa Mme Devine pour voir si elle avait remarqué les interactions entre son époux et Mme Hartford. M. Budgely-Rhodes était en train d'allumer une cigarette et Mme Devine s'était penchée vers lui pour lui demander d'allumer la sienne également. Elle ne semblait pas avoir remarqué le petit jeu de son époux avec une autre femme. Elle se renversa dans son fauteuil et exhala gracieusement une bouffée de fumée tout en riant à une plaisanterie de Mme Budgely-Rhodes.

—Une petite douceur, monsieur Slout ? demanda Phyllida en présentant une assiette sur laquelle reposaient quelques tranches de cake au citron.

Le regard de l'homme s'aiguisa, puis s'enflamma.

—Je ne passe jamais à côté des bonnes choses, répondit-il en la détaillant avec insistance. (Il laissa échapper un petit rire tout en frôlant délibérément la main de Phyllida.) Mais où donc étiez-vous cachée, charmante petite chose ? Voilà presque deux jours que je suis ici et je ne vous avais encore jamais vue.

Il avait dit cela à voix basse, pour que personne d'autre qu'elle ne puisse l'entendre, et avait étiré ses jambes, ne laissant qu'un minuscule espace entre son fauteuil et la table basse, afin de lui bloquer le passage et de l'empêcher de faire demi-tour avec son chariot.

—Je n'ai aucune raison de me cacher, répondit-elle sur un ton dégagé, puis, se retournant brusquement, comme si quelque chose avait attiré son attention : Oui, bien sûr, madame Mallowan. Je vais le chercher de ce pas, dit-elle en haussant la voix de façon à être entendue à l'autre bout de la pièce. Je vous prie de m'excuser, monsieur Sloup.

—Ce n'est pas si désagréable tout compte fait de rester quelques jours de plus ici, avec Max, déclara M. Sloup tandis que Phyllida s'extirpait du piège qu'il lui avait tendu – non sans difficulté, car il avait à peine bougé ses jambes, sa main s'égarant un instant sur son mollet lorsqu'elle passa devant lui.

M. Sloup avait de la chance. Étant le principal suspect de Phyllida, elle se sentait obligée de le traiter avec un minimum d'égards. Sans quoi elle lui aurait volontiers renversé le plateau à thé sur la tête. Dans n'importe quelle autre maison, cela lui aurait valu un renvoi immédiat, mais la sécurité de l'emploi ne faisait pas partie des préoccupations de Phyllida – sans compter qu'Agatha aurait certainement applaudi des deux mains si elle avait remis M. Sloup à sa place.

Mais quoi qu'il en soit, elle jugeait préférable d'entretenir les meilleures relations possibles avec ce malotru, au cas où elle serait amenée à l'interroger dans le cadre de son enquête sur la mort de M. Waring et de Rebecca – l'homme lui faisait l'effet d'un fanfaron prétentieux, qui, lorsque l'occasion lui en était offerte, prenait plaisir à se vanter de ses mauvaises actions – pensant sans doute qu'il était trop malin pour se faire pincer.

Si ce bref échange l'avait confortée dans l'idée que sa première impression de Sloup était la bonne, il ne lui avait hélas pas permis d'établir un lien entre lui et l'assassinat de Charles Waring. Quant aux raisons de tordre le cou à Tuddy Sloup, elles étaient multiples, mais malheureusement pas d'actualité.

Mme Agatha avait entendu la réplique lancée tout haut par Phyllida et en avait saisi la raison. Elle croisa son regard… puis porta son attention sur M. Hartford.

Phyllida se fraya un chemin entre les sofas, les fauteuils et les jambes en poussant son chariot, jusqu'à l'endroit où le malheureux Paul Hartford, le mari cocu, était en grande conversation avec M. Grimson, le jeune veuf. Les poings serrés posés, M. Hartford observait tour à tour son épouse puis M. Devine, avant de s'en revenir par intermittence à la conversation avec son voisin.

Ainsi, M. Hartford savait – ou supposait – que son épouse le trompait avec le beau Devine. Phyllida s'approcha un peu plus près d'Hartford, et put constater que son expression exprimait le chagrin et la résignation, mais pas la colère ou la soif de vengeance…

—Puis-je vous servir un peu de thé, Monsieur ? À moins que vous ne préfériez quelque chose de plus fort. Un whisky ou un cognac ? Monsieur Grimson ?

En principe, les boissons alcoolisées étaient réservées à l'apéritif, mais compte tenu des circonstances, M. Max avait demandé à Phyllida de se montrer généreuse en matière de liqueurs.

—Un cognac pour moi – double, lança M. Grimson sur ce ton blasé qu'il adoptait toujours en présence de Phyllida. Et une allumette, aussi.

Le moins qu'on puisse dire, c'était qu'il semblait manquer de l'énergie nécessaire pour haïr quiconque, et plus encore de le poignarder avec un stylo ou lui défoncer le crâne.

—Un whisky, sec, s'il vous plaît, répondit M. Hartford tout en extirpant un porte-cigarettes en argent de sa poche de poitrine. Et une allumette également.

Mme Agatha n'avait-elle pas dit qu'elle pensait que Mme Hartford était malheureuse dans son couple ? Peut-être était-ce pour cela qu'elle cherchait la consolation ailleurs ? Pourtant, son époux n'avait pas l'air d'un tyran domestique. Il semblait accablé au contraire, et résigné à son sort.

Tout en versant le whisky dans un gobelet en cristal, Phyllida réfléchissait. Si tous ces échanges et ces relations entre les différents protagonistes permettaient de faire la lumière sur la psychologie des uns et des autres – exercice dans lequel Poirot et Miss Marple excellaient –, il n'en demeurait pas moins que la liaison de M. Devine avec Mme Hartford ne présentait aucun lien évident avec la mort de M. Waring, et encore moins avec celle de Rebecca.

Elle servit leurs alcools à M. Grimson et M. Hartford, puis leur présenta des allumettes. Après quoi elle poussa son chariot en direction de la fenêtre près de laquelle étaient assis Agatha, Mme Devine et les Budgely-Rhodes.

—… une si belle journée, était en train de dire Mme Devine à son hôtesse. C'était vraiment très gentil à Max de nous avoir emmenés en excursion. (Elle sourit, et une ravissante fossette se creusa sur sa joue, donnant à Phyllida l'envie de sourire à son tour.) Naturellement, nous n'avons pas pu tous monter dans une seule voiture. Alors nous avons formé une sorte de caravane. C'était très amusant.

—Je suis contente que vous vous soyez amusés, compte tenu de ce qui est arrivé, dit Agatha. C'est une véritable tragédie. Du début à la fin.

Son sourire poli de maîtresse de maison s'évanouit tandis qu'elle portait sa tasse à ses lèvres.

Phyllida pouvait presque lire dans les pensées de son amie : quelqu'un dans cette pièce était très probablement l'assassin.

Quelqu'un parmi ces gens qui sirotaient tranquillement leur thé ou leur cognac en grignotant de petits biscuits avait assassiné sauvagement deux personnes.

Et ni l'inspecteur Cork ni Phyllida Bright ne semblaient près de découvrir l'identité du coupable.

19

Phyllida inclina son chapeau afin que le rebord retombât légèrement sur son œil droit. Le bibi, en feutre bleu marine rehaussé d'un petit bouquet de pâquerettes et de trois plumes bleues, était du meilleur effet sur sa chevelure flamboyante.

Elle saisit son sac à main et sortit dans la grisaille matinale en saluant M. Dobble d'un petit hochement de tête. Le majordome n'avait pas l'air d'avoir mieux dormi qu'elle, mais Phyllida avait veillé à effacer toute trace de la nuit blanche qu'elle avait passée – pas question d'avoir des poches sous les yeux.

La voiture des Mallowan l'attendait au pied du perron – là où les journalistes s'étaient massés la veille. Ce matin, aucun n'était visible – du moins pour l'instant. Mais il n'était que huit heures et demie et, à en croire Stanley, ils étaient peut-être déjà en train de rôder du côté du bosquet voisin.

Phyllida regrettait presque de n'en croiser aucun – en particulier le blond barbu au feutre écossais vert qui prétendait être l'ami de Charles Waring. Elle allait devoir se contenter de la compagnie de M. Bradford qui se rendait à Listleigh.

Debout à côté de l'automobile, ce dernier était plus élégant que la veille – ayant réussi à mettre la main sur une casquette et une livrée convenables, apparemment. Cependant, il ne portait pas de gants, et plutôt que de lui en faire la remarque, elle enfila les siens l'un après l'autre en les remontant méthodiquement sur ses poignets.

—La banquette arrière vous ira, madame Bright ? lança le chauffeur d'un ton railleur.

Phyllida hésita un court instant avant de répondre :

—Mais bien sûr, monsieur Bradford.

Il lui ouvrit la portière. Elle monta puis s'assit en lissant sa robe jaune pâle parsemée de minuscules pompons blancs. C'était tout le contraire d'une de ces robes sombres et sans apprêt qu'affectionnaient les gouvernantes, mais Phyllida suivait ses propres canons en matière de mode. Elle ne portait jamais de tablier et ne s'habillait pas comme une matrone quand elle se rendait au village ou n'importe où ailleurs en dehors de ses fonctions.

On aurait pu penser que la couleur de sa robe aurait eu du mal à s'accorder avec celle de ses cheveux, mais le jaune acide mettait au contraire sa carnation en valeur. Jeté sur ses épaules, elle portait un gilet du même bleu que son chapeau.

À son grand soulagement, elle ne tarda pas à s'apercevoir que Bradford était un excellent chauffeur, qui savait négocier habilement les virages serrés de la petite route qui menait à Listleigh.

—Où allons-nous en premier, madame Bright ?

—À La Pie jacasse, je vous prie.

Il lui décocha un regard rapide dans le rétroviseur, un sourcil haussé.

—Il n'est pas un peu tôt pour une pinte ?

Elle ricana.

—Je n'y vais pas pour cela. Je suis à la recherche d'une aide-cuisinière et, comme vous le savez certainement, c'est le meilleur endroit pour trouver quelqu'un à la dernière minute. De toute façon, ce que je vais faire au village ne vous regarde absolument pas, monsieur Bradford.

Elle discerna comme un rire silencieux dans le seul œil visible dans le rétroviseur et détourna le regard, s'agrippant des deux mains à son sac pour résister à l'envie de l'étrangler.

—Pas d'autres cadavres, ce matin, madame Bright ? dit-il après avoir réussi à doubler non sans mal la charrette du laitier.

—Deux me semblent plus que suffisants, vous ne pensez pas, monsieur Bradford ?

—C'est deux de trop, si vous voulez mon avis, dit-il, son sérieux retrouvé. Et vous savez qui a fait le coup ?

—Comment voulez-vous que je le sache ? répondit-elle sèchement. Je suis la gouvernante, pas Scotland Yard.

Il ricana.

—Scotland Yard a bon dos. Si vous ne fourrez pas votre nez dans leurs affaires pour leur dire comment procéder, moi, je veux bien être le pape.

Décidément, cet homme était d'une grossièreté sans limites. Combien de temps encore allait-elle devoir le supporter avant qu'ils atteignent le village ? Elle regarda par la fenêtre. À travers les grandes haies qui bordaient la route juste assez large pour laisser passer une voiture, elle aperçut le carrefour de Merton Way.

Et flûte ! Encore un quart d'heure avant qu'elle puisse sortir de cette satanée Daimler.

—Qu'est-ce qui me dit que vous n'êtes pas le coupable ? rétorqua-t-elle, regrettant aussitôt sa réaction à l'emporte-pièce.

Pourquoi fallait-il qu'elle parle sans réfléchir chaque fois qu'elle était en présence de cet homme ?

—Ben voyons, dit-il comme s'il partageait son avis. J'ai débarqué à Mallowan Hall quelques heures seulement avant qu'un homme se fasse poignarder et qu'une femme se fasse battre à mort. Je suis assez grand et assez costaud pour les avoir trucidés tous les deux. Je suis brusque et grossier et je n'aime pas être dérangé quand je travaille.

Non pas qu'une telle hypothèse n'ait pas effleuré Phyllida. De fait, pas plus tard que la veille au soir, alors qu'elle essayait en vain de trouver le sommeil, elle y avait songé.

Pour la première fois, elle s'était enfermée à double tour dans ses appartements, et avait ordonné à Stilton et Rye non seulement de la réveiller si quelqu'un cherchait à forcer la porte, mais de se servir de leurs griffes et de leurs dents et de toute autre arme à leur disposition pour dissuader l'intrus d'entrer.

Et tandis qu'elle se retournait dans son lit sans pouvoir trouver le sommeil, toutes sortes de possibilités s'étaient mises à lui trotter dans la tête – y compris celles que Bradford venait d'évoquer, plus une autre, qu'il avait omis de mentionner : le fait qu'il connaissait certains détails très spécifiques relatifs au premier meurtre.

Poignardé dans le cou, avait-il dit. *Pas une mort agréable. Et pas facile de toucher la carotide. Il a dû mettre un temps fou à se vider de son sang.*

Non pas que ce fût un secret, mais la façon dont il en avait parlé, avec une profusion de détails, laissait Phyllida songeuse. Et puis il s'était comporté bizarrement, marchant furtivement en regardant par-dessus son épaule, quand il s'était faufilé dans le garage…

Mais Phyllida avait fini par renoncer à l'idée qu'il ait pu trucider Charles Waring et Rebecca McArdle. Le choc et l'angoisse qu'elle avait lus sur son visage quand il s'était agenouillé à côté du cadavre de la bonne étaient bien réels.

En outre, il y avait une autre raison, d'ordre pratique, pour laquelle il n'aurait pas pu commettre le crime.

—C'est exact, dit-elle posément. Mais si décevant que cela puisse paraître, il y a une raison pour laquelle vous n'auriez pas pu être l'assassin.

—Ah, oui ? Et laquelle ?

—Vos chaussures ne couinent pas, monsieur Bradford.

—Mes chaussures ?

—C'est cela. Sans compter que j'ai l'intime conviction que vous n'êtes jamais entré dans le manoir, tout au moins pas au-delà de la salle à manger des domestiques, depuis votre arrivée à Mallowan Hall. Ce qui rend peu plausible l'hypothèse selon laquelle vous vous seriez aventuré dans la maison et seriez entré dans la bibliothèque au moment où Charles Waring était sur le point de rendre l'âme.

—Sauf s'il m'avait croisé et montré où se trouvait la bibliothèque, fit valoir l'insupportable chauffeur. Et alors je l'aurais poignardé. Avec un fichu stylo-plume.

—Sans même laisser un grain de poussière ou une trace de boue sur le plancher ? rétorqua-t-elle du tac au tac. Fort peu probable.

—À supposer que je me sois débarrassé de mes souliers, ou que je les ai essuyés.

Elle réprima un soupir excédé. La seule façon de répondre à une provocation était de l'ignorer. Ils roulèrent en silence pendant quelques instants, puis il reprit :

—Des chaussures qui couinent ? Et maintenant, vous allez prétendre que vous n'avez pas fourré votre nez dans l'enquête de police ? Mais dites-moi, comment savez-vous que le meurtrier a des souliers qui couinent ?

Elle pinça les lèvres. Il était hors de question qu'elle lui révèle comment elle était en possession de cette information. Pour des raisons évidentes.

—Vous pouvez me laisser devant La Pie jacasse, monsieur Bradford, dit-elle, soulagée, quand la voiture s'engagea en douceur dans le dernier virage avant de déboucher dans la grand-rue de Listleigh. Je ne resterai pas plus d'une heure en ville, et j'imagine que vous avez mieux à faire que de m'attendre. Une visite chez le tailleur, peut-être ? Ou chez le barbier ?

Il émit un petit bruit qui ressemblait à un reniflement de dédain, mais Phyllida l'ignora.

Toutefois, il fit ce qu'elle lui demandait et se gara devant l'unique pub de la bourgade.

—Une heure ? demanda-t-il en lui ouvrant la portière.

—Oui. Vous pourrez venir me reprendre ici à dix heures.

La première fois qu'elle avait vu Listleigh, quand elle était arrivée par le train pour prendre son service à Mallowan Hall, Phyllida s'était immédiatement sentie en territoire connu. C'était un village pittoresque, comme ceux dont il était question dans le *Guide des relais-auberges d'Angleterre.* Étroites rues pavées et leurs nombreux commerces installés au ras de la chaussée, façades de brique tapissées de vigne vierge, jardinières et petits jardins fleuris entourés de grilles en fer forgé jetant çà et là des taches de couleur. Cyclistes, carrioles à chevaux, piétons, camionnettes et automobiles se disputaient la chaussée, car les trottoirs étaient quasi inexistants. Une minuscule gare de chemin de fer se tenait à l'entrée du bourg, à environ un kilomètre à l'ouest.

La Pie jacasse donnait sur la place centrale, un rectangle de gazon dominé par le clocher de l'église Saint-Wendreda, où se tenait chaque année la Foire à la betterave et aux pattes de poulet. En retrait, se découpait la silhouette trapue du presbytère de brique rouge parmi un bosquet d'ormes et d'érables.

La face nord était occupée par la boulangerie, le salon de thé et la pharmacie, et la face sud, par une mercerie et une petite quincaillerie, dont la propriétaire, Winnie Pankhurst, était en perpétuelle bisbille avec le pharmacien, Bartholomew Sprite qui, disait-elle, lui faisait de la concurrence déloyale en vendant des articles qui n'avaient rien à faire dans une pharmacie. Phyllida faisait toujours en sorte de n'acheter que des médicaments et des produits de soin chez M. Sprite, et de faire le reste de ses emplettes chez Mme Pankhurst. Dans les petits villages, les commérages allaient bon train.

En plus d'être le seul pub du coin, La Pie jacasse proposait des chambres à louer pour les rares voyageurs qui venaient passer leurs vacances dans le Devonshire.

C'était la seconde raison pour laquelle Phyllida voulait s'y rendre. Car si l'ami de Charles Waring séjournait à Listleigh, c'était sûrement là qu'elle le trouverait.

L'enseigne qui se balançait au-dessus de la porte était trompeuse, car la pie qui y était représentée ne jacassait pas, mais se tenait coite et digne au contraire – et d'ailleurs était-ce seulement une pie ? se demandait Phyllida.

La lourde porte montée sur de grosses charnières en fer forgé devait être là depuis au moins un siècle sinon deux, de même que le long comptoir au bois scarifié – sans parler du plafond noirci par la fumée, des poutres de chêne et de plancher maculé de boue séchée.

À l'intérieur régnait un demi-jour, qui donnait l'impression que tout était gainé d'or sombre, les ampoules électriques n'ayant pas encore fait leur apparition dans l'établissement. Ce qui n'était pas plus mal, songea Phyllida, qui préférait ne pas voir les détails.

Une femme se tenait derrière le bar – Phyllida constata avec une certaine satisfaction qu'elle était en train de l'astiquer au moyen d'un torchon à peu près propre.

—Bonjour, Guinevere, lui dit-elle.

Elle aurait préféré appeler la vieille femme autrement que par son prénom, mais tout le monde au village l'appelait ainsi.

Elle devait avoir au bas mot cinquante ans, à en juger par les rides qui creusaient ses joues légèrement flasques. Elle avait un menton carré, à l'aspect masculin, et des sourcils étonnamment fins et noirs au-dessus de ses yeux bruns pénétrants. Par-dessus ses cheveux courts couleur paille de fer, elle arborait une charlotte pas plus grande qu'un mouchoir de poche qui pendait sur l'arrière de son crâne à la façon d'un béret basque.

Sous son tablier de gros lin écru rayé bleu marine, elle portait une chemise d'homme et un pantalon. Mince et de taille moyenne, elle avait des mains délicates et racées, mais couvertes de cicatrices accumulées au fil des ans. Phyllida n'osa pas détailler de trop près les doigts de la femme, de peur de voir la crasse logée sous ses ongles.

Le salut timide qu'elle adressa à la patronne de La Pie jacasse s'expliquait par le fait que celle-ci avait un tempérament sanguin bien connu dans la région.

Ce trait particulier était d'ailleurs rapporté dans le *Guide des relais-auberges d'Angleterre* (ainsi qu'elle l'avait fait remarquer à l'inspecteur Cork) : *La Pie jacasse de Listleigh est réputée pour son excellente bière ambrée, son pain bis, particulièrement savoureux quand il est accompagné d'un cheddar fabriqué chez le fromager local. Mais attention à ne pas froisser la patronne, car si elle vous prend en grippe, c'est une douche à la bière que vous risquez de recevoir, en plus d'une pinte.*

—Ma foi, madame Bright, vous êtes bien matinale. J'espère que vous comptez pas sur moi pour faire des politesses – cadavres ou pas. Parce que j'ai pas le temps de bavarder. Et j'ai pas encore mis la bière à la tireuse, parce que j'ai pas fini de nettoyer.

—Oh, mais non, mais non, répondit Phyllida, qui ne s'étonna même pas de voir à quelle vitesse les nouvelles se répandaient. (Après tout, une nuit entière s'était passée depuis la découverte du deuxième cadavre, autrement dit une éternité à l'échelle du village.) Foin de cérémonies, ou de bière. Je suis à la recherche de deux choses – une aide-cuisinière et l'identité d'un visiteur qui aurait pu prendre une chambre chez vous, ou tout au moins une bière hier.

Guinevere s'arrêta de frotter et planta son poing sur sa hanche.

—Parce que vous croyez que je connais tous les gens qui sont passés ici hier ? J'ai pas arrêté de courir d'une table à l'autre tellement qui y avait de gens dans la salle. Trop. (Elle fronça les sourcils.) Avec cette histoire de meurtre, ils débarquent ici à toute heure.

—Je vois, dit Phyllida en la gratifiant d'un sourire désarmant. J'imagine qu'avec tous les reporters qui sont venus ici pour manger un morceau et boire une bière, vous avez été très occupée en effet.

—J'ai même pas pu dire mon chapelet de l'après-midi, commenta Guinevere, contrariée. Du coup, je vais devoir en dire deux aujourd'hui. Et j'ai même pas eu le temps d'aller au petit coin jusqu'à ce que Kimmie vienne m'aider à tirer la bière et à couper le pain. Pendant ce temps, Vernon et Terry se démenaient à la cuisine, et moi j'ai dû faire livrer deux fûts de plus hier soir.

—J'aurais besoin de quelqu'un comme Kimmie à Mallowan Hall jusqu'à ce que nous ayons trouvé à remplacer l'aide-cuisinière. Auriez-vous…

—Vous aurez pas Kimmie, glapit Guinevere. Non, mais, il manquerait plus que vous me chipiez mon aide de cuisine !

Elle fronça à nouveau les sourcils et se remit à frotter.

—Non, bien sûr que non, répondit Phyllida d'une voix ferme. Jamais je ne ferais une chose pareille. Mais…

—Y'a personne d'autre qui cherche du boulot, à part la fille de m'dame Barkley, qui vient de rendre son tablier chez Lord Tatterling. Quant à vous dire ce qu'elle vaut aux fourneaux... Elle est grosse comme le doigt, c'est pour ça que j'en veux pas ici. Elle pourrait pas soulever un tonneau de bière. Mais vous pouvez toujours demander. Et sinon, il y a la sœur de m'dame Pankhurst, qui vient de rentrer de chez sa tante malade. Insolente, celle-là, mais m'dame Puffley saura sûrement la remettre à sa place.

—Merci pour la sugg...

—Et pis, y'a Opal Stamm. Elle vient d'avoir treize ans et sa mère dit qu'elle cherche du travail. Elle aimerait bien la caser chez un patron, ça ferait une bouche de moins à nourrir à la maison. J'irais pas jusqu'à lui confier un couteau, mais elle peut sûrement aider ailleurs. C'est la fille de m'dame Stamm, un peu plus bas dans la rue, juste après la boucherie, la maison avec des volets bleus. Avec toute la marmaille qui braille à l'intérieur, vous pouvez pas la manquer. Elle a huit mioches à elle, plus celui de son aînée.

—Bien, dit Phyllida, tout cela me semble très prometteur. Merci infiniment. (Elle hésita, puis, au risque de lancer Guinevere dans une nouvelle tirade, elle déclara :) Il y a un homme en ville. Blond, la trentaine, avec une barbe et un feutre écossais vert. J'aimerais lui parler. Je sais que vous êtes très occupée, mais si jamais vous le voyez...

Elle sursauta légèrement quand l'aubergiste abattit sa paume sur le comptoir et la regarda droit dans les yeux.

—Et qu'est-ce que vous lui voulez à ce *malotru* ? Je l'aurais bien attrapé par la peau des fesses et flanqué dehors. Mais il m'a loué une chambre à l'étage.

D'un mouvement du pouce, elle désigna l'escalier qui menait au premier.

—Je veux juste lui poser une question. (*Ou deux*, ajouta Phyllida par-devers elle.) Vous connaissez son nom ? Savez-vous où il se trouve en ce moment ?

—Eugene Mustard, qu'il se fait appeler. Drôle de nom. Jamais entendu personne qui se faisait appeler moutarde.

—Moi non plus, convint Phyllida, pour essayer d'amadouer Guinevere. Il est toujours au lit ?

—Comment voulez-vous que je le sache ? Vous croyez tout de même pas que je vais jeter un coup d'œil aux chambres de mes clients tous les matins et tous les soirs, s'emporta Guinevere, indignée.

—Non, naturellement. Bien, je ne vais pas vous déranger plus longtemps. Je vous serais reconnaissante de ne pas dire à M. Mustard ou à quiconque que je le cherche.

La femme lui décocha un regard sceptique.

—Tiens donc ? On a ses petits secrets ? Pas étonnant avec des cheveux et un physique comme les vôtres. Les secrets, vous devez en avoir plus d'un. (Se penchant au-dessus du comptoir, elle ajouta :) Je suis pas née de la dernière pluie.

—Je repasserai tout à l'heure pour voir si M. Mustard est rentré, dit Phyllida avant de se sauver avant que l'aubergiste ne la bombarde de questions.

Elle ne voulait pas avoir une conversation qui risquait de mettre la puce à l'oreille de Guinevere quant à ses occupations passées.

Malgré le temps couvert, elle se sentit revivre quand elle émergea de la taverne sombre et enfumée. Il faisait doux et Phyllida ôta son tricot et le rangea dans son sac tandis qu'elle se dirigeait vers la maison des Stamm. De toutes les options que lui avait énumérées Guinevere, Opal Stamm semblait la plus prometteuse, car si la fille convenait, elle pourrait l'engager pour de bon à Mallowan Hall. Benita serait ravie de monter en grade, et la nouvelle pourrait se charger des corvées de cuisine.

Moins d'une demi-heure plus tard, Phyllida s'était mise d'accord avec Opal et sa mère. À sa surprise, Mme Stamm n'avait pas hésité une seconde à envoyer sa fille travailler dans une maison où deux meurtres avaient été commis en l'espace d'une journée et dont la maîtresse connaissait tout sur les poisons.

Il fut convenu qu'Opal et elle rentreraient à Mallowan Hall avec Bradford quand il viendrait les chercher devant le pub à dix heures.

Phyllida songea qu'elle avait encore un peu de temps devant elle, et que même si elle avait quelques minutes de retard, Bradford serait obligé de l'attendre.

Cette pensée la réconforta et elle se détendit.

Elle tourna dans une ruelle étroite, pareille à un chemin de campagne, et déboucha sur une route en lacets où une pancarte annonçait : DR BHATT, MÉDECIN GÉNÉRALISTE.

Une petite cloche tinta quand la bonne la fit entrer.

—Bonjour, Madame.

—Bonjour. J'aimerais parler au docteur Bhatt s'il est disponible. Je suis Mme Bright, de Mallowan Hall.

La femme de chambre, vêtue d'une robe bleu marine impeccable et d'un petit tablier blanc, disparut dans les profondeurs de la maison. Quelques instants plus tard, une porte s'ouvrit et la bonne lui fit signe d'entrer.

Le docteur Bhatt se leva de derrière son bureau.

—Madame Bright, quel plaisir de vous revoir ! lui dit-il avec un large sourire.

À sa grande satisfaction, Phyllida constata que le cabinet était aussi propre et organisé que le docteur lui-même, ce qui donnait à penser qu'il était un homme de l'art efficace. Comme aurait dit Hercule Poirot, l'ordre et la méthode, et le docteur Bhatt semblait être en possession des deux, en plus d'une fringante moustache.

—Merci, dit-elle en s'asseyant dans le fauteuil capitonné qu'il lui désignait.

Sa moustache était véritablement un modèle d'élégance dont les producteurs de cinéma feraient bien de s'inspirer le jour où ils décideraient de porter les enquêtes policières de Poirot à l'écran.

—Que puis-je faire pour vous, madame Bright ? Vous n'êtes pas souffrante au moins ?

—Non, non. Je jouis depuis toujours d'une excellente santé. Je suis venue pour vous poser une question à propos de M. Waring.

—Je vois.

Le docteur Bhatt se cala dans son fauteuil et joignit ses mains, doigts en pointes. Une étincelle s'alluma dans son regard, signe qu'il était plus que disposé à discuter de la situation.

—Vous avez examiné le corps. Pourriez-vous me dire s'il a été poignardé par l'avant ou par l'arrière ?

Sa moustache s'étira en un large sourire.

—Afin de déterminer si le tueur était gaucher ou droitier, c'est bien cela, madame Bright ?

Elle hocha modestement la tête.

—Le coup a été porté par l'arrière, ce qui laisse supposer que l'assassin s'est servi de sa main droite. J'en ai d'ailleurs fait la remarque à l'inspecteur pas plus tard qu'hier. (Soudain la courbe de sa moustache s'aplatit.) Et je suis désolé pour la petite bonne. Rebecca, c'est bien cela ? C'est vous qui l'avez trouvée également ?

Phyllida acquiesça. Ayant aperçu la voiture du médecin devant le perron de Mallowan Hall, elle savait qu'il avait été appelé pour constater le décès, tout comme il l'avait fait un peu plus tôt pour M. Waring.

—L'auteur de ce crime ne peut être qu'une personne démoniaque, et si je pose ces questions c'est parce que je veux aider la justice à découvrir de qui il s'agit.

—Une démarche que j'approuve totalement, répondit le docteur Bhatt. Et si cela peut vous aider, madame Bright, j'ajouterai qu'à mon avis, la personne qui a donné la mort à Rebecca était également droitière.

Malheureusement, ce n'était pas ce qu'elle avait espéré entendre. Le nombre de droitiers excédant de loin celui des gauchers, il y avait peut-être non pas un, mais deux assassins présentement à Mallowan Hall.

—Avez-vous idée de l'arme ou l'objet employé pour… cela ?

—Un bâton – une branche, en fait. M. Bradford… c'est bien son nom, n'est-ce pas ? Le chauffeur ? Il l'a retrouvée non loin de l'endroit où la jeune fille est morte. Il y avait du sang dessus, naturellement.

—Et donc l'assassin s'est servi de ce qui lui est tombé sous la main, murmura-t-elle. Une branche qui se trouvait là. Exactement comme le stylo-plume dans la bibliothèque. Il y avait d'autres armes potentielles dans la pièce – un coupe-papier et un presse-papiers en marbre, tous deux sur le bureau.

Elle étira la main vers le bureau et sortit un stylo à encre de son support, puis en examina la plume. Certes, la pointe métallique pouvait être dangereuse, mais ce n'était *a priori* pas le genre d'objet idéal pour commettre un meurtre.

—Avec un objet aussi peu adapté, le meurtrier a eu beaucoup de chance de tomber en plein sur la carotide du premier coup.

—En effet, répondit le docteur Bhatt. Je me suis fait la même réflexion. Ce qui donne à penser que les assassinats n'étaient pas prémédités, mais qu'ils ont été perpétrés dans un moment de colère ou de violente émotion.

Poirot n'aurait pas mieux résumé la situation. *Tout est dans la psychologie du meurtrier.*

—Mais M. Waring a été tué du premier coup, n'est-ce pas ? demanda-t-elle. (Et tandis que le docteur hochait la tête, elle poursuivit :) Alors que Rebecca a été... battue à mort.

—Oui, madame Bright. Elle a reçu plusieurs coups sur la tête. Trois ou quatre au moins.

Phyllida se redressa sur son fauteuil, car une pensée venait de lui traverser l'esprit. Un détail tellement élémentaire qu'elle n'avait pas pris le temps d'y réfléchir.

—Du sang... Bien sûr, la personne qui a fait ça aura été aspergée de sang, ne pensez-vous pas ?

—Assurément, répondit le médecin. Des gouttelettes à tout le moins, et peut-être même des traînées ou des éclaboussures. Mais pas autant que lorsque Charles Waring a été poignardé au cou, dit-il d'un ton presque jovial. Une fois perforée la carotide, le sang aura giclé à grands jets.

—Bien sûr. Et donc, l'assassin aurait eu du sang sur lui, conclut-elle.

—Tout à fait.

—Y a-t-il un autre détail intéressant ou insolite que vous auriez remarqué ?

—Il s'avère que M. Waring avait beaucoup bu avant d'être assassiné, ce qui explique peut-être la relative facilité avec laquelle le meurtrier l'a poignardé. Il sentait l'alcool et les analyses de sang ont confirmé mes soupçons. Ce qui veut dire qu'il aura été moins à même de se défendre, et étant donné qu'il a été frappé par l'arrière, si Waring était saoul, le tueur a pu toucher la carotide du premier coup.

—Bien. Je vous remercie, docteur Bhatt. J'apprécie votre franchise.

Phyllida se leva pour prendre congé.

Il se leva à son tour.

—Il y a autre chose que j'ai remarqué, quoique j'ignore si cela présente le moindre intérêt.

—Quoi donc ?

—Il y avait une petite trace de rouge à lèvres sur le col de M. Waring. Ici.

Le docteur Bhatt toucha le côté gauche de son cou.

—Voilà qui est intéressant, commenta Phyllida en inclinant la tête de côté. De quelle couleur au juste ?

Le docteur battit des paupières.

—Euh… rouge.

—Mais plus précisément ?

—Eh bien… euh… le rouge à lèvres n'est-il pas toujours rouge ?

— Il existe plusieurs nuances de rouge, et savoir de laquelle il s'agit pourrait nous aider à déterminer qui portait ce rouge-là en particulier. (Comme il semblait ne pas saisir ce qu'elle disait, elle demanda :) Était-ce un rouge bordeaux ou plutôt pourpre, ou un rouge coquelicot ? Un rouge rubis, un rouge pomme, ou prune ?

Il sourit vaguement.

—Je ne saurais pas dire, madame Bright. Pour moi il était rouge.

Elle cacha sa déception de constater un tel manque d'ordre et de méthode et lui sourit.

—Docteur Bhatt, le fait que M. Waring ait été en compagnie d'une dame, apparemment, après le dîner et avant d'être tué, revêt une grande importance.

—Je le pense aussi. Et je me demande qui cela peut bien être.

Maintenant que le sujet du rouge à lèvres avait été abandonné, ses prunelles recommençaient à briller de curiosité.

—Je vous remercie encore une fois d'avoir répondu à mes questions.

—Ce fut un plaisir de vous revoir, madame Bright. J'espère que vous n'hésiterez pas à me contacter à nouveau si vous avez d'autres questions, dit-il en lui faisant signe de le précéder dans le couloir. J'espère juste que ça ne sera pas à cause de nouveaux meurtres – et que nous aurons l'occasion de prendre un thé ou un café.

Phyllida lui sourit, et elle allait lui répondre par l'affirmative quand elle entendit un tout petit couinement.

Elle s'arrêta net, et il manqua lui rentrer dedans. Il y eut un autre couinement, presque imperceptible, quand il se recula.

—Vos souliers grincent, dit-elle.

—Euh, oui. L'un d'eux, en effet. (Il semblait terriblement embarrassé.) C'est assez gênant ce bruit qui vous accompagne partout quand on reçoit des patients. Je voulais justement les apporter chez M. Sanders pour qu'il les répare. Une de mes semelles s'est légèrement décollée de l'empeigne.

—Je vois, dit Phyllida. M. Sanders va les réparer sans problème.

—Je vous promets de mettre mes autres chaussures quand nous irons prendre le thé, dit-il avec un petit sourire contrit. Je porte rarement celles-là, mais les autres étaient pleines de boue, l'autre jour, et elles n'ont pas encore séché depuis que je les ai nettoyées. Il pleut tellement dans ce pays.

—Oui, c'est vrai, dit-elle distraitement, son cerveau tournant à plein régime. Je serai ravie de vous revoir très bientôt. D'ailleurs, j'y pense, je suis de repos le mardi et le vendredi après-midi. Encore merci, docteur Bhatt, vous m'avez beaucoup aidée.

20

Phyllida trouva Opal Stamm en train de l'attendre devant La Pie jacasse. Elle observait nerveusement l'automobile des Mallowan, et Bradford n'était nulle part en vue.

Contrariée, Phyllida jeta un coup d'œil à la petite montre qui se trouvait dans son sac à main. Il aurait dû être là depuis cinq minutes.

—Opal, vous pouvez attendre dans la voiture, ou ici, juste à côté, dit-elle. Le chauffeur ne devrait pas tarder à arriver.

Elle décida d'en profiter pour retourner dans le pub et s'enquérir encore une fois de M. Mustard.

Dès qu'elle franchit le seuil, Phyllida aperçut Bradford assis au comptoir… à côté d'un homme blond et barbu affublé d'un feutre écossais vert.

Nom de…

Était-ce une pure coïncidence ou Bradford l'avait-elle prise de vitesse ?

Phyllida chassa sa contrariété d'un haussement d'épaules. Elle ne pouvait pas se permettre de céder à la colère alors que l'occasion de parler à M. Mustard s'offrait à elle.

Guinevere n'avait toujours pas mis sa tireuse en marche. (Phyllida se félicita de constater que l'aubergiste n'était pas mieux disposé envers les deux hommes qu'envers elle.) De fait, la dame semblait avoir une aversion particulière pour l'un ou les deux clients.

—Vous salissez mon comptoir ! Je viens juste de le nettoyer, et le bar est pas encore ouvert…

—Même pas pour une tartine de votre délicieux pain ? demanda Eugene Mustard d'une voix pleurnicharde. Avec une tranche de bœuf froid ? Ou un œuf, juste cuit à point ? Pas besoin de mettre un fût en perce pour…

—J'ai dit non. On n'ouvre pas avant onze heures. Pas de bière, pas de pain, pas de rosbif. Vous vous croyez où, ma parole ? Et maintenant, ôtez vos sales pattes de mon comptoir. Et vous, le gros balèze, arrêtez de vous balancer sur mon tabouret. Vous voulez le casser, ma parole ?

Cette dernière injonction était adressée à Bradford, et Phyllida eut toutes les peines du monde à ne pas sourire tandis qu'elle s'approchait de la mêlée.

—Monsieur Mustard, dit-elle, n'ayant aucune raison de s'adresser au chauffeur qui – incroyable ! – était descendu sans broncher du tabouret.

—Qui le demande ? lança l'inconnu en se retournant avec humeur.

Mais lorsqu'il vit Phyllida dans sa jolie robe jaune, ses gants impeccables et son aguichant petit bibi, son expression changea du tout au tout.

—Oui, tout ce que vous voudrez, beauté.

J'espère que tu t'en souviendras plus tard. Mais au lieu de répondre, Phyllida se contenta de sourire, avec un je-ne-sais-quoi de provocateur dans son expression.

—Comme c'est aimable à vous. Nous pourrions peut-être aller nous asseoir là-bas, pour ne pas salir le comptoir de Guinevere.

Continuant d'ignorer Bradford, elle se dirigea vers une table ronde aussi éloignée que possible du bar.

Elle tira une chaise, puis se ravisa – elle portait sa jolie robe jaune pâle, et Dieu seul savait à quand remontait le dernier coup de torchon et s'il ne subsistait pas de traces de bière ou de sauce et que sais-je encore sur ce siège. À sa surprise, Bradford sembla comprendre son hésitation et étala sa veste sur la chaise pour qu'elle puisse s'y installer en toute sécurité.

—Merci, murmura-t-elle en s'asseyant.

Eugene Mustard jeta un coup d'œil à Bradford, comme s'il se demandait s'il allait assister à leur conversation, mais le chauffeur s'éloigna et alla s'adosser contre un mur, les bras croisés, sa tête touchant presque le plafond, avec l'air de quelqu'un qui commence à s'ennuyer.

Phyllida concentra toute son attention sur l'homme qui avait pris place face à elle.

—Vous êtes un ami de Charles Waring.

—Oui. Et ? demanda-t-il, son affabilité presque envolée.

Mais Phyllida lui décocha un sourire compatissant et reprit aussitôt :

—Mes sincères condoléances. Les hommes de Scotland Yard font tout ce qu'ils peuvent pour retrouver l'assassin, dit-elle en s'efforçant de ne pas avoir l'air sceptique quant aux résultats de l'enquête. Je crois savoir que vous avez eu des mots et une altercation avec l'un des valets de Mallowan Hall hier.

—Oui ? Et en quoi ça vous regarde ? (M. Mustard n'avait plus l'air aussi enclin à répondre à ses questions.) Le type a essayé de m'en coller une, mais je lui en ai collé une, moi aussi, qui lui a donné à réfléchir. Mais c'est le reporter qui lui a réglé son compte, ajouta-t-il plein de morgue. Vous auriez vu ce massacre… y avait du sang partout.

Phyllida fut soulagée d'apprendre que l'histoire de Stanley comportait au moins un élément de vérité. Après tout, lui aussi avait du sang sur lui, et elle avait lu suffisamment de romans policiers pour savoir qu'il ne fallait exclure personne en tant que suspect.

—J'aimerais savoir pourquoi vous et Charles Waring êtes venus à Mallowan Hall.

—Écoutez, ma petite dame, je vois pas en quoi tout ça vous regarde et…

Une ombre tomba sur la table, sombre et menaçante. Phyllida n'eut pas besoin de lever les yeux pour savoir que Bradford se tenait de toute sa hauteur au-dessus d'eux. Mais enfin, de quoi se mêlait-il ?

—Quoi ? dit Eugene Mustard d'une voix légèrement vacillante.

—Parle poliment quand tu t'adresses à Madame, dit Bradford avec une hypocrisie confondante. Et réponds à ses questions.

L'autre homme maugréa entre ses dents, mais ne se rebiffa pas.

—Charlie m'a appelé il y a deux semaines pour me dire qu'il voulait… euh… essayer quelque chose pour un nouveau reportage. Il a dit qu'on allait rigoler, qu'il allait prendre une fausse identité et il m'a demandé de lui prêter mon Aston Martin.

—Un reportage ? M. Waring a dit être journaliste au *Times* quand il s'est présenté à Mallowan Hall. Mais nous savons que ce n'est pas vrai. Je vous suggère de dire la vérité, monsieur Mustard.

Il laissa échapper un long soupir, obligeant Phyllida à se reculer légèrement pour s'épargner les relents d'une haleine pas très fraîche.

—Ouais. Mais Charlie était écrivain et photographe. Il faisait des reportages pour différents magazines. Alors, il a pas menti sur toute la ligne. C'est juste qu'il était pas en mission officielle.

M. Mustard pianotait nerveusement des doigts sur la table.

—Continuez, et tenez-vous-en strictement aux faits, voulez-vous ? Pas de fioritures.

—Bien. Et donc, Charlie avait – comment dire ? – un compte à régler. Oui, c'est ça. Il voulait se venger d'un type, et il a découvert qu'il se rendait ici à Listleigh.

—Mais quelle sorte de compte à régler ?

Il soupira, roula des yeux, ôta son chapeau et se gratta la tête.

—Je sais pas vraiment. À propos d'une femme que le type traitait pas comme il aurait dû.

Phyllida avait l'ambiguïté en horreur.

—Ce… euh… type ne traitait pas quelle femme comme il aurait dû ? La sienne ou celle de M. Waring.

—La sienne – celle du type, je veux dire, s'empressa d'ajouter M. Mustard, sentant que Phyllida commençait à voir rouge. Je sais pas. Je suppose que Charlie aimait pas la façon dont l'aristo traitait sa femme…

—Il est très louable pour un homme de se comporter en défenseur du sexe faible, l'interrompit Phyllida, et on ne peut pas le blâmer pour ça. Mais de là à se rendre à Listleigh et à débouler dans une partie de campagne sous un prétexte mensonger…

—Je sais rien de tout ça. Il voulait que je lui prête ma voiture – la sienne risquait de pas lui donner la… *crédibilité*, c'est ça. La crédibilité pour se joindre à une partie de campagne dans le manoir d'une auteure célèbre. (Il écarta les mains en un geste de parfaite innocence en rajoutant un haussement d'épaules pour faire bonne mesure.) Je sais pas. J'ai pas posé de questions. Je suis venu parce que je voulais rigoler un peu.

Ses prunelles dansaient, et la naïveté de son expression rappela à Phyllida ces jeunes hommes qui s'enrôlaient pour faire la guerre en s'imaginant qu'ils allaient vivre une grande aventure.

—Sauf que maintenant, ma voiture est coincée là-bas, au manoir, et que je…

—Et donc – pour rigoler – vous avez accompagné votre ami pour… quoi au juste ? Pour qu'il ait une explication avec l'homme qui maltraitait sa femme ? (En dépit de son ton acerbe, une image était en train de prendre forme dans son esprit. Après tout, il y avait une trace de rouge à lèvres sur le col de M. Waring…) Pourquoi M. Waring tenait-il tant à défendre cette dame ? Était-ce parce qu'il était amoureux d'elle, ou parce que c'était sa sœur ou pour une autre raison ?

—Je vous l'ai dit, ma belle. (Il jeta un coup d'œil furtif à Bradford, qui était retourné s'appuyer contre le mur.) Je suis venu parce qu'il voulait m'emprunter mon Aston Martin.

—J'ai du mal à y croire, dit Phyllida, une pointe de menace dans la voix. (Ça marchait avec les femmes de chambre, les valets, et les jardiniers – quoiqu'à l'évidence pas avec les chauffeurs.) Je suis sûre que vous en savez plus que vous ne le prétendez.

—Non. Je sais rien. Charlie m'a pas dit grand-chose. Juste qu'il voulait ma voiture et que je voulais pas qu'il la prenne seul.

—Vous comprenez bien que si M. Waring avait l'intention de frapper – ou pire – ce mari qui maltraitait soi-disant sa femme, et que vous l'avez accompagné en lui fournissant un moyen de locomotion, cela fait de vous un complice, déclara Phyllida de sa voix la plus sévère.

—Ouais, mais en attendant, c'est pas l'aristo qui est mort dans l'histoire. C'est *Charlie*, rétorqua-t-il du tac au tac. Alors, qui est complice de qui maintenant ?

Flûte. Il avait raison. Toutefois, Phyllida commençait à partager l'opinion de Guinevere au sujet d'Eugene Mustard. L'homme était un goujat patenté.

—À l'évidence, reprit Phyllida d'une voix ferme, si M. Waring avait l'intention de s'expliquer avec l'homme qui maltraitait sa femme, c'est qu'il devait être amoureux d'elle. Ou y a-t-il une autre explication ? Il voulait sans doute le prendre entre quatre yeux à Mallowan Hall, raison pour laquelle il a trouvé un prétexte pour se présenter là-bas.

M. Mustard émit un grognement qu'elle interpréta comme un acquiescement, c'est pourquoi elle poursuivit :

—De sorte qu'il a vraisemblablement défié le mari, puis, l'affrontement ayant tourné au vinaigre, il a fini poignardé au moyen d'un stylo-plume. C'est pourquoi je vous conseille de tout me dire concernant cet homme et sa femme, et tout ce dont vous pouvez vous souvenir concernant les plans de M. Waring.

—Pour que vous me fassiez coffrer pour complicité de meurtre ? Merci bien, ma petite dame, mais non.

Il repoussa sa chaise pour se lever, mais en fut empêché par une main puissante qui s'abattit sur son épaule, l'obligeant à se rasseoir.

—Je crois me souvenir que vous avez dit : « Tout ce que vous voudrez, beauté », cita Bradford avec un sourire glacial. Ce qui laisse entendre que vous étiez tout disposé à répondre à toutes ses questions.

Eugene Mustard n'avait pas l'air content. Mais son instinct de survie était le plus fort.

—Je connais pas le nom du mari. Je le connais pas. Tout ce que je sais, c'est que c'est un type de la haute avec une belle bagnole et une belle pépée.

—Bien. Et comment, et quand, M. Waring a-t-il rencontré cette « belle pépée » ?

Manifestement, Charles Waring n'évoluait pas dans les mêmes cercles que les invités de Mallowan Hall, raison pour laquelle il s'était senti obligé d'emprunter la voiture d'Eugene Mustard.

—Laissez-moi deviner… reprit-elle. C'est quand il est allé prendre des photos au derby de la Mare aux canards. Je me trompe ? À Bunder House en mai.

M. Mustard ne put cacher sa surprise. Ses yeux s'agrandirent et il mit un peu trop de temps à répondre, comme s'il cherchait ses mots. Mais lorsqu'il les trouva, son explication tenait la route.

—C'est exact. Charlie y était allé le week-end en tant que reporter photographe. Il faisait un reportage pour un magazine – *Life* peut-être ? Il a… il avait une sacrée plume. (Le visage de M. Mustard se crispa comme s'il venait de comprendre qu'il ne verrait plus jamais son ami.) Il a gagné des prix et tout ça…

—Et donc il a dû faire la connaissance de la femme dont il voulait défendre l'honneur, à l'occasion de la kermesse. Mais pourquoi a-t-il attendu aussi longtemps pour avoir une explication avec le mari ?

—Je vous l'ai dit. Je sais pas, lâcha Eugene Mustard d'une voix stridente. Tout ce qui m'intéresse, c'est de savoir qui a tué mon pote.

—C'est précisément pour cela que je vous pose toutes ces questions, monsieur Mustard, répliqua-t-elle sèchement. Et maintenant, si vous pouviez vous reprendre et me faire part des informations que vous possédez – si insignifiantes soient-elles –, nous aurons plus de chance de toucher au but.

Il la foudroya du regard, mais se reprit, comme elle le lui avait demandé.

—Qu'est-ce que vous voulez savoir de plus ?

Elle médita un instant, puis lança :

—Certains de ces noms vous disent-ils quelque chose ? Devine, Budgely-Rhodes, Hartford, Sloup, Grimson ?

Elle observa Mustard de près, mais il n'eut pas de réaction particulière.

—Non. Jamais entendu parler.

Le sourire innocent, mains écartées, était de retour.

—Et la femme ? Savez-vous quelque chose la concernant ? Son prénom ? À quoi elle ressemble ? Où elle habite ?

—Écoutez, je n'étais pas vraiment intéressé. S'il était raide dingue d'une femme mariée, c'était son problème. Moi, je l'ai accompagné parce que je voulais pas qu'il esquinte ma bagnole.

Elle leva un sourcil sceptique.

—Et qu'aviez-vous prévu à part ça ? Vous êtes venus ensemble à Listleigh, puis il a pris votre voiture pour aller à Mallowan Hall. Et ensuite ?

—On avait prévu de se retrouver le soir même – mercredi – pour qu'il me raconte comment il avait fait pour entrer dans la maison et tout ça. Je crois… je crois qu'il avait l'intention de… parler à la femme, mais je n'en jurerais pas. Mais bref, on devait se retrouver dans le bourg. Sauf qu'il n'est jamais venu. Et maintenant, je sais pourquoi. Quand j'ai appris la nouvelle le lendemain matin, j'y ai pas cru. C'est pour ça que je suis allé sur place, pour faire un tour du parc. Mon Aston Martin est toujours là-bas, vous savez.

—Et M. Bradford en prend grand soin, j'en suis sûre, dit Phyllida en haussant le ton pour que l'autre homme l'entende.

Mais il ne battit pas un cil.

—Vous avez encore des questions ? demanda Eugene Mustard d'une voix geignarde.

—Pas pour l'instant, mais ne vous avisez pas de quitter Listley, dit-elle d'une voix ferme. Le sergent va certainement vouloir vous interroger.

Il fit la grimace et lança un regard furtif en direction de Guinevere.

—Il faut vraiment que je reste ici ? Cette bonne femme est une furie, et il n'y a nulle part ailleurs où louer une chambre dans le bourg. Elle a même pas voulu que j'emporte un chocolat chaud dans ma chambre hier. Pourtant… après ce qui s'est passé avec Charlie, j'en aurais eu bien besoin.

—Peut-être préférez-vous passer la nuit au commissariat de Listleigh ? dit Phyllida d'une voix de miel.

Eugene Mustard sembla considérer un moment cette option, puis il s'avachit sur son siège.

—Bon, ça va. Je reste ici.

—Mais avant cela, vous allez vous rendre au poste de police et raconter tout ça au sergent, dit-elle en se levant. Il est toujours préférable de prendre les devants plutôt que d'attendre que la police vous tire les vers du nez. (Elle lui lança un regard sévère.) Je vais appeler le sergent Greensticks et l'inspecteur Cork cet après-midi même pour m'assurer que vous y êtes bien allé. Alors, ne tardez pas. Au revoir, monsieur Mustard.

Sur ces mots, elle rendit sa veste à M. Bardford et sortit aussitôt de La Pie jacasse.

—Et maintenant, où allons-nous, madame Bright ? demanda le chauffeur en ouvrant la portière.

—À Mallowan Hall, bien sûr. Voici Opal Stamm. Elle va venir avec nous. Opal, voici M. Bradford, le chauffeur.

—Enchanté, Mademoiselle, dit l'homme avec infiniment plus de galanterie qu'il n'en avait jamais témoigné à Phyllida. Et vous pouvez m'appeler Bradford tout court.

Opal hésita, puis monta et s'assit sur la banquette arrière à côté de Phyllida, une expression d'admiration mêlée de crainte dans les yeux. Sans doute n'avait-elle pas souvent eu l'occasion de monter en voiture, songea la gouvernante.

La nouvelle aide-cuisinière avait à peine treize ans et deux grosses dents sur le devant qui allaient sans doute paraître moins proéminentes avec l'âge. Malgré son air ahuri, elle était plutôt jolie, avec un teint doré et des tresses châtain clair rassemblées sur sa nuque en deux macarons. Son prénom lui allait à merveille, s'accordant parfaitement avec ses yeux gris étonnamment lumineux. Elle était bien charpentée, ce qui laissait augurer d'une bonne résistance à l'effort, songea Phyllida.

—Et maintenant, dit la gouvernante tandis que la voiture s'engageait en douceur sur la route, quand nous serons à Mallowan Hall, Benita – l'aide-cuisinière que tu vas remplacer – te montrera où tu peux ranger tes affaires. Nous n'avons pas d'uniforme à ta taille pour l'instant, mais cela devrait être résolu dès demain. D'ici là, tu porteras ce que tu as sur toi et je te donnerai un tablier pour mettre par-dessus. Benita te fournira une charlotte aussi. Tu prendras tes repas avec les domestiques du bas – à savoir, la cuisinière, les aides-cuisinières, les femmes de chambre, les valets, le jardinier et le chauffeur, s'il daigne se joindre à nous. Le dîner et le thé des domestiques du haut – dont moi-même, M. Dobble, le majordome, Violette, la femme de chambre de Mme Mallowan, et enfin la femme de chambre et les trois valets invités – prennent leur repas dans le bureau de M. Dobble. Et tu devras peut-être aider au service aussi, si Molly n'est pas disponible. Et, bien entendu, c'est M. Dobble et les valets qui se chargent de servir M. et Mme Mallowan et leurs invités. Molly est la première aide-cuisinière et c'est elle qui te dira quoi faire quand Mme Puffley est trop occupée. (Elle marqua une pause et demanda :) Des questions ?

—Vous allez me donner un uniforme ? demanda Opal d'une voix à demi engloutie par les rugissements du moteur. Des vêtements ?

—Naturellement. Et M. et Mme Mallowan, qui sont des maîtres généreux, t'offriront une paire de chaussures et un nouvel uniforme, ainsi qu'un manteau pour Noël. Et encore une paire de souliers et un autre uniforme cet été.

—Je vais avoir deux paires de chaussures rien que pour moi ? s'ébahit la fille en écarquillant les yeux.

Et Phyllida eut un petit pincement au cœur à la vue de la loque maintes fois raccommodée qui lui tenait lieu de robe.

—Tu pourras même en avoir trois si tu ne grandis pas trop vite, dit-elle avec un sourire.

Ils roulèrent en silence pendant un petit moment, puis Opal demanda d'une voix un peu plus assurée :

—Et comment allez-vous m'appeler, madame Bright ?

Phyllida vit de l'anxiété dans ses beaux yeux gris. C'est pourquoi elle répondit plus doucement qu'elle ne l'aurait fait en temps normal :

—Ma foi, tu t'appelles Opal – et c'est un joli nom. Nous allons donc t'appeler Opal.

—Oui, Madame, acquiesça la fille dont les épaules semblaient s'être détendues.

Elle n'avait plus de questions, apparemment, car elle ne dit plus rien, s'absorbant dans la contemplation du paysage tout en s'agrippant d'une main à la portière.

Phyllida ferma les paupières tandis que la voiture prenait un virage à la corde. Elle n'aimait pas voyager à l'arrière, car les virages et la vitesse lui donnaient la nausée. Quand elle rouvrit les yeux, elle remarqua que

Bradford l'observait dans le rétroviseur. Heureusement, ils étaient presque arrivés. Enfin.

—Et maintenant, Opal, tu vas aller te présenter à Mme Puffley, à la cuisine. Elle va être contente de te voir, dit Phyllida lorsque la voiture s'arrêta. Et si tu travailles bien, je suis sûre qu'elle voudra te garder.

—Merci, madame Bright, dit la fille tandis que Bradford ouvrait la portière.

Phyllida mena Opal jusqu'à la porte de l'office, puis désigna les cinq marches qui descendaient à la cuisine.

—Je te rejoins très bientôt. Benita et Molly vont te dire quoi faire.

—Oui, Madame.

Phyllida se retourna et manqua entrer en collision avec Bradford, qui était en train d'examiner le flanc de la voiture.

—Oh, mon Dieu, lâcha-t-elle malgré elle, en plaquant une main sur son chapeau, histoire de se donner une contenance tandis que le chauffeur la toisait de toute sa hauteur.

Il se tenait tout près et elle se sentit obligée de reculer.

—Pourquoi vous a-t-elle demandé comment vous alliez l'appeler ? dit-il en sortant un chiffon pour essuyer une trace de boue sur la roue avant de la voiture.

Déconcertée par sa question, Phyllida bredouilla.

—Euh… eh bien… Je présume qu'elle connaît des femmes de chambre à qui leurs patrons ont donné un nouveau nom. Certaines personnes refusent d'apprendre les noms de tous leurs domestiques, de sorte que la première femme de chambre s'appelle toujours Susan, le premier valet John, et la cuisinière, Cuisinière, etc. Il me semble que le valet de Lord Sturgeon portait toujours le nom de Brutus.

Bradford eut l'air stupéfait par son explication. Il émit un petit son guttural et recommença à ôter la boue de la Crossley.

Jugeant la conversation terminée, Phyllida tourna les talons.

—Ses chaussures ne couinaient pas, lança soudain Bradford.

Phyllida stoppa net et fit volte-face.

—Je n'ai jamais pensé qu'elles couinaient. Eugene Mustard ne peut pas être l'assassin…

—Et pourquoi cela ? Aucune possibilité ne doit être écartée, même la plus improbable. Il peut nous raconter ce qu'il veut maintenant que son supposé ami est mort. Si ça se trouve, ils n'étaient pas amis du tout, et il l'a suivi jusqu'ici uniquement pour le zigouiller. Vous imaginez le retournement de situation si on était dans un roman policier ?

Phyllida renifla avec dédain.

—J'ai déjà fait cette suggestion à Mme Agatha, si c'est ce que vous insinuez – un parfait inconnu retrouvé mort dans la bibliothèque. Mais je ne vois pas comment Eugene Mustard aurait pu s'introduire dans la maison.

—À moins que Charles Waring lui-même lui ait ouvert la porte. Ils se sont traités de tous les noms, et l'affaire a dérapé, répliqua Bradford.

—Possible, mais hautement improbable. Car comment M. Waring aurait-il emprunté la voiture de M. Mustard s'ils n'étaient pas amis ?

—Bien, je suppose donc que vous avez un autre suspect, madame Bright.

—Évidemment, répondit-elle, bien que n'ayant personne en particulier en vue, faute de mobile.

Certes, elle avait quelques pistes, en particulier depuis sa conversation avec Eugene Mustard – qu'elle n'avait pas rayé de sa liste de suspects soit dit en passant. Son histoire était si décousue qu'elle lui faisait penser à une vieille paire de chaussettes pleine de trous. La question était de savoir si c'était lui qui avait monté cette histoire ou M. Waring.

Bradford lui décocha un regard entendu.

—Je savais que vous étiez en train de mener votre propre enquête.

Phyllida pinça ses lèvres. Mieux valait ne pas s'abaisser à répondre à cet homme qui avait le don de la mettre à cran.

—Bonne journée, monsieur Bradford.

—Je pourrais avoir deux paires de chaussures, lui cria-t-il tandis qu'elle se dirigeait vers la maison.

Elle grinça des dents et décida de mettre Bradford tout en haut de sa liste de suspects – rien que par dépit.

21

Malheureusement pour l'enquête qu'elle était en train de mener, Phyllida fut apostrophée par Mme Puffley alors qu'elle passait devant la cuisine. Elle n'eut d'autre choix que de revenir sur ses pas et d'entrer dans l'antre bruyant et surchauffé de la cuisinière. Benita était occupée à plumer un canard, et Molly se débattait avec un hachoir à l'autre extrémité de la longue table.

Stanley, momentanément handicapé, était en train de baratter le beurre, son pied blessé posé sur un tabouret. Il faisait moins son joli cœur avec ces dames, maintenant qu'il était obligé de faire des corvées de bonne femme.

—Elle fera l'affaire, dit la cuisinière, qui était en train de battre des œufs dans un énorme saladier d'une main vigoureuse. Elle a l'air d'avoir du plomb dans la cervelle.

—Parfait. S'il vous plaît, tenez-moi au courant de la suite, dit Phyllida.

Elle avait l'intention de faire un tour dans le cellier pour s'assurer que Lizzie avait décanté l'eau de romarin, puis à la buanderie pour voir s'il s'y trouvait du linge taché de sang, mais Puffley n'en avait pas fini.

—Cette pauvre petite Rebecca, poursuivit-elle. J'ai fait que des cauchemars la nuit dernière. (Elle renifla.)

J'ai verrouillé ma porte, ça oui, alors, et j'ai pas honte de le dire. Retourne les œufs pochés, Benita, sans quoi la Vieille Bosse va encore se plaindre que les jaunes ne sont pas en place. Vous avez pensé à prendre un chien de garde, madame Bright ? Pour tenir les intrus à distance ?

—Prendre un chien ?

Elle n'y avait pas songé, ne serait-ce qu'une demi-seconde. La compagnie de Stilton et Rye lui suffisait amplement, merci.

L'une des raisons pour lesquelles elle aimait travailler au manoir était que les Mallowan ne montaient pas à cheval et ne chassaient pas, de sorte qu'il n'y avait pas de mâtins pour aboyer, sauter, glapir et vous lécher. Peter ne comptait pas, parce qu'il était vieux et qu'il ne bronchait pas, passant le plus clair de son temps avec Mme Agatha.

—Certainement pas.

—Mais…

—Madame Puffley, j'ai des choses urgentes à faire, je vous laisse battre vos œufs.

Elle sortit de la cuisine avant que la cuisinière ait pu la rappeler.

Un rapide coup d'œil à l'arrière-cuisine lui indiqua qu'Opal était en train de récurer des casseroles, les bras plongés jusqu'aux coudes dans l'eau de vaisselle. Le fait qu'elle fredonnât donna envie de sourire à Phyllida.

À sa grande satisfaction, la gouvernante trouva Lizzie dans le cellier en train de remplir des petits sachets de pot-pourri pour parfumer les tiroirs du bureau. Le mélange de lavande et de camomille était parfaitement dosé.

—C'est bien, dit-elle à la femme de chambre. Mais dites-moi, hier, quand vous avez fait le ménage dans les chambres, vous n'auriez pas trouvé du linge taché de sang, par hasard ? Même un tout petit peu ? Ou un chiffon qui aurait servi à éponger du sang ?

Les yeux de Lizzie s'agrandirent, puis sa bouche s'entrouvrit légèrement.

—Oh, madame Bright, vous cherchez des indices, c'est ça ? Exactement comme les détectives de Mme Agatha. (Puis son visage s'allongea et elle dit :) Je n'arrive pas à croire ce qui est arrivé à Rebecca. Je n'ose même plus aller au petit coin toute seule, alors Bess et moi, on y va ensemble et on se tient la porte.

—Je m'en félicite, mais pour être tout à fait franche, je ne crois pas qu'il y ait le moindre danger. Rebecca était… une cible… parce qu'elle avait travaillé à Bunder House… et qu'elle devait savoir des choses qui… euh… que le tueur ne voulait pas qu'elle divulgue.

Lizzie s'assura que personne ne pouvait l'entendre, puis dit à voix basse :

—Madame Bright, il y a une chose que je voulais vous dire…

—Et quoi donc ? demanda Phyllida en se rapprochant de la porte… au cas où.

—Rebecca… elle semblait très contrariée à propos de quelque chose. Le jour où tous les invités sont arrivés. Mercredi. Je l'ai trouvée ici dans le cellier, et elle était… livide comme si elle avait vu un fantôme. Pâle comme une morte, qu'elle était. Comme si elle allait tomber dans les pommes. Alors je l'ai fait asseoir, dit Lizzie avec emphase avant d'ajouter : Et elle tremblait comme une feuille.

Phyllida émit un petit bruit compatissant mais se garda bien d'interrompre Lizzie avant qu'elle ait fini.

—Elle a pas voulu me dire ce qui allait pas. Au début, tout au moins. Elle faisait que répéter. Il est là. Mais pourquoi ? Comment c'est possible ?

—Et vous a dit qui était ce « il » ?

Lizzie secoua la tête.

—Je le lui ai demandé, encore et encore, mais tout ce qu'elle a répondu c'est : Il me verra pas si je reste ici à l'office. Je vais rester à la cuisine.

Phyllida réprima un soupir de frustration. Quand un témoin important mourait avant d'avoir pu livrer son secret, cela la mettait hors d'elle, et ça n'arrivait pas que dans les romans apparemment.

—Vous sauriez dire à quelle heure, précisément, c'est arrivé ? Ce que vous faisiez à ce moment-là ? Et elle ?

—C'était après dîner, dit Lizzie, et cette fois, Phyllida soupira malgré elle.

La femme de chambre lui lança un regard penaud, comme si elle craignait d'avoir fait quelque chose de mal, mais Phyllida la rassura :

—Non, non, j'espérais juste que c'était avant l'arrivée de tous les invités, ce qui aurait pu nous aider à déduire de qui il s'agissait.

—Si seulement elle m'en avait dit plus, dit Lizzie.

—En tout cas, je suis contente que vous m'ayez raconté ceci, dit Phyllida en songeant qu'elle irait interroger les autres femmes de chambre au cas où Rebecca se serait confiée à l'une d'elles. Si jamais vous vous rappelez autre chose, venez me trouver immédiatement.

—Comme le sang sur le linge ?

—Par exemple, ou si vous remarquez que quelqu'un porte des souliers qui grincent.

—Oh. (Les yeux de Lizzie s'écarquillèrent.) Parce que c'est important ?

Phyllida hésita, puis :

—Je me trouvais dans les parages quand j'ai entendu quelqu'un fouiller dans la chambre de M. Waring. Mais je n'ai pas pu voir qui c'était. J'ai simplement remarqué que ses souliers couinaient.

—Vous voulez dire que c'était l'assassin ? demanda Lizzie dont les yeux sombres ne cessaient de s'agrandir.

—J'en suis quasi certaine, répondit Phyllida. C'est pourquoi, si vous remarquez que quelqu'un porte des chaussures qui grincent, venez m'en informer ou M. Dobble immédiatement.

Lizzie déglutit si fort qu'elle resta un moment sans pouvoir dire un mot.

—Madame Bright, j'ai entendu un couinement hier, quand j'étais en train de faire le ménage au premier. Ou au deuxième ? Je ne sais plus, mais je l'ai entendu, j'en suis sûre, parce que je me suis dit : C'est agaçant ce bruit. Il devrait faire ressemeler ses chaussures. Mon père était cordonnier, figurez-vous, et les gens lui apportaient sans arrêt des souliers qui grincent. Oh, pas des souliers qu'il avait faits, ça non, parce qu'il connaissait son métier…

—Merci, tout cela m'est très utile, dit Phyllida, en s'efforçant de ne pas montrer son exaspération. (Pourquoi la plupart des gens n'arrivaient-ils pas à observer attentivement ce genre de détails ?) Pourriez-vous essayer de vous souvenir quand, précisément, vous avez entendu ce bruit ? Ce que vous faisiez à ce moment-là ?

Les traits de Lizzie se froncèrent, comme si elle cherchait à se concentrer. Phyllida garda le silence pendant que la fille se livrait à des cogitations.

Après ce qui lui sembla une éternité, elle dit lentement :

—C'était juste après la chambre Bouton de rose, parce que j'ai essoré la serpillière dans la salle de bains et que je me suis cogné le coude contre le rebord du lavabo. Et c'est à ce moment-là, quand j'avais des fourmillements dans tout le bras, que j'ai entendu les chaussures grincer, et que j'ai pensé, *Pourquoi est-ce qu'il fait pas ressemeler ses satanées chaussures ?* Elle regarda Phyllida et sourit. Ça a marché, j'ai réussi à me souvenir exactement de là où j'étais ! Au premier, madame, dans la salle de bains au fond du couloir.

C'était l'étage où séjournaient les Devine, M. Grimson et les Hartford. Ce qui n'exemptait pas pour autant M. Sloup ou M. Budgely-Rhodes, même si leurs chambres se trouvaient à l'étage au-dessus.

—Et vous n'avez vu personne quand vous étiez là-haut ? Avant ou après avoir entendu grincer les chaussures ?

—Non, Madame, parce que quand j'ai entendu les chaussures, je me suis retirée pour ne pas déranger la personne, dit fièrement Lizzie, comme si elle venait de passer brillamment le test de la parfaite domestique.

—C'est très bien, dit Phyllida sans trahir sa déception. Vous n'avez entendu personne parler ? À quelle heure était-ce ?

—Je n'ai rien entendu, tout était silencieux, à part les chaussures. Et je suis bien contente de m'être esquivée, sans quoi l'assassin saurait que je sais qui il est et je deviendrais… une cible, dit-elle précipitamment, le teint soudain livide. Oh, doux Jésus, madame Bright ! À supposer qu'il sache que je l'ai entendu et qu'il pense que je l'ai vu, et qu'il s'en prenne à moi ?

— Si vous ne l'avez pas vu, comment aurait-il pu vous voir ? tenta de la rassurer Phyllida. Et puis il n'a pas l'air de se douter que nous savons que ses chaussures l'ont trahi. Quoi qu'il en soit, continuez de travailler en tandem avec Bess. J'ai bon espoir que cette enquête sera rapidement bouclée.

Ce qui lui rappela qu'elle devait appeler le sergent pour s'assurer qu'Eugene Mustard s'était bien présenté au commissariat. Il fallait aussi qu'elle jette un coup d'œil à la trace de rouge à lèvres sur la chemise de M. Waring.

Elle allait se rendre à la buanderie quand la sonnette de Mme Agatha tinta. Phyllida hésita, puis retourna à la cuisine et ordonna :

— Molly, j'ai besoin du plateau de Mme Agatha, tout de suite. Sauf si Violette le lui a déjà monté.

— Non, Madame. Violette est en train de montrer la buanderie et la salle de couture à Fanny et Lawrence. Fanny voulait repasser la robe du soir de Mme Budgely-Rhodes. Et il y avait un problème avec le pantalon de M. Budgely-Rhodes.

Fanny et Lawrence, la femme de chambre et le valet du couple, avaient la responsabilité de la garde-robe des Budgely-Rhodes.

— Très bien, dans ce cas, je vais monter moi-même son thé à Madame. Quelqu'un d'autre a demandé son thé ?

— Juste M. Sloup, et Elton le lui a déjà apporté, précisa Molly. (Elle sourit, dévoilant une charmante fossette.) C'est un beau gars, ce Elton. Et charmeur avec ça.

—N'est-ce pas ? dit Benita en soupirant.

Jusqu'à ce matin, quand elle était passée de simple souillon à aide-cuisinière, elle n'aurait jamais osé se lancer dans une telle discussion. Mais sa récente promotion semblait l'avoir enhardie.

—Quand est-ce que tu l'as vu ? voulut savoir Molly avec une pointe d'humeur.

—Bah, hier, quand j'ai monté le thé et le café parce que Rebecca était trop occupée, répondit la jeune fille sans se démonter. Il est sacrément bien bâti. Et comme il avait ôté sa veste, j'ai pu l'admirer encore mieux.

Elle prenait clairement plaisir à dire tout haut ce qu'elle pensait maintenant qu'elle était montée en grade.

—Moi, il m'a approchée par-derrière pendant que j'étais en train de plier le linge, hier, et il m'a embrassée dans le cou, renchérit Molly avec un sourire en coin. Il m'a prise par surprise, sans quoi je l'aurais pas laissé faire. Mais… c'était plutôt agréable, et je pourrais le laisser recommencer ce soir pendant que les autres jouent aux cartes.

Un peu plus et elle en serait venue à tirer la langue à Benita, songea Phyllida dépitée.

—Ses chaussures grincent quand il marche, dit Benita, alors je vois pas comment il aurait pu te prendre par surprise. Il a essayé la même chose avec moi, dans l'arrière-cuisine, mais je l'ai entendu venir de loin.

—Le plateau est prêt, madame Bright, dit Molly, sans doute pour couper court aux chicaneries de sa collègue.

Phyllida s'assura qu'il ne manquait rien sur le plateau, pas même le biscuit de Peter, et l'emporta. Elle aurait pu charger Freddie ou Lizzie de l'apporter à l'étage, mais elle estimait que monter des marches et porter des poids était bon pour la santé.

Habituée à ce genre d'exercice, elle n'était même pas essoufflée quand elle atteignit le premier étage et poussa la porte de service. Le corridor était désert, comme elle s'y attendait, Bess était occupée à nettoyer les salles de bains à l'étage supérieur, avant que les invités ne réclament leur thé ou leur café qui attendaient, prêts à être servis, sur une console à l'extérieur des chambres.

—Entrez ! lança Agatha quand Phyllida frappa à la porte de son cabinet de travail. J'espérais que ce serait vous, dit-elle.

Malgré ses traits tirés et les grands cernes sous ses yeux, elle jubilait.

—Je n'ai pas beaucoup de temps à vous consacrer, s'excusa Phyllida tout en apportant une tasse de thé à Agatha, qui semblait ignorer délibérément la machine à écrire posée à côté d'elle.

—Non, j'imagine que vous ne savez plus où donner de la tête maintenant que Rebecca n'est plus là…

—J'ai réussi à trouver une jeune fille pour aider à la cuisine, dit Phyllida avant d'expliquer qui était Opal Stamm.

—Pourvu qu'elle fasse l'affaire, dit Agatha tandis que son regard se portait machinalement vers la fenêtre et la pelouse côté sud. Je n'arrive pas à croire ce qui est arrivé à Rebecca – juste ici. Dire que si j'avais levé le nez de mon bureau à l'instant T j'aurais pu voir quelque chose.

Le cœur de Phyllida se serra dans sa poitrine.

—Mais vous ne l'avez pas fait, j'imagine. Ce qui veut dire que votre chapitre avance bien.

—Il *avançait* bien. Mais non, je n'ai rien remarqué d'anormal. (Elle soupira, se passa une main sur le front, puis se redressa et sourit.) Et maintenant, Phyllie, racontez-moi ce que vous avez découvert quand vous êtes allée en ville ce matin, et hier quand vous avez servi le thé aux invités.

Elle lui fit un compte rendu circonstancié de son entrevue avec Eugene Mustard (quoiqu'en omettant l'intervention non désirée de Bradford), puis conclut :

—Je ne sais si je peux le croire, mais j'ai tout de même relevé un détail intéressant. Eugene Mustard était présent au derby de la Mare aux canards. Je me disais aussi que sa tête ne m'était pas inconnue, et quand j'ai à nouveau regardé les photos après l'avoir rencontré, j'ai vu qu'il figurait sur au moins l'une d'elles.

—Voilà qui est intéressant en effet.

—Oui, et j'ai bien l'intention de le lui faire remarquer la prochaine fois que je le verrai. Ce qui suppose de retourner encore une fois à Listleigh.

—Bien sûr. Bradford ne verra sûrement pas d'inconvénient à vous y emmener.

S'abstenant de tout commentaire à propos du chauffeur récalcitrant, Phyllida passa à autre chose.

—Au fait, hier pendant que je servais le thé, j'en suis venue à la même conclusion que vous, Agatha : M. Devine et Mme Hartford entretiennent une liaison. Et Paul Hartford, qui est au courant, ou qui le soupçonne tout au moins, semble en être très affecté. Même s'il ne me fait pas l'effet d'un homme capable de tuer pour se venger. Il m'a paru plutôt triste et résigné.

Agatha hocha la tête.

—Et de toute façon, je ne vois pas le rapport avec M. Waring. Et pour ce qui est de Tuddy Sloup, je vois que vous l'avez pris en aversion, tout comme moi.

Phyllida secoua la tête d'un air dégoûté.

—J'espère que c'est lui le coupable, parce que j'aimerais bien le savoir sous les verrous. Ainsi il n'importunerait plus personne. Ce qui me fait penser... Il faut que je mette les femmes de chambre en garde, et que je m'assure qu'il n'en a harcelé aucune.

—J'espère bien que non, s'offusqua Agatha. Si c'est le cas, Tuddy Sloup ne remettra plus jamais les pieds à Mallowan Hall. Et tant pis pour le financement des fouilles ou des artéfacts.

Phyllida sourit, reconnaissante.

—Très bien. Et maintenant, je... Mais qu'est-ce que cela ? dit-elle en s'emparant d'un carnet à l'allure familière, posé sur la table de chevet d'Agatha.

—C'est un carnet dans lequel j'ai jeté quelques idées pour un nouveau roman... au sujet d'un meurtre commis pendant une partie de bridge...

—Mais c'est le carnet de M. Waring ! Celui qui a été dérobé dans son porte-documents ! Elle se mit à tourner les pages... mais ne trouva rien d'autre que des notes de la main d'Agatha au sujet d'une partie de cartes à l'issue fatale. Où l'avez-vous trouvé ?

Agatha jeta un regard surpris au carnet.

—À vrai dire, je n'en sais trop rien... Je présume que je l'ai ramassé quelque part à un moment où j'avais besoin de noter des idées. Je fais ça tout le temps, dit-elle avec un petit sourire contrit. Mais quand je l'ai pris, il était vierge.

—Quelqu'un l'a dérobé dans la Chambre grise et en a probablement arraché les pages importantes – ou compromettantes. Si vous vous souveniez de l'endroit où vous l'avez trouvé, cela nous aiderait peut-être à retrouver le…

Un fracas assourdissant, suivi d'un cri aigu de femme, interrompit Phyllida.

22

Comme elle s'élançait dans l'escalier, Phyllida comprit qu'une altercation était en train d'avoir lieu à l'étage.

M. Hartford était dans le couloir devant la porte de sa femme. Juste au moment où Phyllida parut, un cri strident s'échappa de la chambre à coucher, et un objet vola à travers le chambranle.

M. Hartford se baissa en reculant tandis que le broc à eau allait se fracasser contre le mur opposé du couloir. Revenant à la charge, Hartford beugla :

—Tu ne sais rien…

—Laisse-moi tranquille ! hurla sa femme, sa froide élégance soudain envolée. Va-t'en ! Toi et t…

Ses paroles furent happées par un autre fracas, suivi d'un hurlement strident puis d'un bruit sourd, dont Phyllida soupçonnait qu'il s'agissait de la ravissante statuette en bois d'olivier qui ornait la table de chevet.

Entre-temps, alertés par le tintamarre, les Devine et M. Grimson étaient sortis de leurs chambres. Celle de Mme Devine se trouvait deux portes plus loin que celle de Mme Hartford, et celle de son époux était en face, de l'autre côté du couloir. Le broc avait manqué de justesse de s'écraser sur sa porte. M. Grimson s'était aventuré dans le corridor, mais à l'autre bout, près de la Chambre grise, et semblait plus intrigué que choqué par la bataille qui faisait rage à l'étage.

—Et voilà, tu es contente, Amelia, dit Hartford en jetant un regard appuyé du côté des spectateurs. Nous pourrions peut-être…

—Sors d'ici ! rugit-elle tandis qu'un bras effilé émergeant d'une manche de peignoir en soie s'agitait brièvement. Je t'interdis…

—Paul, peut-être devriez-vous… euh… Disons qu'elle a l'air très énervée.

C'était M. Devine qui était sorti dans le couloir et tendait une main qu'il voulait apaisante vers M. Hartford.

Ce dernier regarda la main qui s'était posée sur son bras, se figea un instant, puis se dégagea violemment. Phyllida crut qu'il allait frapper M. Devine.

—Laissez-moi, lâcha M. Hartford, d'une voix gutturale, tandis qu'il se reculait.

M. Devine l'imita, creusant la distance entre lui et le mari furieux.

La porte d'Amelia Hartford claqua, tandis que tous les autres observaient la scène bouche bée.

Les Budgely-Rhodes et M. Sloup étaient descendus du deuxième étage et se tenaient sur le palier. Bess, qui se trouvait au deuxième elle aussi, émergea de l'escalier de service avec un plumeau et un petit seau à la main.

Mme Agatha et M. Max, ainsi que M. Dobble et Freddie, apparurent eux aussi.

M. Hartford leur jeta un regard circulaire ; puis, sans un mot, il tourna les talons et rentra dans sa chambre en claquant la porte. À présent, le seul bruit audible était les longs sanglots provenant de la chambre de Mme Hartford.

—Bien, dit Phyllida. Vous pourriez peut-être ramasser la porcelaine cassée, Bess. Freddie, nous allons avoir besoin d'une serpillière pour essuyer l'eau sur le plancher.

—Je pense que le petit déjeuner est sur le point d'être servi au rez-de-chaussée, dit-elle à l'intention des spectateurs – dont la plupart étaient en peignoir et pantoufles, bien qu'il fût presque midi. Mais si vous préférez être servis dans vos chambres, il vous suffit de sonner.

—Je pourrais peut-être essayer de lui parler, suggéra Mme Devine.

Elle portait son peignoir blanc à motifs de dragons chinois et ses mules à plumes. Ses cheveux noirs ondulés étaient recouverts d'un turban rouge à l'allure exotique. Même au saut du lit, elle avait une allure de star.

—Amelia, c'est moi… Je peux entrer ? demanda-t-elle en frappant doucement à la porte de Mme Hartford.

—Je vous apporte du thé ? demanda Phyllida qui voulait absolument être là quand l'épouse de Geoffrey Devine s'entretiendrait avec sa maîtresse.

Mme Devine hocha la tête, puis fit doucement tourner la poignée de la porte. Celle-ci s'ouvrit et elle passa la tête à l'intérieur.

— Amelia ? Je peux ?

Sans doute l'autre femme lui avait-elle donné son accord, car Mme Devine se faufila à l'intérieur.

—Mais enfin, que se passe-t-il ? s'exclama Mme Budgely-Rhodes, ses longs cheveux poivre et sel retombant jusqu'au milieu de son dos.

—Je ne sais pas, dit son mari en la prenant par le bras. Remontons, voulez-vous ? Je voudrais mon petit déjeuner. Et bien sûr, ce satané Lawrence n'est jamais là quand on a besoin de lui.

—Il est descendu avec Fanny à la buanderie pour repasser votre pantalon, répondit sa femme tandis qu'ils s'engageaient dans l'escalier. Je ne comprends pas ce qui le retient.

—Une vraie furie, marmonna Tuddy Sloup, avec un regard appuyé en direction de la porte de Mme Hartford. Pas vraiment étonnant. Elle avait l'air plutôt tendue hier soir. Les nerfs ont lâché.

Phyllida avait rapidement disposé deux tasses et une théière sur un des plateaux posés sur la console, ainsi que des tranches de citron, du sucre et du lait. Elle allait se diriger vers la chambre de Mme Hartford quand elle s'arrêta net, M. Sloup lui barrant la route.

—J'aimerais qu'on m'apporte du café à moi aussi, dit-il en la déshabillant du regard. Si c'est vous qui l'apportez, je n'aurai pas besoin de crème, pas vrai ?

—Mais bien sûr, monsieur Sloup, répondit Phyllida. Dès que j'aurai servi Mme Hartford et Mme Devine.

—Ne traînez pas.

Elle soupira. À cause de lui elle n'allait pas pouvoir s'attarder autant qu'elle le voulait dans la chambre de Mme Hartford. Et elle n'allait certainement pas envoyer quelqu'un d'autre – tout au moins pas une femme – servir son café à M. Sloup à l'étage.

Chassant cette pensée désagréable, elle frappa et demanda la permission d'entrer.

Phyllida soupira intérieurement tout en contournant ce qu'il restait de la cuvette assortie au broc de toilette en porcelaine. Deux tableaux s'étaient décrochés du mur. Le lit était sens dessus dessous, les draps et les couvertures, froissés et entortillés. Ce qui ressemblait à une tasse de thé s'était renversé sur la commode dix-huitième. Et la statuette de chat en bois sculpté était à terre, sa longue queue gisant à ses côtés.

C'est à peine si Mme Devine releva la tête quand Phyllida servit le thé, et Mme Hartford était beaucoup trop agitée pour s'apercevoir que quelqu'un était entré dans la chambre.

—… un mufle, sanglota Mme Hartford. Il n'a aucun égard pour mes sentiments. Et comment ose-t-il m'accuser de…

Ses paroles se perdirent dans une grêle de coups de poing assénée à son oreiller, *plonc, plonc, plonc.*

—Allons, allons, Amelia, tentait de la réconforter Mme Devine. Vous savez comment sont les hommes. Je suis sûre que Paul ne voulait pas vous mettre en colère – posez le thé là, je vous prie – et il avait l'air dans tous ses états lui aussi. Vous devriez lui parler et essayer de calmer le jeu.

—Si seulement, nous n'étions ja… jamais venus ici, gémissait Mme Hartford. Tous ces meurtres, et ça en plus ! Et on ne peut même pas partir !

Phyllida se faisait le plus discrète possible, à l'écart du champ de vision des deux femmes, en priant le ciel pour ne pas se faire congédier, tandis qu'elle ramassait les morceaux de porcelaine éparpillés à terre – une excellente excuse car il n'aurait plus manqué que quelqu'un marchât dessus et se blessât.

—Parfois, j'en viens à me dire que je… je le hais ! s'écria Mme Hartford.

—Mais non, voyons, dit Mme Devine en lui tapotant le dos. Prenez donc une gorgée de thé, ma chère. Ça vous fera du bien. Je suis convaincue que vous pouvez recoller les morceaux. Quand vous serez loin d'ici, naturellement. Peut-être l'inspecteur nous laissera-t-il partir aujourd'hui.

Phyllida se demanda si Mme Devine était au courant de la liaison entre son mari et la femme qu'elle essayait de consoler. Si c'était le cas, elle était bien plus tolérante que Phyllida ne le serait jamais.

À moins que son objectif ait été d'encourager les Hartford à partir le plus vite possible, et donc de tenir Mme Hartford à l'écart de son mari.

La conversation entre les deux femmes commençait à tourner en rond, et Phyllida ne pouvait plus faire semblant de chercher des morceaux de porcelaine égarés – d'autant que, ce faisant, elle s'était coupée à la main et que le sang menaçait de tacher sa belle robe jaune.

Elle se leva et demanda :

—Avez-vous besoin d'autre chose, madame Devine ? Madame Hartford ?

—Non, répondit Mme Devine.

De retour dans le couloir, Phyllida se rappela que M. Sloup attendait son café. Elle n'avait aucune envie de se retrouver nez à nez avec le malotru, mais par chance, Freddie venait juste de finir d'éponger l'eau sur le parquet.

—Freddie, j'apporte ce plateau à M. Sloup dans la chambre des Pins. Surveillez bien l'horloge. Dans six minutes exactement, vous viendrez frapper à la porte pour m'informer que Mme Agatha me demande de toute urgence.

—Oui, madame Bright.

—Six minutes. Ne traînez pas surtout. Et entrez, même si vous n'obtenez pas de réponse. C'est compris ?

—Oui, Madame, répondit-il avec un petit hochement de tête entendu.

À l'évidence, il avait compris le sens de sa requête.

Bess émergea de la Chambre grise juste à ce moment-là.

—Oh, madame Bright ! Dieu merci vous êtes là. Il y a quelque chose que je voudrais vous montrer.

Dans la chambre de M. Waring ? Voilà qui est intéressant, songea Phyllida en s'approchant d'un pas enthousiaste. Puis, se rappelant qu'elle devait monter, se figea sur place. Oh, et puis au diable Sloup ! Même s'il se plaignait auprès de Mme Agatha ou de M. Max, il ne se passerait rien – si ce n'est qu'il risquait de se faire bannir à jamais de Mallowan Hall.

—Freddie, c'est vous qui apporterez le café à M. Sloup. S'il me demande, dites-lui simplement que Mme Agatha m'a appelée.

Phyllida lorgna le plateau, puis y ajouta un gros pichet de lait crémeux.

—Bien, et maintenant, Bess, qu'y a-t-il de si important que vous vouliez me montrer ?

—Je ne sais pas si c'est important, madame Bright, mais j'ai trouvé ça étrange vu qu'il n'y a plus personne dans la Chambre grise maintenant que M. Waring est… parti… Quelqu'un a fait du feu.

Phyllida entra à sa suite dans la Chambre grise et, en effet, un petit feu continuait de se consumer dans la cheminée, une volute de fumée s'échappant d'un petit tas de cendres.

Pas des cendres de bois. Mais de papier.

Quelqu'un avait essayé d'y brûler quelque chose.

S'emparant du broc à eau, elle le jeta sur le petit brasier, puis ramassa aussitôt à mains nues les fragments encore intacts qui se trouvaient au fond de l'âtre.

Des photos.

—Qu'est-ce que c'est, madame Bright ? Oh, mon Dieu, c'est… c'est… ? Bess devint rouge comme une pivoine et déglutit avec force. Oh, mais c'est obscène ! Passant une main sous son col, elle en sortit un petit crucifix en or au bout d'une chaîne. Saint Sébastien, priez pour moi !

Phyllida se releva. Elle était surprise, oui, et vaguement intriguée, mais pas le moins du monde choquée. Elle connaissait trop bien la vie pour s'offusquer de ces clichés, qui selon elle n'étaient pas particulièrement obscènes.

Sur un reste de photo encore entier, on voyait un homme nu, de dos, face à une ombre virile qui enlaçait son postérieur dénudé de son avant-bras musclé.

La deuxième photo était plus explicite, les deux hommes – dont Phyllida n'était pas certaine qu'il s'agissait des mêmes que sur la première photo – s'embrassaient avec volupté. Tous deux étaient nus et leurs mains étaient positionnées de sorte à ne laisser aucun doute sur le genre d'activités auxquelles ils se livraient.

Malheureusement, la partie supérieure de la photo avait brûlé, ne permettant pas de voir leurs visages en entier.

—Ces photos ont dû être prises à travers une fenêtre, murmura Phyllida. Ou du haut d'un arbre ? Pour que leur auteur ait pu les prendre d'aussi près sans être vu…

Elle scruta plus attentivement les clichés pour en saisir les détails. On distinguait quelque chose sur la cheminée… *Et zut !* Il lui aurait fallu une loupe, mais celle qu'elle utilisait pour ses travaux de couture était dans son bureau.

—Merci, Bess. Cela m'est très utile, dit-elle en prenant deux feuilles de papier à lettres à l'en-tête de Mallowan Hall dans le tiroir de la table de nuit. Soigneusement, elle déposa chaque photo dans une feuille pliée en deux.

—Surtout, ne dites rien de tout ceci à quiconque.

—Non, bien sûr, madame Bright, répondit Bess dont le regard exprimait à présent une étrange fascination.

—Avez-vous la moindre idée de qui aurait pu entrer ici et allumer ce feu ? lui demanda Phyllida.

—Non, Madame. J'ai rien vu rien entendu. J'étais venue ici pour ôter les draps du lit et les emporter à la buanderie. J'ai pensé que ça ne posait pas de problème, vu que M. Waring était plus là et que la police était partie.

—Vous avez bien fait. Et maintenant, retournez travailler.

Phyllida scruta soigneusement la chambre du regard, au cas où le suspect aurait laissé quelque chose qui aurait permis de l'identifier. Elle n'en crut pas ses yeux quand elle vit la petite pochette d'allumettes sur le bord de l'âtre – là où quelqu'un se serait accroupi pour allumer un petit feu en vitesse. Elle n'y était pas la veille, de cela elle était certaine, quand le sergent, l'inspecteur et elle avaient fouillé la chambre.

Quand Phyllida la ramassa, elle aurait presque poussé un petit cri de joie si la femme de chambre n'avait pas été là.

La pochette provenait de l'Auberge Old Ivy. Là où M. et Mme Budgely-Rhodes avaient séjourné trois jours avant de venir à Mallowan Hall.

Elle avait hâte de montrer sa trouvaille à l'inspecteur Cork.

23

Bess se disait qu'elle avait bien fait d'attirer l'attention de Mme Bright sur le petit feu dans la Chambre grise, car on n'était jamais assez bien vue de ses supérieurs.

Mais bien vue ou pas, le fait demeurait que l'assassin était ici quelque part, et que Bess devait se tenir constamment sur ses gardes.

Et d'ailleurs, pas plus tard que ce matin – avant que les Hartford se volent dans les plumes devant tout le monde, elle hurlant comme une harengère et lui beuglant comme une corne de brume –, elle avait eu l'impression que quelqu'un l'observait quand elle avait terminé de nettoyer de la salle de bains… Sauf qu'il n'y avait personne dans le couloir et que toutes les portes étaient closes.

Madame Bright leur avait recommandé de travailler en équipe, et c'était ainsi que Bess et Lizzie avaient commencé la journée (parce qu'elles n'avaient pas envie de finir avec le crâne défoncé comme cette pauvre Rebecca)… Sauf que les vieilles habitudes avaient repris le dessus, l'une allant chercher un plumeau, l'autre un seau d'eau savonneuse, et pour finir, elles s'étaient retrouvées à travailler chacune de leur côté, et complètement seules.

Bess frissonna, songeant soudain que puisque le meurtrier se trouvait à Mallowan Hall, il aurait pu tout aussi bien la sonner pour se faire apporter du thé, l'attirer dans sa chambre et la pousser par la fenêtre ou… ou la larder de coups de ciseaux.

Elle se sentait légèrement nauséeuse tandis qu'elle ôtait les draps du lit dans lequel M. Waring n'avait même pas dormi (mais qu'il fallait laver de toute façon avant de le ranger dans la lingerie avec un sachet de lavande). Un gros paquet de linge dans les bras, elle passa la tête par l'embrasure avant de sortir dans le couloir.

Personne en vue. Elle se faufila dans le corridor et fonça jusqu'à la porte de service – qui se trouvait juste à côté de la Chambre grise – puis, avec un soupir de soulagement, descendit en vitesse les trois volées de marches qui menaient à la buanderie.

Une fois là-bas, elle tria le linge, mettant d'un côté les draps qu'on allait envoyer à la blanchisserie, et de l'autre le linge de tous les jours, serviettes, nappes, etc.

Dans la deuxième pile se trouvait la garniture en dentelle de la coiffeuse de la Chambre grise, ainsi que la très vieille nappe en crochet que Mme Hartford avait trempée en jetant son broc d'eau sur la console du couloir. Toutes ces pièces anciennes et fragiles requéraient un lavage délicat à la main et un raccommodage le cas échéant.

Le petit évier était disponible, car la robe gris perle qu'on y avait mise à tremper la veille était en train de sécher. Il ne restait que quelques traces de café que quelques cristaux de soude devraient aisément faire disparaître. C'est ce qu'elle avait suggéré à Violette, qui était toujours preneuse de bons conseils. Bess, qui rêvait de devenir première femme de chambre un jour, avait lu *Le livre d'économie domestique* de Mrs Beeton, qui expliquait tout ce qu'il fallait savoir sur l'entretien des vêtements et des étoffes et les coiffures à la mode.

Mais ces *choses-là*, songea-t-elle en reniflant la rangée de chemises mises à sécher par le valet de M. Grimson, allaient avoir besoin d'un bon empesage à l'amidon.

Bess se pencha au-dessus de la grande caisse à produits d'entretien pour y chercher une brosse. Elle se tenait tête en bas et le postérieur en l'air, quand elle entendit un crissement de pas derrière elle.

Ne voulant pas se faire surprendre dans une position aussi peu flatteuse, elle se releva précipitamment. Un peu trop sans doute, car sa tête heurta le couvercle de la caisse, si violemment qu'elle en vit trente-six chandelles.

—La prochaine fois, essaie de pas prendre une pauvre fille par surprise, dit-elle, la brosse dans une main et en se frottant la tête de l'autre.

—J'ai pas pu résister à une aussi jolie vue, répondit le nouveau venu. (C'était Elton, l'un des valets invités.) C'était trop tentant.

Il sourit comme un garçon qui veut que vous sachiez que vous lui plaisez, et Bess se sentit rougir jusqu'aux yeux.

—Allez, assez de baratin, dit-elle, sachant pertinemment qu'elle n'avait rien de très attirant avec son nez à piquer des gaufrettes, son menton en galoche et son front couvert d'acné.

—Je fais que dire la vérité, murmura-t-il en allant décrocher des cravates qui venaient d'être repassées. On se verra peut-être plus tard ?

—Peut-être pas, répliqua-t-elle d'un ton aigre, maintenant qu'elle savait qu'il avait essayé la même chose avec Molly.

Mais il était tout de même très beau, avec ses épaules larges, ses lèvres rouges qu'on avait envie de croquer comme des cerises. Elton se contenta de rire, puis il lui décocha un clin d'œil et tourna les talons.

Les joues de Bess étaient encore brûlantes quand Lizzie entra avec son paquet de linge sale quelques instants plus tard.

—Tu ne devineras jamais ! lui dit Bess aussitôt.

Lizzie était sa meilleure amie à Mallowan Hall, ce qui tombait bien dans la mesure où elles étaient amenées à se côtoyer à longueur de journée et qu'il n'y avait rien de pire que de s'entendre comme chien et chat avec votre camarade de travail.

Mme Bright lui avait interdit de souffler mot des photos à quiconque, mais Lizzie était sa meilleure amie, et elle aurait pu tout aussi bien trouver elle-même les clichés.

Bess lui parla du feu dans la Chambre grise, et lui dit qu'elle en avait aussitôt informé Mme Bright.

—Et tu ne devineras jamais ce qu'il y avait sur ces photos !

—Je sais pas, moi. Une fille nue ? s'esclaffa Lizzie.

—Non ! Deux hommes nus, et en train de… Enfin, je vais pas te faire un dessin !

Bess ne s'était toujours pas remise de ce qu'elle avait vu. Elle tâta le petit crucifix sous son col.

Lizzie lâcha sa pile de linge et la regarda bouche bée.

—Tu veux dire deux hommes en train de faire hum-hum ? Sur une photo ?

Bess hocha la tête.

—Deux photos. Celui qui les a prises devait avoir l'esprit mal tourné. Moi, je le ferais pas. Tu imagines, se tenir là et les prendre en photo ? En fait, les photos ont été prises de l'extérieur, et donc pas de si près que ça.

Lizzie écarquilla des yeux comme des soucoupes.

—Je n'arrive pas à y croire ! (Elle commença à ramasser le linge qu'elle avait fait tomber.) C'est comme ce que Rebecca nous a raconté, quand elle est entrée dans une chambre où deux hommes étaient en train de… Elle les a vus de ses propres yeux pour le coup !

—Elle a dit qu'elle aurait préféré perdre la vue, ou quelque chose comme ça. Qu'elle n'arrivait pas à oublier ! Deux hommes en train de se tripoter, ça n'est pas quelque chose qu'on a envie de voir dans la vraie vie.

Pourtant Bess aurait aimé pouvoir regarder à nouveau ces photos. Parce que tout compte fait, elles n'étaient pas si obscènes que ça… L'un des deux hommes lui rappelait une statue de David.

—C'est pour ça que je frappe toujours et que j'attends qu'on me dise d'entrer…

Lizzie s'arrêta net, les traits figés. Comme Bess allait dire quelque chose, elle lui fit signe de se taire et inclina la tête vers la porte, comme pour écouter.

Bess entendit un petit grincement, puis Elton, l'un des valets invités, entra dans la buanderie.

—Il a oublié son fichu mouchoir, maugréa-t-il. Comme si *Môssieur* en avait pas assez de propres dans sa commode. Il lui faut celui à *pois*. On n'allait tout de même pas apporter toute sa satanée garde-robe pour une partie de campagne. Il est d'une humeur de chien ce matin.

D'abord il réclame son gilet rayé, après quoi, il veut celui à carreaux, et maintenant, c'est son mouchoir à pois. Alors il m'expédie pour la énième une fois à la buanderie. Mais comme c'est pas celui avec les pois brodés, il va faire la tête. Je les ai pas amenés – ça tenait pas dans la malle. Et voilà le valet de chambre qui lui apporte son café, et comme il est pas assez bon pour *Môssieur*, alors il balance le sucrier à l'autre bout de la pièce. C'est une belle pétaudière maintenant, avec du sucre étalé partout et de la porcelaine cassée dans tous les coins.

Lizzie et Bess échangèrent un regard entendu. L'une d'elles allait devoir tout nettoyer.

—J'y retourne, dit-il et il ressortit aussi vite qu'il était entré en emportant le mouchoir.

—Il nous espionnait depuis le couloir, murmura Lizzie en regardant la porte, de crainte qu'Elton reparaisse. J'ai entendu grincer ses chaussures. Elles grincent quand il marche, figure-toi. Et je les ai entendues grincer, et puis plus rien pendant une minute. Et ensuite il est entré.

—Bah, je crois pas que ça ait de l'importance, dit Bess. Cette histoire de meurtre, ça nous a tous mis sur les nerfs.

—Mais Mme Bright m'a dit de me méfier si j'entendais grincer des chaussures ! glissa Lizzie en s'agrippant au bras de Bess. Elle dit que l'assassin porte des chaussures qui grincent.

La mâchoire de Bess s'affaissa, et son estomac chavira. Ce que disait Mme Bright était parole d'évangile. Elle était très intelligente, calme la plupart du temps, et avait toujours raison.

—Jésus, Marie, Joseph, souffla-t-elle en saisissant son crucifix. Dire que j'étais seule avec lui juste avant que tu arrives ! Tu imagines s'il m'avait donné un grand coup sur la tête ?

Maintenant que Lizzie avait informé son amie, elle se sentait mieux.

—Bah, y a rien ici avec quoi te fracasser le crâne à part une savonnette.

—Mais il aurait pu me tenir la tête sous l'eau dans la bassine ou… ou m'étrangler avec une cravate ! Saint Julien l'Hospitalier, priez pour moi !

—Saint Julien l'Hospitalier ? demanda Lizzie.

—Le saint patron des assassins, répondit Bess en fermant les yeux, sans doute pour continuer à prier.

—Tu demandes au saint patron des assassins de prier pour toi ? voulut savoir Lizzie, qui n'avait jamais compris les catholiques et qui ignorait qu'il puisse exister un tel saint.

—Il est le patron de tous les assassins, expliqua Bess.

—Alors c'est sur eux qu'il veille, non ? s'enquit Lizzie, en proie à une grande perplexité.

—Oui, mais si Elton m'assassinait dans la buanderie, il se ferait sûrement prendre, parce que saint Julien ne serait pas d'accord.

—On va où, cette fois, madame Bright ? demanda Bradford, qui ne semblait guère enchanté de la conduire pour la deuxième fois de suite à Listleigh.

—Au poste de police, répondit poliment Phyllida.

Il lui lança un coup d'œil dans le rétroviseur, mais ne dit rien. Assise à l'arrière, elle essayait de ne pas regarder la route en lacets tandis que la voiture virait de droite et de gauche, montait et descendait.

Elle avait l'intention de rencontrer le sergent Greenstick et l'inspecteur Cork, si ce dernier était présent, et de leur faire part des informations qu'elle détenait et de leur exposer ses théories, puis de retourner à Mallowan Hall à temps pour servir le thé.

À sa surprise, et pour sa plus grande contrariété, Bradford insista pour l'accompagner dans le bureau du sergent.

—Je n'ai rien à faire, lui dit-il comme elle protestait. Je suis allé chez le barbier et le tailleur hier.

Ravalant sa colère, elle le dépassa et longea la rue d'un pas décidé jusqu'au poste de police.

—Madame Bright, dit le policier quand elle entra dans le hall. Que puis-je faire pour vous ?

Il semblait avoir quelque appréhension, et même être désagréablement surpris par sa visite, mais Phyllida fit mine de ne pas s'en rendre compte.

—L'inspecteur est-il là ?

Avant qu'il ait pu répondre, l'homme de Scotland Yard s'encadra dans le chambranle.

—Madame Bright. S'il vous plaît, ne me dites pas qu'il y a eu un autre meurtre, dit Cork.

Une fois encore, elle décida de ne pas prendre ombrage du manque de tact de l'homme. Après tout, elle était sur le point de lui révéler quelques pistes intéressantes, dont elle espérait qu'elles l'aideraient à résoudre l'énigme du meurtre de Charles Waring et de Rebecca McArdle. Elle-même l'avait fait.

—Pas du tout. En fait, je suis en possession d'informations qui pourraient faire avancer votre enquête, et – du moins, espérons-le – éviter qu'un troisième meurtre soit perpétré.

Cork jeta un coup d'œil à Bradford, qui se tenait sans rien dire à côté de la porte, et il lui adressa un petit salut poli.

—Très bien, soupira l'inspecteur en se tournant vers Phyllida. De quoi s'agit-il.

—Quelqu'un a brûlé ceci – presque entièrement – dans la chambre à coucher occupée par M. Waring.

Elle lui tendit les photos et attendit.

—Dieux du Ciel, s'exclama le sergent, sa face virant au pourpre. Qu'est-ce que…

—Un mobile de meurtre, sergent, répondit sèchement Phyllida.

—Incontestablement, répondit l'inspecteur Cork, puis, à sa grande contrariété, il tendit les photos à Bradford, qui s'était approché pour y jeter un coup d'œil, comme s'il était partie prenante de l'enquête. Et vous dites que quelqu'un a essayé de les brûler ?

—Il y en avait probablement d'autres du même genre, mais c'est tout ce que j'ai pu repêcher parmi les cendres. Si vous les regardez de plus près – au moyen d'une loupe – vous remarquerez les armoiries gravées sur le manteau de la cheminée de la pièce où au moins une de ces photos a été prise. Les reconnaissez-vous, Inspecteur ?

—Je crains que non, madame Bright. Mais j'imagine que vous, oui.

—Ce sont les armoiries d'Avercroft, bien sûr. Ces clichés ont été pris à Bunder House, et sauf erreur de ma part, ils ont été pris en mai, pendant le derby de la Mare aux canards.

Bradford lui rendit les photos, puis se recula et croisa les bras, étonnamment coi, tandis que Phyllida poursuivait :

—Il faut en conclure qu'au moins un des hommes figurant sur ces photos se trouve actuellement à Mallowan Hall et qu'il essaie de détruire des preuves. On pourrait même essayer de deviner de qui il s'agit, en se basant sur la morphologie des sujets, mais seule une des silhouettes est… euh… entièrement visible. Il se pourrait que sur d'autres photos il ait été possible d'identifier clairement les participants – sans quoi elles n'auraient été d'aucune utilité à un maître chanteur. Ne pensez-vous pas ? Je les ai examinées soigneusement, pensant pouvoir y relever des détails tels que grains de beauté ou tatouages, poursuivit-elle. Mais je n'ai rien trouvé de la sorte.

Cork se racla la gorge et elle remarqua que le bout de son nez avait pris une teinte rouge.

—Merci de votre… euh… zèle, madame Bright.

—Oh, mais c'est tout naturel, répondit-elle avec affabilité en lui tendant une des deux photos. Si vous regardez au dos de ce cliché, vous remarquerez qu'il subsiste un coin du tampon du photographe. Cela vous dit-il quelque chose, Inspecteur ?

Sans retourner la photo, il déclara :

—Je suppose qu'il s'agit du même tampon que celui qui figure sur les photos trouvées dans le porte-documents de Charles Waring.

—Tout à fait, concéda Phyllida avec un sourire satisfait. Ce qui éclaire notre lanterne, n'est-ce pas ?

—En effet.

—Et maintenant que vous avez parlé avec Eugene Mustard, j'imagine que tout est plus clair.

En réalité, elle n'avait pas fini d'assembler les pièces du puzzle, mais il faut dire à sa décharge qu'elle était novice en tant qu'enquêtrice, alors que l'inspecteur avait plusieurs longueurs d'avance sur elle en la matière. Seules quelques menues questions subsistaient, qu'elle espérait pouvoir résoudre en faisant travailler ses petites cellules grises.

—Eugene Mustard ? Qui diable est-ce ? dit Cork, visiblement contrarié.

—Vous voulez dire qu'il ne s'est pas présenté au poste de police pour vous donner sa version des faits ? Je lui ai pourtant dit clairement quoi faire s'il voulait rester au-dessus de tout soupçon – et en sécurité ! Et voilà qu'il s'est jeté dans la gueule du loup !

—Madame Bright, pourriez-vous, s'il vous plaît, me dire qui est cet Eugene Mustard, demanda Cork.

—Eugene Mustard est l'ami de Charles Waring, et il séjourne à La Pie jacasse.

—Le malheureux, dit Greenstick.

—Il raconte être venu ici avec M. Waring, à qui il avait prêté sa voiture afin de faire bonne impression sur M. et Mme Mallowan quand il s'est présenté au manoir en prétendant avoir été envoyé par le *London Times* pour l'interviewer. D'après M. Mustard, M. Waring avait une tout autre raison de se rendre à Mallowan Hall. Il voulait avoir une explication avec un mari négligent et lui dire en face qu'il n'appréciait pas la façon dont il traitait sa femme – femme pour laquelle M. Waring semble avoir eu un faible. Il n'y a que très peu de choses que j'ai trouvées plausibles dans le récit de M. Mustard… (À ces mots, Bradford émit un reniflement si bruyant qu'elle se sentit obligée de s'interrompre et de le foudroyer du regard.) …

Outre le fait que M. Waring et lui étaient amis et qu'ils sont venus ensemble dans le Devonshire. Et aussi que M. Waring était reporter-photographe. Ce qui paraît tout à fait probable, vous en conviendrez, Inspecteur.

—Tout à fait, oui, répondit Cork d'une voix à peine audible.

—Toutefois, il y a un élément qui me manquait quand j'ai eu un entretien avec M. Mustard, hier, et que je n'ai pu confirmer que lorsque je suis retournée à Mallowan Hall et que j'ai pu à nouveau jeter un coup d'œil aux photos du derby de Bunder House – et que je vous ai rapportées, sergent.

Avant de le rendre à Greensticks, elle compulsa le paquet de photos, en prit une et la plaça sur le dessus de la pile.

—Ce monsieur, ici, à côté du stand de tir, n'est autre qu'Eugene Mustard.

—Je vois, dit Cork en prenant la photo des mains du sergent pour l'examiner. Et je confirme qu'il n'est pas venu faire de déposition ici.

—Dans ce cas, nous allons devoir lui rendre visite, dit Phyllida.

—Mais Guinevere… commença Greensticks, sa pomme d'Adam tressautant avec force.

—Taratata, dit Phyllida. Elle ne va tout de même pas faire obstruction à une enquête de police.

Sans attendre de réponse coordonnée de la part des trois hommes qui se trouvaient là et qui semblaient hésiter, elle sortit du poste de police et commença à se diriger d'un pas martial vers La Pie jacasse.

24

Eugene Mustard n'était pas à La Pie jacasse. Il n'était ni dans la salle du restaurant ni dans sa chambre, où Guinevere les avait menés en rechignant.

—L'oiseau s'est envolé ! lança-t-elle en regardant par-dessus l'épaule de l'inspecteur quand celui-ci entra dans la chambre. (Puis sa voix s'envolant dans les aigus, elle cria :) Je savais qu'on pouvait pas lui faire confiance. Je sais pas pourquoi, mais…

—Si vous voulez bien redescendre, dit l'inspecteur avec fermeté. Nous avons besoin de quelques minutes pour fouiller la chambre.

Pendant que Cork parlait à Guinevere, Phyllida parvint à se faufiler discrètement à l'intérieur de la chambre. Elle savait qu'elle n'avait aucun droit de se trouver là et que l'injonction de l'inspecteur la concernait tout autant que la patronne du pub et Bradford. Mais un très bref tour d'inspection de la chambre vaudrait toujours mieux que pas d'inspection du tout.

Sa première impression fut que M. Mustard avait pris la poudre d'escampette sans laisser le moindre effet personnel. Le lit était défait, comme si quelqu'un y avait dormi, peut-être la veille au soir ou le mercredi soir – quand

M. Waring était arrivé à Listleigh et que le premier meurtre avait été commis. Elle doutait que l'hospitalité de Guinevere allât jusqu'à faire le lit chaque jour.

Quoi qu'il en soit, il était impossible d'établir si M. Mustard avait juste quitté La Pie jacasse ou le district de Listleigh. Phyllida penchait pour la première option, car Eugene Mustard avait clairement laissé entendre qu'il voulait récupérer sa voiture.

—Rien, Inspecteur, dit le sergent Greenstick après avoir regardé sous le lit et examiné tous les tiroirs de la commode.

L'inspecteur marmonna tout bas, puis son regard tomba sur Phyllida, et il maugréa entre ses dents :

—Je vous ai dit de descendre dans la salle à manger !

—Oh, mon Dieu, dit-elle, en écarquillant des yeux innocents. Je croyais que cela concernait Guinevere, pas moi.

—Madame Bright, dit-il en serrant encore un peu plus les dents. Contrairement à ce que vous semblez penser, je n'ai pas besoin de vous pour mener cette enquête, et vous n'êtes pas invitée à y participer.

Phyllida lui lança un regard appuyé. L'homme était prompt à oublier ce qu'elle avait fait pour lui.

—Très bien.

Relevant fièrement le menton, elle s'apprêtait à quitter la chambre, quand un détail attira son attention. Le matelas reposait légèrement en biais sur le sommier, comme s'il avait été déplacé à la hâte.

Elle s'en approcha et souleva le coin qui était de guingois.

—Et qu'avons-nous ici ?

C'était un morceau de photo, provenant de la même série que celles qui avaient été brûlées dans la Chambre grise. Le fait qu'Eugene Mustard ait été en possession d'une copie de ces clichés ne la surprenait nullement.

—Il les a cachées sous le matelas – la cachette classique – et, quand il a voulu les reprendre, celle-ci a dû se coincer entre les ressorts du sommier et s'est déchirée. Il ne s'en est sans doute pas aperçu, dit Phyllida en scrutant la photo avec intérêt.

Il y avait des bras, des jambes et des fesses nus sur celle-ci, ainsi qu'un visage qu'elle reconnaissait.

Si elle fut légèrement surprise de reconnaître Eugene Mustard, sa théorie quant à l'identité du meurtrier ne s'en trouva pas affectée.

Ou très peu.

Elle examina de près le compagnon de M. Mustard.

—Nous tenons là au moins un facteur d'identification, dit-elle avec satisfaction, tout en tenant égoïstement la photo hors du champ de vision de l'inspecteur.

Sur la main qui caressait les cheveux d'Eugene Mustard lors d'un échange des plus intimes, on distinguait une chevalière.

Et cette chevalière allait permettre d'identifier sans équivoque l'amant de M. Mustard – et par conséquent l'un des convives de Mallowan Hall. Si seulement elle s'était souvenue d'avoir vu une chevalière comme celle-là dans une des chambres à coucher du manoir…

Sans relâcher la photo, Phyllida dit à l'inspecteur :

—J'aimerais voir la chemise que portait M. Waring au moment du meurtre. Pour me remercier de vous avoir prêté main-forte durant l'enquête. J'imagine que les autorités sont en possession des effets personnels de Charles Waring.

La mâchoire de Cork se raidit légèrement quand il lui répondit :

—Entendu.

Phyllida sourit et lui tendit le cliché.

Ayant examiné la chemise de M. Waring (sans que le chauffeur insiste pour être présent cette fois), Phyllida se dirigea vers la Crossley des Mallowan. Elle allait ouvrit la portière arrière, quand Bradford l'en empêcha.

—Madame Bright, si vous voulez bien, dit-il en ouvrant la portière côté passager.

—Merci, monsieur Bradford, répondit Phyllida un tantinet contrariée en s'installant sur la banquette avant.

À peine avait-il fait démarrer la voiture que le chauffeur demanda :

—Pourquoi avez-vous demandé à voir la chemise de M. Waring ?

Phyllida lui coula un regard en biais.

—Parce que je voulais voir la couleur du rouge à lèvres qui se trouve dessus.

—Et quelle couleur était-ce ?

—Rouge.

—Quelle sorte de rouge ?

Surprise par sa question, elle hésita avant de répondre :

—Rouge sang.

Ce n'était pas toutes les femmes qui auraient osé porter un rouge à lèvres aussi voyant, mais Phyllida s'abstint d'en faire la remarque à l'homme qui se trouvait à côté d'elle.

Bradford hocha la tête, puis se tut, tandis qu'il négociait habilement une suite de virages.

—C'est tout de même plus confortable à l'avant, non ? dit-il.

—Si, répondit-elle sèchement avant d'enchaîner : Vous n'avez pas eu l'air particulièrement choqué par le contenu des clichés, monsieur Bradford.

—Vous non plus, madame Bright.

—Il m'en faut plus pour être choquée, dit-elle en relevant le menton. Les photos sont explicites, à n'en pas douter, mais je ne les ai pas trouvées obscènes, et je ne trouve pas leur contenu illicite – n'en déplaise à certains.

—Voilà une opinion à tout le moins impartiale, répondit-il.

—C'est mon opinion, et pour être tout à fait franche, je considère que lorsque deux adultes consentants se livrent à des… euh… des échanges intimes, cela ne regarde qu'eux.

—Je vois.

—Si M. Waring a pris ces photos, ce qui semble être le cas, et qu'il a cherché à s'en servir pour faire du chantage – raison probable de sa venue à Mallowan Hall –, on peut difficilement s'étonner qu'il ne soit plus de ce monde. Les gens n'aiment pas qu'on les fasse chanter à propos de choses qui risquent d'entacher leur réputation, et plus grave encore, de les envoyer en prison. Malheureusement, la société – et les autorités – ne partage pas mon opinion… Comment dites-vous déjà ? Mon opinion impartiale.

Bradford émit un petit bruit qui ressemblait à un assentiment. Même si Phyllida n'avait cure de recueillir l'assentiment de ce butor.

—Et maintenant, madame Bright ? dit-il au bout d'un moment. Avez-vous résolu les meurtres ?

Si elle n'avait pas décelé une pointe de moquerie dans sa voix, elle lui aurait peut-être répondu plus honnêtement. Mais elle avait le sentiment qu'il cherchait à la tourner en dérision, et Phyllida n'aimait pas cela du tout.

—Bien sûr. Si seulement la police faisait correctement son travail ! Quand je pense que j'ai dû leur fournir tous les indices nécessaires à l'enquête. Cela étant, je me fais du souci pour M. Mustard, ajouta-t-elle sans détour. J'espère pour lui qu'il est en sécurité.

—Vous le croyez en danger ?

—Il figure sur les photos compromettantes. Bien sûr qu'il est en danger.

Il grommela, ce qu'elle interpréta comme du scepticisme de sa part.

—J'espère que vous avez recommandé à vos femmes de chambre de ne pas rester seules quand elles font leur travail, madame Bright, dit-il tandis que la voiture s'engageait dans l'allée arborée de Mallowan Hall.

—Évidemment.

—Et j'espère que vous en faites autant.

—Pourquoi cela, monsieur Bradford ? Vous semblez concerné par ma sécurité.

Encore un petit bruit semblable à un reniflement.

—Je voudrais surtout éviter qu'il y ait un nouveau cadavre qui ne manquera pas d'attirer la police et la presse au manoir, répondit-il. Je suis venu à la campagne pour échapper à la foule, pas pour me faire piétiner par elle.

Phyllida serra les mâchoires jusqu'à ce que la voiture se soit arrêtée, puis, incapable de résister, lança :

—Très bien, monsieur Bradford, je vais faire en sorte de vous épargner ce genre de tracas.

Elle ouvrit la portière pour descendre et l'entendit qui grommelait :

—Si seulement.

Comme prévu, Phyllida était de retour à temps pour servir le thé. Elle avait plus que jamais hâte de se retrouver en présence des invités maintenant qu'elle avait une chevalière à identifier.

Entre la chevalière et la main de l'homme mystérieux, Phyllida avait bon espoir de reconnaître l'homme qui se trouvait sur les photos avec M. Mustard. D'autant plus qu'elle avait de fortes présomptions quant à son identité.

Malheureusement, c'était compter sans la persistance de M. Sloup. Assis dans un coin, là où personne ne risquait de le voir en train d'essayer de glisser ses mains sous sa jupe, il ne cessait de l'appeler pour lui réclamer tantôt une allumette, tantôt un whisky ou une assiette de biscuits. Il le faisait de façon si discrète que les autres convives, occupés à bavarder et à se répandre en compliments sur l'hospitalité des Mallowan, n'avaient probablement pas remarqué son manège.

Pour finir, excédée de devoir esquiver ses mains baladeuses, Phyllida botta en touche :

—Mon Dieu, ces pois de senteur sont une véritable fête pour les sens, ne trouvez-vous pas, Mme Budgely-Rhodes ? Ils sont si colorés et parfumés ! J'ai demandé à la bonne d'en mettre dans votre chambre. J'espère qu'ils sont à votre convenance.

—Oh, mais, tout à fait, madame Bright. Le parfum est vraiment exquis, répondit Mme Budgely-Rhodes, qui était assise à quelque distance de M. Sloup. C'est très aimable à vous.

—Le jardin d'agrément est un endroit si calme et paisible, à l'écart de la maison. J'y vais souvent pour me ressourcer avant le dîner, reprit Phyllida. (Puis voyant M. Sloup dresser l'oreille, elle ajouta en souriant intérieurement :) J'y vais quand ma présence n'est pas requise, naturellement, quand M. Dobble sert les apéritifs.

Après cela, Tuddy Sloup ne chercha plus à la solliciter, ce qui permit à Phyllida d'examiner à loisir les mains de tous les hommes présents dans la pièce – à l'exception de M. Budgely-Rhodes (dont les doigts étaient trop boudinés) et de M. Max, tous deux ayant déjà été rayés de sa liste de suspects potentiels de toute façon.

Ayant pu voir de près, et même sentir sur elle, les mains de Sloup, elle l'avait également rayé de sa liste. Ses doigts étaient beaucoup trop courts pour appartenir à la main élégante qui enserrait la…

—Madame Bright, auriez-vous de la crème fraîche ? demanda Mme Hartford. Paul et moi en raffolons avec les scones de la cuisinière. Surtout, pensez bien à lui transmettre nos compliments.

Comme il fallait s'y attendre, Amelia Hartford avait retrouvé son calme après la violente scène du matin. Mais ses paupières étaient légèrement gonflées et ses gestes manquaient de naturel.

Son époux et elle étaient assis l'un à côté de l'autre sur une banquette, et donnaient l'impression de s'être réconciliés, tout au moins temporairement. Leurs têtes blondes (miel pour elle, vieil or pour lui) étaient penchées l'une vers l'autre, tandis qu'ils se parlaient à voix basse et M. Hartford avait pris la main de sa femme dans la sienne, comme pour la réconforter.

Sa main à lui était bronzée, avec de longs doigts effilés, mais il ne portait pas de bague. Elle ressemblait à celle de la photo, mais Phyllida n'aurait pas pu jurer que c'était la sienne.

M. Grimson était occupé à ôter un grain de poussière, ou une tache de boue, sur sa veste à l'aide d'un mouchoir, mais à cause du mouvement incessant, Phyllida ne put pas observer ses mains d'aussi près qu'elle l'aurait voulu quand elle lui apporta une tasse de café.

Détail inhabituel, M. et Mme Devine étaient eux aussi assis côte à côte, constata Phyllida. Non pas qu'ils aient été distants, l'un avec l'autre – ils se parlaient et interagissaient toujours avec effusion quand ils étaient ensemble – mais elle ne les avait encore jamais vus assis ou même debout à côté l'un de l'autre. Elle se demanda si ce changement avait un rapport avec la scène du matin et le fait que Tana Devine avait consolé la maîtresse supposée de son mari.

Les mains de Geoffrey Devine étaient tout aussi belles que le reste de sa personne, et Phyllida ne pouvait pas l'éliminer en tant que second sujet de la photo. Cependant, il était difficile d'apprécier si les mains du cliché étaient aussi bronzées qu'elles en avaient l'air ou s'il s'agissait d'un simple effet d'éclairage. Si seulement la photographie en couleur avait existé !

Elle soupira. Aucune des mains présentes ne portait de chevalière, et elle n'était en possession que de trois suppositions.

Si elle avait eu la photo avec elle, elle aurait pu établir la comparaison. Flûte ! Pourquoi n'avait-elle pas demandé la permission de garder la photo ? Et d'ailleurs, pourquoi le sergent et l'inspecteur n'étaient-ils pas venus ici pour le faire eux-mêmes ?

S'ils en avaient l'intention, ils ne lui en avaient pas fait part, et si tel était le cas, pourquoi n'étaient-ils pas à Mallowan Hall ?

Phyllida ne cherchait même plus à comprendre comment procédait la police pour résoudre un meurtre. Heureusement qu'elle avait pris les choses en main de son côté, sans quoi ils n'auraient jamais découvert l'existence des clichés.

Et leur enquête n'aurait pas progressé d'un iota.

Elle commençait à comprendre l'exaspération de Poirot et même de Sherlock Holmes envers la police.

Elle commença à débarrasser les tasses et les assiettes. Elle était à deux doigts de résoudre l'énigme… et pourtant, et bien qu'elle s'en soit vantée devant Bradford, elle n'avait toujours pas la solution.

Et maintenant, dans quelques heures, elle allait devoir se colleter avec Tuddy Sloup dans le jardin d'agrément.

25

— Une sale affaire ! maugréa Dobble en relevant le nez de ses notes. (Il résista à l'envie de lisser une mèche de cheveux imaginaire sur son crâne chauve et ajouta :) Deux morts – deux meurtres, excusez du peu – en l'espace de vingt-quatre heures.

—Pas du tout ce que je m'attendais à trouver en venant à la campagne, dit Bradford.

—Ce n'est pas comme ça tout le temps, rétorqua sèchement le majordome.

—J'espère bien.

—Asseyez-vous, je vous prie, dit Dobble, qui trouvait l'homme un peu trop grand et large d'épaules pour se tenir ainsi au-dessus de lui et de son bureau.

Il aurait eu besoin d'une bonne coupe de cheveux, même si sa tignasse rebelle s'accordait bien avec son tempérament d'ours mal léché.

Tous deux se trouvaient dans l'antre de Dobble – qui lui tenait lieu à la fois de bureau et de salon – et passaient en revue la liste des emplettes et le carnet d'entretien des véhicules de M. et Mme Mallowan. La fenêtre était ouverte, laissant entrer la brise d'été et le parfum délicat des fleurs du jardin d'agrément qui s'étalait en contrebas.

Au-delà des gardénias et des pois de senteur, juste de l'autre côté d'une petite butte couverte de mousse et de myrte, on entendait le clapotis discret d'un bassin couvert de nénuphars. Dobble estimait que la seule vue de la pièce d'eau suffisait à compenser le fait que son bureau se trouvait au niveau du cellier et non pas au rez-de-chaussée, comme les appartements de Mme Bright.

Quand Bradford avait sollicité un entretien, deux jours seulement après son arrivée au domaine, Dobble n'avait su que penser. Il n'entendait rien à la mécanique ou à l'entretien des automobiles et avait été secrètement soulagé d'apprendre que M. Max avait engagé Joshua Bradford, un ami de son frère, comme chauffeur et responsable du garage.

—Il est bourru et peu causant, mais il travaille bien et connaît les moteurs comme sa poche, avait dit M. Max.

Et voilà pourquoi le majordome se voyait à présent contraint de passer en revue une liste de fournitures auxquelles il n'entendait rien. Et même si le coût lui semblait raisonnable, pour la première fois depuis des décennies, Harvey Dobble se sentait dans ses petits souliers.

Il n'était pas à l'aise en présence de cet encombrant géant brun, même si, théoriquement, il était son supérieur hiérarchique et qu'il n'avait aucune raison de se sentir intimidé.

—Je vais devoir éplucher le devis, même si j'y suis *a priori* favorable, conclut Dobble après avoir consulté la longue liste en caractère gras qui s'étalait sous ses yeux. Tant que nous respectons le budget et que l'entretien des véhicules répond aux exigences de M. Mallowan, je ne vois pas de problème, monsieur Bradford.

—Bradford tout court, rectifia l'autre homme.

—Très bien, Bradford. Je vous donnerai ma réponse demain. (Il soupira, puis :) J'espère que la police va autoriser tous les convives à partir demain. Avec un valet en moins, s'occuper de tous ces gens est un vrai casse-tête.

—Mme Bright est allée parler au sergent ce matin, dit l'homme. Si cela ne tenait qu'à elle, les choses auraient vite fait de rentrer dans l'ordre.

Le ton de sa voix était froid et sceptique.

—C'est elle qui a trouvé… ces photos, dit Dobble, regrettant aussitôt d'avoir abordé le sujet.

Naturellement, la nouvelle selon laquelle des photos d'hommes nus avaient été retrouvées à demi calcinées dans la cheminée de la Chambre grise s'était répandue comme une traînée de poudre à l'office.

—En effet.

—Je suis sûr qu'elle a… Qu'elle a été horrifiée à la vue de ces clichés sordides, articula Dobble, la gorge serrée. Absolument obscènes, à ce qu'il paraît.

Bradford haussa ses épaules de géant sous son bleu de chauffe. L'homme n'avait pas l'air d'affectionner les vestes, les casquettes ou les gants.

—Mme Bright ne m'a pas semblé le moins du moins choquée. Apparemment, elle les a observées à la loupe, afin d'identifier les armoiries sculptées sur le manteau de la cheminée où les photos ont été prises.

Dobble eut un haut-le-corps.

—Vraiment ?

La bouche de Bradford s'étira en une sorte de rictus qui aurait pu passer pour un sourire pincé.

—Mme Bright ne se laisse pas facilement impressionner.

Au même instant, des voix leur parvinrent par la fenêtre ouverte.

À la surprise de Dobble, Mme Bright en personne parut à la vue, sa chevelure incandescente rougeoyant comme un phare dans le soleil couchant.

Elle portait une robe différente – celle-ci était vert clair et, Dieu merci, dépourvue de fanfreluches, hormis un soupçon de dentelle dépassant de la poche de poitrine. Cette femme avait plus de robes que la fille d'un duc, et toutes plus voyantes les unes que les autres.

Dobble eut un petit reniflement de dédain.

—Cette femme devrait porter une charlotte, grommela-t-il.

Bradford haussa un sourcil et tous deux se tournèrent à nouveau vers la fenêtre quand une voix masculine vint se joindre à celle de Mme Bright, laquelle devint plus intelligible.

—Que diable fait-elle avec M. Sloup ?

Les mots avaient jailli de la bouche de Dobble avant qu'il ait pu les retenir. En principe le personnel n'était pas censé se mêler aux invités. Il n'aurait jamais cru Mme Bright capable d'un tel écart de conduite… ou plutôt si. De la part d'une femme qui se croyait au-dessus de sa condition.

Il grinça des dents et prêta l'oreille sans vergogne à leur conversation.

—… comme c'est gentil à vous, monsieur Sloup, dit-elle d'une voix presque aguicheuse… les domestiques sont là pour… tout ce que vous désirez…

—… jamais eu ma tasse de café…

—Je suis désolée… j'en toucherai un mot à…

Les voix étaient entrecoupées, comme si la gouvernante et l'invité déambulaient dans le jardin. Dobble ne pouvait pas les voir, mais des bribes de conversation lui parvenaient avec netteté.

—… la bougresse a envoyé mon valet faire une commission…

—… j'imagine votre agacement…

—… la police qui fourre son nez partout… pas une once d'intimité…

Il cessa brusquement de parler.

—Oh, monsieur Sloup, je ne pense pas que…

La voix de Mme Bright était soudain tendue et contrariée.

—Vous pourriez peut-être trouver un moyen… une excuse…

La voix de Sloup était devenue doucereuse et polissonne. Dobble ne résista pas à l'envie de se lever pour s'approcher de la fenêtre.

—Monsieur Sloup, ôtez votre main immédiatement, s'écria Mme Bright d'une voix glaciale.

Bradford avait devancé Dobble, et tous deux se tenaient à présent épaule contre épaule à la fenêtre.

—Allons, jolie petite dame, dit l'homme. Ne faites pas de manières… personne ne nous verra.

Sloup était presque collé à Mme Bright, qu'il tenait par le bras tandis que son autre main se posait sur ses reins.

Dobble réprima un hoquet. Il allait se mettre à crier quand Bradford lui fit signe de se taire.

—Attendez, lui souffla le chauffeur à voix basse.

—Je ne vais pas le répéter, dit la gouvernante d'une voix calme et détachée, bien qu'elle fût à l'évidence en mauvaise posture. Lâchez-moi immédiatement.

En dépit des protestations de Mme Bright, M. Sloup ne retira pas sa main mais se rapprocha au contraire, en attirant la gouvernante plus près pour essayer de l'embrasser. Celle-ci trébucha et pivota légèrement, s'arrachant à son étreinte.

Sloup perdit l'équilibre, et elle parvint à s'éloigner… mais il la suivit et la rattrapa, et ils se livrèrent à une sorte de chassé-croisé le long de la bute couverte de myrte qui délimitait le jardin.

Dobble n'y tenait plus. Il ne comprenait pas pourquoi Bradford restait là sans bouger alors qu'une femme était en train de se faire agresser. Oubliant le chauffeur, il s'élança vers la porte de service. Et, n'écoutant que son courage, sans songer un instant qu'il risquait de perdre son poste de majordome s'il s'attaquait à un invité, il déboula dans le jardin…

Juste à temps pour voir Mme Bright tordre violemment le bras de Sloup pour lui faire lâcher prise, puis lui crocheter la jambe et lui décocher un coup de poing en pleine poitrine.

Sloup trébucha, fit un pas en arrière et, perdant l'équilibre, bascula de tout son poids dans le bassin aux nénuphars.

Dobble entendit un rire derrière lui. C'était Bradford. Debout à l'extérieur de la fenêtre, il avait vu lui aussi toute la scène.

—Je savais qu'elle n'aurait pas besoin de nous, dit-il quand Dobble s'approcha, dépité.

Si Mme Bright avait remarqué la présence de ses deux défenseurs parmi les pois de senteur, elle ne le montra pas.

Ignorant les vociférations déchaînées d'un Tuddy Sloup couvert d'algues de la tête aux pieds, elle lissa sa robe vert pâle, remit ses cheveux en place et regagna la maison, un sourire satisfait aux lèvres.

Phyllida ne savait pas si Tuddy Sloup avait osé se plaindre à Monsieur et Madame, mais elle l'avait vu regagner la maison en entrant par la porte principale (jamais il n'aurait daigné emprunter la porte de service !) couvert de mousse de la tête aux pieds et trempé comme une soupe.

Il avait dû passer devant le salon où tous les invités étaient en train de se réunir pour l'apéritif afin de regagner sa chambre pour se changer.

Elle sourit intérieurement. Il avait eu ce qu'il méritait. Et ce n'était pas faute de l'avoir prévenu.

Phyllida ne craignait pas de se faire rappeler à l'ordre par les Mallowan, contrairement à nombre de domestiques, pour ne pas dire la plupart, qui travaillaient dans des maisons comme celle-ci.

De fait, elle se rappela que c'était grâce à elle que Rebecca McArdle était entrée à Mallowan Hall, après avoir quitté la très prestigieuse Bunder House, suite à un incident dont Phyllida ne connaissait pas les détails, mais qui n'avait rien à voir avec son état de service ou la satisfaction de ses employeurs. Elle savait seulement que Rebecca avait fait une expérience désagréable.

Ce qui lui rappela ce que Lizzie lui avait dit à propos de Rebecca quand celle-ci avait vu arriver les invités à Mallowan Hall.

Il est ici. Je n'arrive pas à croire qu'il est ici. Ou quelque chose de ce genre.

Des photos inconvenantes avaient été prises à Bunder House, dont Rebecca était partie à la suite d'une expérience désagréable, et à présent Rebecca était morte et les invités qui se trouvaient à Bunder House étaient maintenant à Mallowan Hall.

Il était évident que rien de tout cela n'était une coïncidence et que le meurtre de Rebecca avait été perpétré par la personne à l'origine de l'expérience désagréable.

Mais malgré cela, elle n'arrivait pas à assembler toutes les pièces du puzzle…

Quelque chose manquait, un détail qu'elle avait oublié, une chose que quelqu'un avait dite ou qu'elle avait vue…

Qui confirmerait tous ses soupçons et lui permettrait de résoudre l'énigme.

Il était onze heures et demie quand Phyllida regagna sa chambre, à laquelle on accédait par le petit salon où la police avait interrogé les domestiques. Elle s'assit dans son fauteuil à bascule avec une petite tasse de thé et une tranche de cake au citron. Un vase de pois de senteur embaumait la pièce.

Stilton et Rye, qu'elle avait délaissés durant l'enquête, réclamaient des caresses. Pour se faire pardonner, elle leur avait offert de petits brins d'herbe-aux-chats cueillis dans le jardin. Et maintenant, Stilton avait pris place sur les genoux de sa maîtresse et ronronnait comme un moteur bien huilé, tandis que Rye se prélassait, perché sur le rebord du miroir de sa coiffeuse.

Mais comment diable faisait-il pour défier ainsi les lois de la physique sans tomber et sans faire tomber le miroir ? Il lui arrivait de piquer un petit somme là-haut, avec deux pattes et la queue pendantes au-dessus de la glace.

—Si seulement je pouvais me souvenir de ce qui m'a échappé, dit-elle tout haut. Il y a quelque chose…

Personne ne pouvait entendre ses méditations. M. Dobble et les valets, et les valets invités, ainsi que le jardinier logeaient à l'étage inférieur, à côté des cuisines. Les femmes de chambre, y compris Fanny, dormaient sous les combles. Les Mallowan étaient au rez-de-chaussée ; les invités au premier et au deuxième étage. Et naturellement, Bradford dormait dans sa piaule, au garage.

Et donc, Phyllida conversait avec ses chats, deux bêtes intelligentes, qui pourraient peut-être l'aider à combler les lacunes de sa théorie.

—J'ai des photos d'hommes nus, deux morts – l'un d'eux étant un maître chanteur et l'autre, malheureusement une innocente –, du rouge à lèvres sur un col de chemise, des chaussures qui grincent. Quelqu'un s'intéresse aux auberges de campagne – sans doute l'assassin – et deux convives qui ont récemment séjourné dans l'une d'elles et en ont rapporté une pochette d'allumettes. Nous avons en outre un propriétaire de voiture disparu, deux différentes méthodes d'assassinat, et un chauffeur imbuvable.

Elle se demanda pourquoi Bradford figurait sur sa liste. Ses remarques sarcastiques s'étaient avérées particulièrement contre-productives.

— De plus, nous avons des époux infidèles, et une scène de ménage qui a éclaté hier matin, mais qui semble avoir été résolue, et j'ai trouvé pour le moins curieux que…

Elle s'arrêta soudain.

Était-ce un bruit qu'elle avait entendu ?

Phyllida se tint coite pendant un moment. Le seul bruit perceptible était celui de son propre cœur qui battait dans ses oreilles.

Quand elle n'entendit plus que les habituels craquements d'une vieille maison, elle commença à se détendre un peu. Mais sans pour autant recommencer à parler à haute voix.

Elle ne se souvenait plus si elle avait verrouillé la porte de son salon.

Elle enfila son peignoir de soie et passa à pas de loup dans la pièce voisine.

Juste au moment où elle allait saisir la poignée, elle entendit distinctement un craquement de plancher suivi d'un bruit de pas.

Puis un grincement de chaussure.

Elle retint son souffle, assourdie par le bourdonnement dans ses oreilles et les battements de son cœur.

Le bruit recommença. Juste de l'autre côté de la porte.

Couic. Crac. Couic.

Juste à l'extérieur de sa porte, ce frêle rempart de bois.

Plus tard, Phyllida allait se souvenir de la terreur glaciale qui s'était emparée d'elle, mais sur le coup, elle n'avait d'autre préoccupation que de sauver sa peau.

L'assassin avait découvert qu'elle savait qui il était (ce qui n'était pas tout à fait exact, car elle oscillait entre deux individus), et il était venu pour lui régler son compte – comme il l'avait fait avec Rebecca.

Couic.

Elle chercha des yeux un objet pour se défendre : un gros livre, une théière en porcelaine, un coupe-papier (dans cet instant de clairvoyance que procure une poussée d'adrénaline, elle exclut le recours à un stylo-plume), puis finit par porter son choix sur un parapluie à baleines d'acier et muni d'un embout acéré, qu'elle avait trouvé particulièrement utile une fois, pour mettre en fuite un serpent dans le jardin.

Juste au moment où elle s'en emparait, la porte tressaillit légèrement sur ses gonds. Son cœur fit un bond dans sa poitrine et elle se recula, prête à frapper l'intrus.

C'est alors qu'on frappa.

26

— Madame Bright ?

Elle ne reconnut pas d'emblée la voix et attendit de voir ce qui se passait ensuite.

—Madame Bright, vous êtes réveillée ? C'est Elton, j'ai besoin d'aide.

C'était l'excuse la plus suspecte qu'elle ait jamais entendue.

Il frappa à nouveau, tout doucement – alors qu'il n'y avait personne d'autre qu'il eût pu déranger.

—Madame Bright, vous êtes là ? Je suis désolé de vous déranger, mais j'ai vu de la lumière sous la porte.

Toujours hésitante, Phyllida évalua rapidement la situation. Un assassin aurait-il signalé sa présence, frappé à la porte et attendu qu'elle réponde – tout en s'excusant de réclamer son assistance ?

Peut-être, s'il était rusé.

Mais s'il voulait la trucider, pourquoi n'ouvrait-il pas la porte, ou n'essayait-il pas de l'ouvrir ? Car elle venait de se rendre compte qu'elle l'avait bel et bien verrouillée.

Il n'avait même pas fait tourner la poignée.

—Qu'est-ce que c'est ? répondit-elle, estimant que c'était la meilleure solution. Car ainsi il saurait qu'elle était réveillée et sur ses gardes, et prête à crier à pleins poumons si les choses tournaient au vinaigre.

—Ah, Dieu merci, vous êtes réveillée. Son soulagement semblait sincère. C'est idiot, vraiment, mais c'est au sujet de M. Sloup.

—Que se passe-t-il ?

—Eh bien… je ne sais pas où se trouve le salon de musique, et M. Sloup pense qu'il a égaré un bouton de manchette là-bas. Et comme il est très pointilleux, j'aimerais qu'il l'ait demain matin à son réveil… sans quoi, il va me flanquer à la porte.

Compte tenu de la situation, elle trouvait rassurant qu'il n'ait pas cherché à ouvrir la porte ou ne lui ait pas demandé de l'ouvrir pour lui parler.

—À quoi ressemble ce bouton de manchette ? Savez-vous où il était assis dans le salon de musique ?

Plus elle aurait d'informations et plus il lui serait facile de déterminer s'il lui mentait ou s'il était véritablement paniqué. De telles exigences de la part de Tuddy Sloup n'avaient rien de surprenant, et il était logique qu'un valet invité ne sache pas s'orienter dans cette immense maison.

—Il est en argent serti de jade, madame, et il m'a dit qu'il est resté assis un moment dans un grand fauteuil bleu à côté du piano.

Il parlait d'une voix lasse.

Sans lâcher son parapluie, et l'estomac toujours un peu noué, Phyllida déverrouilla la porte. Quand elle l'ouvrit, le valet se recula, ce qui la tranquillisa un peu.

—Je vais vous montrer où se trouve le salon de musique, et comment on allume. Aucun domestique n'a signalé avoir retrouvé un bouton de manchette, cependant.

(C'est alors qu'une pensée lui vint :) Est-ce qu'il portait ces boutons de manchette quand il est descendu prendre l'apéritif avant le dîner ?

—Oui. C'était avant que… oh.

Les yeux du valet s'écarquillèrent d'une façon comique, et elle aurait juré voir sa bouche se tordre légèrement.

—En fait, il est très possible que ce bouton de manchette se trouve parmi les pois de senteur ou au fond du bassin aux nénuphars.

Ils échangèrent un regard de complète solidarité et Phyllida décida que les femmes de chambre avaient raison : Elton était effectivement un fin spécimen de beauté masculine.

—Très bien, madame Bright. Dans ce cas, je suis désolé de vous avoir dérangée.

—Mais pas du tout, répondit-elle. Je vous souhaite une bonne nuit.

Elle resta un instant dans le couloir pour s'assurer qu'il regagnait bien le quartier des domestiques à l'entresol. Puis décida d'un seul coup qu'elle avait envie d'un autre biscuit au citron.

Elle avait eu la frousse de sa vie – avant de se rendre compte que le valet était parfaitement innocent – et cela lui avait creusé l'appétit.

Elle était en train de descendre à la cuisine, toujours prudemment armée de son parapluie, quand elle jeta un coup d'œil par l'unique fenêtre de la cage d'escalier et se figea.

Qu'était cela ? Une petite lumière, comme une étincelle. Une luciole ? Son imagination était-elle en train de lui jouer des tours ?

Phyllida attendit un instant. Rien. Elle recommença à descendre les marches, mais alors qu'elle allait se diriger vers la boîte à biscuits, elle changea d'avis et gravit les cinq marches jusqu'à la porte qui menait à l'extérieur. À travers l'imposte, elle scruta le jardin plongé dans l'obscurité.

La lumière revint – un bref éclair comme le faisceau d'une torche électrique de quelqu'un qui cherchait à passer inaperçu.

Et ce que quelqu'un se dirigeait vers le garage.

Phyllida hésita, mais pas plus d'une seconde. Ç'aurait pu être Bradford, mais si ce n'était pas lui…

Le téléphone se trouvait à l'étage. Elle n'avait pas le temps de courir là-haut pour appeler le garage et essayer de le réveiller. Quiconque rôdait là-bas ne pouvait qu'être animé de mauvaises intentions – ou tentait de s'échapper, ce qui était encore pire.

Brandissant son parapluie, elle ouvrit la porte et sortit dans la tiède nuit d'été. Fort heureusement, elle portait ses pantoufles, mais malheureusement celles-ci étaient faites de la même soie bleu saphir que son peignoir chinois et la rosée allait les esquinter.

Ravalant un juron, elle releva le bas de son peignoir pour qu'il ne traîne pas dans l'herbe humide, puis traversa la pelouse en direction du garage.

Oui. À la lueur du clair de lune, elle pouvait distinguer la silhouette de l'intrus qui cherchait à s'introduire dans le garage par la porte latérale. Avec sa main, il cachait le faisceau lumineux de la torche électrique qu'il ne dévoilait que par intermittence pour éclairer son chemin.

Et maintenant qu'elle le voyait plus distinctement, elle était certaine que ce n'était pas Bradford. En fait, elle était à peu près certaine de savoir de qui il s'agissait.

Phyllida se lança sur les pas de l'intrus. Quand il ouvrit la porte du garage pour se faufiler à l'intérieur, elle attendit quelques instants. Elle ne voulait pas qu'il entende sa respiration quand elle allait essayer de le prendre par surprise.

Mais avant qu'elle ait pu se faufiler à son tour dans le garage, elle entendit un grondement sourd. Ce n'était pas un moteur de voiture, mais le rideau de fer de la bâtisse qui était en train d'être relevé.

Ses soupçons confirmés, Phyllida passa à l'action.

—Stop ! Arrêtez-vous, jeune homme ! cria-t-elle en actionnant l'interrupteur à côté de la porte.

À la lumière des ampoules électriques, elle reconnut la barbe blonde d'Eugene Mustard et son feutre écossais vert. Il tressaillit de surprise et se précipita vers sa voiture.

Phyllida sur ses talons.

—Laissez-moi ! cria-t-il en saisissant la poignée de la portière.

Elle fonça droit sur lui, son parapluie brandi comme une épée, avec la ferme intention de l'éloigner de la voiture et de l'acculer au fond du garage.

—Pas si vite, s'écria-t-elle hors d'haleine en saisissant son pépin à deux mains.

Soudain, toutes les lumières s'allumèrent et Bardford jaillit des ténèbres.

—Arrêtez-le ! cria-t-elle, en vain, tandis que Mustard la repoussait et courait vers sa voiture.

Juste au moment où il allait refermer la portière, elle enfonça son parapluie dans l'ouverture, l'empêchant de se fermer complètement. Phyllida tint bon, faisant jouer son parapluie pour essayer de l'ouvrir.

—Bradford, vite ! hurla-t-elle.

La voiture rugit et démarra dans un sursaut, la projetant violemment sur le côté. Elle trébucha et s'étala de tout son long sur le sol crasseux, dans son beau peignoir de soie bleu.

Bradford se mit à détaler derrière l'automobile, qui parvint tout juste à passer sous le rideau de fer à moitié relevé, le parapluie toujours coincé dans la portière. Elle se remit sur ses pieds juste à temps pour voir Bradford s'agripper à la portière côté passager.

À sa stupeur, il ne lâcha pas prise lorsque la voiture prit de la vitesse, mais parvint au contraire à rester debout sur le marchepied.

Quand Phyllida s'élança hors du garage, elle vit Bradford disparaître à l'intérieur du véhicule en marche… Puis, quelques instants plus tard, la voiture fit une embardée, puis une autre… et à la troisième, elle sortit de l'allée et plongea dans le fossé. La portière du conducteur s'ouvrit et Eugene Mustard en sortit en trébuchant et s'effondra à terre.

Elle se mit à courir vers la voiture, ramassant son parapluie au passage. Elle ne se souvenait pas avoir jamais couru aussi vite de toute sa vie, mais elle fut récompensée de ses efforts car elle atteignit Eugene Mustard juste au moment où celui-ci essayait de se relever.

—Vous n'allez nulle part, Monsieur, dit-elle en pointant son riflard déchiqueté sur son estomac. Monsieur

Bradford… vous allez bien ? lança-t-elle, encore légèrement hors d'haleine.

—Vous avez complètement perdu la tête, madame Bright ! répondit le chauffeur.

Elle se redressa de toute sa hauteur. Comment ce goujat de Bradford osait-il lui parler sur ce ton ! Et il n'était même pas essoufflé en plus.

—J'avais la situation parfaitement sous contrôle et vous avez tout fichu par terre.

Il avait posé ses mains sur ses hanches et Phyllida s'aperçut qu'il était entièrement vêtu, et pas d'un pyjama, bien qu'il fût minuit passé.

—Je savais qu'il allait venir, dit-il en s'approchant et en posant sa grosse galoche sur la poitrine de M. Mustard étendu à terre.

—Vous saviez ? dit Phyllida qui, s'apercevant que son peignoir s'était entrouvert, le referma aussitôt. Cela semble évident, non ? Il voulait récupérer sa voiture et filer à l'anglaise au beau milieu de la nuit.

Bradford la regarda et il lui sembla qu'il levait les yeux au ciel, bien qu'elle n'en fût pas certaine à cause de l'obscurité.

—Levez-vous, monsieur Mustard ! intima le chauffeur en tirant le jeune homme par le bras pour le remettre sur ses pieds.

—C'est ma voiture ! protesta Mustard. J'ai parfaitement le droit de la récupérer.

—Vous pourrez peut-être la récupérer, lui dit Phyllida. Mais pas tant que…

Elle s'arrêta net. Elle n'aurait su dire pourquoi, mais tout à coup tout devenait limpide.

—Gardez-le bien à l'œil, monsieur Bradford, s'il vous plaît. Monsieur Mustard, je crains que vous ne puissiez pas récupérer votre voiture avant longtemps.

—Mais je…

—Parce que vous allez passer le reste de votre vie derrière les barreaux. Pour assassinat.

27

— Ce doit être terriblement gratifiant de dévoiler les conclusions de l'enquête comme le fait Hercule Poirot à la fin de chaque roman, en rejouant pas à pas le déroulement des faits devant tous les suspects réunis dans une pièce… Mais je doute que l'inspecteur Cork sera d'accord.

Agatha acquiesça. Elle semblait beaucoup plus reposée qu'elle ne l'avait été au cours des deux derniers jours – sans doute parce que Phyllida et elle savaient que la fin de cette horrible enquête était proche.

—C'est un procédé bien pratique, en effet, tout au moins dans un roman. Dans la vraie vie, c'est une autre affaire.

—Si Phyllida veut livrer elle-même les conclusions de l'enquête, elle devrait en avoir le droit, dit Max Mallowan. Je vais parler à Cork. Après tout, ce n'est pas lui qui a résolu l'énigme.

Agatha sourit.

—C'est vrai. C'est gentil à toi, Max.

Ce matin-là, Phyllida avait appréhendé Eugene Mustard (avec l'aide de Bradford). Mustard avait été mis aux arrêts, quoiqu'en clamant son innocence et en exigeant qu'on lui rende sa voiture.

— Il faudrait que M. Mustard soit présent, dit Phyllida tandis que Max décrochait le téléphone. Parce que ce n'est pas aussi simple que ça en a l'air.

Elle croisa les doigts. À supposer qu'elle se soit trompée ? Raison pour laquelle elle n'avait encore livré à personne ses dernières conclusions…

Max hocha gravement la tête.

— Je vais en toucher un mot au sergent et à l'inspecteur. Quand aimeriez-vous faire votre exposé ?

— Dès que possible. Tous les convives sont prêts à partir et, personnellement, j'ai hâte que tout rentre dans l'ordre.

Et que tous les suspects soient mis sous les verrous, songea-t-elle en elle-même.

— Très bien.

Phyllida n'était pas présente lorsque M. Max s'entretint avec l'inspecteur, de sorte qu'elle ne sut pas jusqu'à quel point M. Mallowan avait dû user de son influence pour le faire céder, mais elle savait que, de façon générale, les autorités se pliaient aux exigences de l'aristocratie.

Et dès lors qu'il s'agissait non pas d'un, mais de deux meurtres, et que lesdites autorités avaient gravement tâtonné, elle présumait que Cork n'oserait pas rejeter la requête de M. Max.

Il était midi pile quand tout le monde se réunit dans la bibliothèque – la pièce idoine, et la seule qui pût accueillir tout le monde confortablement.

Le tapis taché du sang de M. Waring était encore au nettoyage, mais Freddie et Dobble lui avaient trouvé un substitut, qu'Amsi et Bradford avaient déroulé à la hâte.

On avait apporté des fauteuils, ainsi que des banquettes supplémentaires.

Sitôt arrivé, l'inspecteur Cork s'était entretenu avec Phyllida, qui lui avait dit à quoi s'attendre, quoique sans entrer dans les détails. Elle voulait qu'il découvre pas à pas comment elle avait procédé pour résoudre l'énigme et prenne conscience de ses propres errements, dans l'espoir que Greensticks et lui apprennent à mener correctement une enquête à l'avenir.

Elle avait insisté pour que tous les domestiques soient présents : les femmes de chambre Ginny et Mary, les bonnes Lizzie, Bess et Violette, les valets Stanley et Freddie, Mme Puffley et les trois aides de cuisine Molly, Benita et Opal, M. Dobble, Amsi, et, naturellement, Bradford.

Elle avait demandé au chauffeur ainsi qu'à Amsi de monter la garde devant les portes-fenêtres qui menaient au patio, afin que personne ne puisse s'enfuir.

Les domestiques invités, Fanny, Elton, Leon et Tom, étaient également présents.

Et naturellement, les Devine, les Hartford, les Budgely-Rhodes, M. Grimson et M. Sloup – qui avait décoché un regard noir à Phyllida quand il était entré dans la bibliothèque. La plupart des invités s'étaient servi un whisky, un cognac ou un sherry qu'ils sirotaient en faisant mine d'avoir l'air parfaitement calmes. M. et Mme Mallowan, Cork et Greensticks, et Eugene Mustard menotté, constituaient le reste de l'assistance. Debout face à l'auditoire impatient, Phyllida était une boule de nerfs.

Non pas parce qu'elle devait prendre la parole en public, mais parce qu'elle craignait de s'être trompée à un moment ou à un autre.

Mais non. Ses conclusions tombaient sous le sens.

De sorte qu'elle commença son allocution.

—Comme vous le savez tous, c'est dans cette même pièce, il y a deux jours, que l'on a découvert le cadavre de Charles Waring, poignardé avec un stylo-plume.

—Pourquoi lui a-t-on donné la parole ? s'indigna M. Sloup, en se levant, furieux. Je croyais qu'on allait entendre l'inspecteur.

—Asseyez-vous, Tuddy, intima M. Max.

M. Sloup ronchonna, mais se rassit, n'osant pas tenir tête à l'inspecteur ou à son hôte.

Phyllida allait reprendre là où il l'avait interrompue quand le timbre de la porte d'entrée retentit, faisant vibrer toute la maison. M. Dobble eut l'air surpris. On n'attendait personne.

Le majordome fila ouvrir, et pendant qu'il était parti, Phyllida suggéra à Freddie de resservir à boire aux invités. Elle ne voulait pas que Dobble perde une miette de son brillant exposé.

Quelques instants plus tard, le majordome revint avec le docteur Bhatt.

—J'espère que je ne suis pas de trop, dit le médecin en entrant dans la bibliothèque. J'ai entendu dire qu'il allait y avoir un exposé.

Phyllida sourit, manquant presque rougir, sous le regard admiratif et enthousiaste du docteur.

—Mais non, bien sûr. Prenez un siège, je vous en prie. Nous venons juste de commencer.

Une fois le médecin servi en whisky-soda, Phyllida rassembla ses pensées et reprit :

—Dans un premier temps, le fait que Charles Waring se soit présenté sous le prétexte mensonger d'avoir été envoyé par le *London Time* pour interviewer Mme Mallowan a capté toute notre attention. Il était bien journaliste – ou plus exactement, reporter-photographe, comme nous n'avons pas tardé à le vérifier –, mais il n'était pas venu pour faire un reportage. Il était ici pour divulguer des photos prises quelques mois plus tôt à la kermesse de la Mare aux canards de Bunder House.

—Je le savais, murmura quelqu'un. Un maître-chanteur !

Phyllida balaya l'assistance du regard.

—Oui, mais… pas tout à fait.

Se sentant de plus en plus à l'aise, elle se mit à marcher dans la pièce tout en parlant.

—Et c'est ainsi que l'identité de M. Waring et ses véritables intentions ont quelque peu retardé l'enquête. Comment déterminer le mobile de l'assassin dès lors que nous ne savions pas qui était M. Waring ni pourquoi il était là ? Ce n'est que lorsque son porte-documents a été trouvé et son contenu examiné que nous avons commencé à y voir plus clair.

Phyllida s'interrompit, certaine d'avoir entendu le sergent Greensticks marmonner « Nous ? » dans sa barbe. Mais elle ne jugea pas utile de relever.

—Le lendemain de sa mort, quelqu'un est entré dans la chambre de M. Waring pour subtiliser un carnet qui se trouvait dans le porte-documents. Je reviendrai plus tard sur cet incident. Ledit carnet a été jeté puis retrouvé plus tard par Mme Mallowan, qui a… euh… disons l'habitude de se servir de tous les carnets et bloc-notes qui lui tombent sous la main. Bien que les pages compromettantes en aient été arrachées, le crayon dont M. Waring s'est servi a creusé des empreintes sur les pages suivantes. Et nous avons pu déchiffrer ces notes ce matin même. La page la plus récente qui a été arrachée portait la mention « Il y en a d'autres à venir ». Une déclaration qui ressemble fort à une menace.

Phyllida parcourut l'assistance du regard, quoique sans rien ajouter.

—Peu après, nous avons appris par Lizzie, une des femmes de chambre, que M. Waring avait eu une conversation avec une femme dans sa chambre. Personne n'a vu la femme en question, mais plus tard, quand j'ai su qu'une trace de rouge à lèvres avait été retrouvée sur le col de M. Waring, j'ai compris que la femme de chambre disait la vérité. Mais avec qui a-t-il parlé… et conduit d'autres affaires – vraisemblablement dans la bibliothèque – à minuit et demi passé ? C'est une question à laquelle je ne vais pas répondre tout de suite.

« À présent, parlons de la scène de crime. On n'a retrouvé ni traces de pas ni traces de boue dans cette pièce ou au premier étage. Ce qui donne à penser que le meurtrier était déjà dans la maison depuis un certain temps quand il a tué M. Waring, étant donné qu'il y a eu un gros orage ce soir-là. Ce qui disqualifie Eugene Mustard, l'ami supposé de M. Waring, comme le tueur possible…

—Je vous ai dit que j'étais innocent ! s'écria M. Mustard. Relâchez-moi !

Phyllida regarda l'inspecteur Cork.

—Vous êtes peut-être innocent du meurtre de Charles Waring, mais pas de celui de Rebecca McArdle.

Les yeux de Mustard s'écarquillèrent tandis qu'il s'affaissait sur son siège.

—Comment diable est-ce que vous le savez ?

—Nous allons y revenir, dit Phyllida avec le sourire.

Elle commençait à bien s'amuser. C'était enivrant de parler devant un parterre de trente personnes pendues à ses lèvres et le cœur battant… tout en sachant que l'une d'elles se trouvait ici et tremblait à l'idée d'être bientôt confondue publiquement, à moins qu'elle ne se soit sentie sûre d'elle, au contraire, car elle ne voyait pas comment on aurait pu la démasquer.

—Plus tard, quand l'inspecteur a examiné le porte-documents de M. Waring, il y a découvert une série de photos glissées dans le rabat intérieur. J'avoue ne pas avoir compris pourquoi le voleur avait pris le carnet, qui ne contenait que des notes somme toute banales, et laissé derrière lui les photos de la kermesse de la Mare aux canards. Certes, ces photos n'étaient pas de nature scandaleuse, mais elles prouvaient que M. Waring se trouvait à Bunder House au même moment que tous les gens présents ici à Mallowan Hall. Ce qui veut dire que quelqu'un ici le connaissait – chose que tout le monde a niée. De sorte que l'un de vous a menti.

Elle balaya de nouveau la salle du regard en prenant soin de ne pas s'attarder trop longtemps sur quiconque.

—Plus tard, ce jour-là, la pauvre Rebecca était en train de cueillir des légumes dans le jardin. Elle a été attirée d'une façon ou d'une autre dans le verger – hors de vue de la maison – où M. Mustard l'a frappée à mort avec un gros bâton. Pour quelle raison ? Parce que Rebecca risquait de le reconnaître, suite à un incident survenu à Bunder House.

Pour la première fois, Phyllida s'autorisa à exprimer tout le mépris qu'elle vouait à l'homme qui avait tué la femme de chambre de sang-froid. Elle lui décocha un regard froid et plein de dégoût.

—N'est-ce pas là la pure vérité, monsieur Mustard ?

Les lèvres pincées, il détourna les yeux.

—Un essaim de journalistes a commencé à envahir le domaine à partir du moment où le bruit s'est répandu qu'un cadavre avait été retrouvé dans la maison d'Agatha Christie. M. Mustard s'est joint à eux, tout simplement. Il avait probablement reconnu Rebecca à un moment où elle est sortie de la cuisine pour aller chercher de la glace dans la réserve ou autre, et décidé de la réduire au silence. N'est-ce pas exact, monsieur Mustard ?

L'homme resta muré dans un silence hargneux.

—Mais il n'y a pas qu'Eugene Mustard qui avait reconnu Rebecca, ex-domestique à Bunder House. Elle était dans tous ses états, mercredi soir, lorsqu'elle a vu les invités quitter la salle à manger après dîner, alors qu'elle entrait pour débarrasser. Elle a reconnu deux autres personnes dont la présence l'a beaucoup inquiétée. À tel point qu'elle a décidé de se claquemurer dans la cuisine jusqu'à la fin de la partie de campagne dans l'espoir que personne ne la verrait. Étant aide-cuisinière, ce n'était pas bien difficile. Les filles de cuisine ne quittent pour ainsi dire jamais l'office. Et elle ne se doutait pas qu'elle risquait sa peau en sortant dans le jardin.

Il y eut des murmures parmi les autres domestiques, et Phyllida vit Lizzie saisir la main de Bess et la serrer dans la sienne.

—J'ignorais tout des préoccupations de Rebecca au moment des faits, mais ses amies, elles, étaient au courant. Et elles se rappelaient ce qu'elle avait dit au sujet de ce qui s'était passé quand elle travaillait à Bunder House – où elle était entrée dans une chambre à coucher, pensant qu'elle était vide, et y avait trouvé deux hommes dans une position compromettante. J'ignorais tout de cela jusqu'à ce que l'on découvre des photographies à demi calcinées dans l'âtre de la Chambre grise. La personne que Charles Waring avait menacé de faire chanter avait eu l'idée de se débarrasser des clichés en les faisant brûler dans une chambre vacante. Malheureusement pour elle, les femmes de chambre de Mallowan Hall sont des perles. Elles ont tout de suite remarqué qu'un feu avait été allumé, en plein mois de juillet, dans une chambre en théorie inoccupée, et que l'âtre devait être par conséquent nettoyé.

« Vous savez tous très certainement que lesdites photos étaient à caractère sexuel. Il n'était pas possible d'identifier les sujets étant donné que la plupart des clichés avaient été détruits. Toutefois, j'ai pu déterminer qu'elles avaient été prises à Bunder House par Charles Waring.

« Et voilà qu'hier, j'ai trouvé une photo presque entière sous le matelas d'Eugene Mustard, dans la chambre qu'il occupait à l'auberge de La Pie jacasse. Malheureusement pour lui, son visage était parfaitement identifiable sur le cliché, qui le montre en plein ébat en compagnie d'un autre homme. Ce dernier étant présent dans cette pièce.

Phyllida marqua une pause et vit des haut-le-corps et des regards scandalisés. L'expression d'une personne en particulier vint confirmer subtilement l'exactitude de ses présomptions. Quand les réactions se calmèrent, que les verres furent à nouveau remplis et d'autres cigarettes allumées, elle reprit sa démonstration.

—Et maintenant, remontons un peu en arrière si vous le voulez bien. Voyons quelles étaient les vraies motivations de M. Waring – et de M. Mustard – pour venir à Mallowan Hall. Durant l'entretien que j'ai eu avec Eugene Mustard, ce dernier a dit beaucoup de demi-vérités. Par exemple, il a prétendu que Charles Waring était venu ici pour s'expliquer avec un homme qui maltraitait son épouse. Ceci n'était que partiellement vrai. Il était surtout venu pour parler avec une femme dont il était tombé amoureux – et avec qui il avait eu vraisemblablement une liaison – à l'occasion du derby de la Mare aux canards de Bunder House.

« Charles Waring était aussi venu à Mallowan Hall parce qu'il était en possession de ces photos compromettantes. C'est là que M. Mustard entre en scène. Je me suis demandé comment il était possible de prendre des photos aussi intimes sans être vu ou dénoncé, et j'en suis venue à la conclusion que c'était parce qu'Eugene Mustard était de mèche avec lui.

« Je soupçonne, même si je ne peux pas le prouver, que M. Mustard et M. Waring s'étaient mis d'accord pour provoquer, chacun son tour, des situations compromettantes – Charles Waring avec des femmes et Eugene Mustard avec des hommes – tandis que l'autre prenait des photos à caractère sexuel. Après quoi, les photos étaient utilisées pour faire chanter les participants.

Elle se tourna vers Mustard.

—Ma supposition est-elle la bonne ?

À sa surprise, il releva le menton et lâcha :

—Ça fait deux ans que je suis dans ces combines. On allait dans les grands raouts et les derbys pour faire du repérage, et prendre les photos. C'est simple comme bonjour. Charlie plaisait aux dames, et moi… je… (Il haussa les épaules.) Les hommes sont moins difficiles.

—Et c'est grâce à cela que vous avez pu vous acheter une voiture de luxe, me trompé-je ?

Et vous habiller en dandy ?

—J'ai ramassé de l'oseille, ça oui, répondit-il fièrement.

—Et il se trouve qu'à Bunder House, Charles Waring est tombé amoureux d'une femme. Ce qui a chamboulé vos plans, n'est-ce pas, monsieur Mustard ?

—Il arrêtait pas d'en causer, il disait qu'il voulait s'enfuir avec elle. Mais ça faisait pas partie du contrat, s'agaça Eugene Mustard.

—Non, en effet, concéda Phyllida.

—Mais c'est pas moi qui l'ai tué !

—Non, vous n'avez pas tué Charles Waring. Quelqu'un d'autre s'en est chargé. Mais vous avez tué Rebecca McArdle… parce que lorsque vous étiez à Bunder House, elle est entrée dans la chambre et vous a surpris, vous et votre… pigeon ? Elle savait qu'elle avait été témoin d'une situation dangereuse. C'est pourquoi elle a rendu son tablier à Lord Avercroft et est venue ici à Mallowan Hall où elle a postulé pour un emploi de fille de cuisine, qui la tiendrait à l'écart des chambres à coucher et hors de la vue des visiteurs.

Phyllida se tut brièvement. Sa voix commençait à s'érailler à force de parler, et elle avait besoin de mettre de l'ordre dans ses idées. Ceci était une affaire délicate.

—Freddie, si vous voulez bien me servir une tasse de thé ?

—Sans rien dedans, m'dame ?

Elle songea un instant à un doigt de whisky, puis se ravisa. Il était un peu tôt et elle avait un assassin à démasquer.

—Un sucre et un nuage de lait, s'il vous plaît.

—Ça va être encore long ? grommela M. Budgely-Rhodes. Vous aviez dit que nous pourrions partir ce matin. Vous n'avez pas le droit de nous garder enfermés ici !

—C'est vrai ! s'insurgea M. Hartford à son tour en rangeant le mouchoir avec lequel il s'était épongé le front. (Il se leva.) Amelia, on s'en va…

—Vous resterez ici jusqu'à ce que Mme Bright ait fini de parler, ordonna Cork avec un soupir las. En espérant que ça ne va pas prendre trop longtemps.

M. Hartford se rassit en maugréant, puis prit la main de sa femme dans la sienne et murmura quelque chose à M. Devine par-dessus son épaule.

—Je vais tâcher de faire le plus vite possible, dit Phyllida. J'ai toujours soupçonné M. Mustard d'être plus impliqué dans cette affaire qu'il ne voulait bien l'admettre.

Un reniflement dédaigneux lui parvint depuis les portes-fenêtres, et elle lança un regard furieux à Bradford.

—Et lorsque j'ai pu l'identifier sur l'une des photos, j'ai compris qu'il était le seul à avoir un mobile pour supprimer Rebecca.

« N'importe qui d'autre aurait été remarqué s'il avait quitté la maison pour s'aventurer dans le verger. Et d'ailleurs, aucun des convives présents dans cette pièce ne connaissait suffisamment bien le domaine pour savoir comment accéder au potager et trouver ensuite un lieu suffisamment abrité des regards pour pouvoir fracasser le crâne d'une femme sans être vu. Sans parler de regagner ensuite la maison ni vu ni connu avec des habits tachés de sang. Aucun de vous n'aurait eu matériellement le temps de faire tout cela, même si vous étiez tous rentrés d'excursion.

« Et quand je me suis ensuite penchée sur le meurtre de Rebecca McArdle – un assaut brouillon et violent, effectué à la hâte –, comparé au coup de stylo porté de main de maître à la carotide de M. Waring –, j'en suis venue à la conclusion que nous avions affaire à deux assassins différents. Une fois cette conclusion tirée, toutes les autres pièces du puzzle se sont mises en place. (Elle sourit tristement.) Découvrir qu'il y avait non pas un, mais deux tueurs m'a beaucoup contrariée, mais je n'ai eu d'autre choix que de me rendre à l'évidence, et de faire en sorte de résoudre au plus vite cette affaire.

« Et maintenant, venons-en au meurtre de Rebecca McArdle en regard de celui de Charles Waring. Quiconque a tué Charles Waring aurait dû être copieusement aspergé de sang. Ne pensez-vous pas, docteur Bhatt ?

—En effet. Car lorsque la carotide est perforée, le cœur continue de pomper le sang, qui se met à gicler. Il serait étonnant de voir…

—Euh, oui, s'empressa de l'interrompre Phyllida. Je vous remercie. Toujours est-il qu'aucun vêtement taché de sang n'est allé à la buanderie. Ce qui est logique, car il faudrait être complètement idiot pour envoyer des linges sanguinolents au nettoyage. De même que nous n'avons pas retrouvé de vêtements qui auraient été brûlés ou jetés. Une fois encore, aucun détail insolite n'aurait échappé à la vigilance des domestiques. J'en suis donc venue à la conclusion que les vêtements souillés ont été remisés quelque part, peut-être dans une malle de voyage, hors de portée de vue des valets ou des femmes de chambre.

« Une autre question m'a taraudée : est-il difficile de poignarder un homme en portant le coup à l'endroit précis permettant de le tuer du premier coup ? Plus tard, j'ai découvert que M. Waring avait passablement bu au moment du meurtre, et que ses réflexes s'en trouvaient probablement ralentis, sans parler de sa vigilance. De plus, il convient de préciser que son assaillant l'a attaqué par-derrière.

« J'en suis donc venue à la conclusion que l'assassin ne pouvait être qu'un homme – car qui d'autre aurait eu la force et la stature nécessaires pour planter un stylo-plume dans sa gorge ? Autre détail qui vient corroborer cette hypothèse : j'étais présente quand l'individu est entré dans la chambre de M. Waring pour dérober le carnet qui se trouvait dans le porte-documents. Bien que n'ayant pas pu le voir, je l'ai entendu marcher, d'un pas lourd et avec des souliers qui grinçaient.

Elle jeta un regard circulaire à la bibliothèque, s'attardant un instant sur un individu en particulier.

—Exactement comme les vôtres, Elton.

28

Le beau et fringuant valet bondit sur ses pieds.

— Non, ce n'est pas vrai ! Je n'ai tué personne !

Après un court instant de suspense, Phyllida secoua la tête.

— Non, je ne le pense pas moi non plus. Rasseyez-vous, je vous prie, et laissez-moi poursuivre.

Elle regarda à nouveau autour d'elle et vit un regain d'intérêt de la part de son auditoire, ainsi qu'un pincement de lèvres de la part d'un individu en particulier. *Excellent.*

— Comme je l'ai fait remarquer plus tôt, je n'ai pas compris d'emblée pourquoi la personne qui avait subtilisé le carnet dans le porte-documents n'avait pas emporté les photos de la kermesse de Bunder House par la même occasion. Il m'a fallu un certain temps pour éclaircir ce point. Elton ignorait en fait ce qu'il était censé subtiliser ou pourquoi. Il avait simplement reçu l'ordre de s'en emparer et, en bon domestique, avait obtempéré.

Le valet invité se détendit d'un coup, mais quand il voulut prendre la parole, elle le fit taire d'un geste de la main. S'il prenait les devants, il risquait de réduire à néant sa démonstration.

—Mais alors, qui aurait demandé à un valet de faire une chose pareille ? Et là, je dois reconnaître que le commanditaire a été très habile. Primo, il demande à un valet invité, qui ne connaît pas les lieux – ce dont nous avons eu la preuve hier soir, quand Elton cherchait le salon de musique afin de retrouver un bouton de manchette égaré par son maître. Le maître d'Elton, M. Sloup, résidait au deuxième étage, de sorte qu'Elton ne pouvait pas savoir qui logeait au premier. C'est donc en toute bonne foi, sans savoir que personne n'était autorisé à entrer dans la Chambre grise, qu'il y est allé pour chercher le carnet. Me trompé-je, Elton ?

—Non, Madame, répondit-il, les yeux pleins de gratitude. C'est exactement comme ça que…

—S'il vous plaît. J'aimerais pouvoir finir, Elton. Vous permettez ? dit Phyllida tandis que Freddie lui apportait une tasse de thé.

—Oui, Madame.

Phyllida fut la seule à voir Elton regarder furtivement dans une certaine direction, confirmant ainsi ses conclusions.

—À présent, revenons-en à M. Waring. Charles Waring est arrivé tard à Mallowan Hall. Il s'est joint aux convives déjà attablés et a pu ainsi établir son premier contact avec la femme dont il s'était épris. Peu après, tout le monde s'est réuni dans le salon de musique pour prendre des digestifs et faire une partie de bridge. Pendant ce temps, M. Waring est monté en vitesse dans sa chambre pour faire un brin de toilette. Alors qu'il était à l'étage, celle que nous appellerons sa maîtresse est venue le retrouver et ils se sont brièvement entretenus. Et peut-être plus.

Raison pour laquelle elle aura laissé une trace de rouge à lèvres sur son col – c'est du moins ce que j'ai pensé dans un premier temps.

« Mais venons-en au point crucial : pourquoi Charles Waring a-t-il été tué ? Cela semble évident et j'imagine que vous avez tous tiré vos propres conclusions. Il a été éliminé à cause des fameuses photos. Le compagnon d'Eugene Mustard sur ces photos risquait de tout perdre si ces clichés venaient à être rendus publics – son rang, sa fortune, et peut-être même sa liberté.

À la pensée qu'une personne pouvait être emprisonnée pour avoir fait quelque chose dans l'intimité de sa chambre à coucher, Phyllida s'assombrit.

—Eh bien, allez-vous nous dire qui est l'assassin pour que cette crapule soit arrêtée une bonne fois pour toutes ? s'écria M. Budgely-Rhodes.

—Oui, je vais le faire. Mais une fois encore, ce n'est pas si simple, répondit-elle, la mine sévère. Nous sommes en présence d'un meurtre, Mesdames et Messieurs. Commis de sang-froid, qui plus est.

Elle lança un regard entendu à Cork. Elle avait les mains moites et l'estomac légèrement retourné. Le moment était venu de désigner le coupable, mais… à supposer qu'elle se soit trompée, qu'un détail ou un indice lui ait échappé…

Mais non, bien sûr que non.

—Il s'avère que j'ai fait fausse route quand j'ai cru que les photos étaient le mobile du tueur. Car même s'il risquait de tout perdre si celles-ci étaient rendues publiques, il n'était pas le seul dont la réputation allait être entachée. Son épouse aussi risquait de tout perdre, vous comprenez ?

Tous se redressèrent sur leurs sièges comme un seul homme, à présent captivés par le récit. Une tueuse était autrement plus intéressante qu'un tueur.

—Je pense pour ma part que Charles Waring a rencontré la femme dont il était tombé amoureux à Bunder House – celle dont l'époux la « maltraitait » parce qu'il la trompait, non pas avec d'autres femmes, mais avec des hommes. Sans doute eut-elle un choc en voyant Waring paraître à l'heure du dîner. Car l'aventure qu'ils avaient eue à Bunder House n'avait probablement été qu'une amourette sans lendemain pour elle. C'est pourquoi, dès qu'elle a pu, elle s'est arrangée pour le rencontrer à huis clos au premier afin de savoir ce qu'il était venu faire.

« Il voulait la convaincre de s'enfuir avec lui – une idée absurde, bien entendu, car quelle femme de l'aristocratie se serait enfuie avec un plumitif ? Elle n'était nullement décidée à s'enfuir avec Charles Waring et sa venue à Mallowan Hall l'avait profondément déstabilisée. Pour autant, elle avait su garder la tête froide, de sorte qu'elle lui avait donné rendez-vous dans la bibliothèque après minuit.

« Je ne sais pas au juste quand il lui a parlé ou lui a montré les photos de son époux en compagnie d'Eugene Mustard, mais c'est sans importance. Ce pauvre Waring pensait naïvement que les clichés suffiraient à la décider à quitter son mari pour s'enfuir avec lui… mais je subodore qu'elle connaissait les penchants de son mari et que cela ne la gênait pas outre mesure. Après tout, elle aussi le trompait.

Phyllida porta à nouveau son regard sur Elton.

—On peut supposer qu'elle a… euh… su vous manifester sa reconnaissance, après que vous êtes allé chercher ce qu'elle vous avait demandé dans la Chambre grise.

Le valet devint cramoisi, il déglutit avec force.

—Elle m'a dit que c'était le carnet de son mari et que je ne devais en parler à personne.

—Bien évidemment. Elle avait pensé à tout. Le sang sur sa robe... Oh, oui, parce que c'est bien elle la tueuse. Elle devait s'assurer que ces photos ne verraient jamais le jour.

« Tout cela me sauta aux yeux lorsque je vis à quel endroit se trouvait la trace de rouge à lèvres sur le col de M. Waring. Sur la face interne, côté gauche – et il avait été poignardé du côté droit et alors qu'il était de dos. Se tenir derrière lui, et regarder par-dessus son épaule tandis qu'il feuilletait le guide des relais-auberges – où ils se seraient réfugiés après s'être enfuis ensemble – était un jeu d'enfant. Waring n'était pas très grand, et elle portait des talons... à moins qu'il ne se soit assis dans un fauteuil qu'elle lui avait présenté.

« Il est fort possible qu'elle l'ait embrassé dans le cou tandis qu'il parcourait le guide de voyage, en lui murmurant des paroles enjôleuses – et comme je l'ai mentionné, il était passablement ivre sans doute grâce à elle. Et soudain *tchac* ! (Phyllida fit le geste de poignarder. En plein dans la carotide.) Elle avait pris son temps, n'avait rien précipité, afin de s'assurer qu'il mourrait du premier coup.

Un silence de mort régnait dans la pièce. Tous les yeux étaient tournés vers Mme Budgely-Rhodes, Mme Devine et Mme Hartford.

Phyllida n'eut pas besoin de les regarder. De fait, elle observait le mari. Car jusqu'ici elle ignorait s'il avait été complice des agissements de sa femme.

L'expression de son visage lui indiqua qu'il ne savait rien… et elle en fut profondément peinée pour lui. Bien qu'il ait été innocent, sa vie tout entière allait voler en éclats.

—Comment ai-je su laquelle des épouses était la coupable ? Ce ne pouvait pas être Mme Budgely-Rhodes étant donné que l'homme qui apparaissait sur les photos n'était à l'évidence pas son mari. Sa… euh… morphologie… ne laisse aucun doute là-dessus. Ne restait dès lors que Tana Devine et Amelia Hartford.

« Ce furent le rouge à lèvres et sa robe qui me permirent *in fine* de déterminer l'identité de la coupable. Seule une certaine catégorie de femmes peut se permettre de porter du rouge à lèvres carmin sans que cela jure avec leur carnation. Mais étant donné qu'il y a des femmes qui portent des rouges à lèvres qui ne s'accordent pas avec leur carnation ou la couleur de leurs cheveux, je ne pouvais pas me fier à ce seul élément. Restait la robe… qui devait être tachée de sang… mais où était-elle ? Aucun signe de vêtements tachés nulle part. Toutefois… Il y avait eu un incident, le jeudi matin tôt, quand une théière s'était brisée, ainsi que l'a rapporté Bess à l'inspecteur Cork et à moi-même. Et son contenu s'était répandu sur le guéridon, mais également sur la robe qui se trouvait sur le fauteuil…

« Recouvrir des taches avec d'autres taches, n'est-ce pas la meilleure façon de les dissimuler… madame Devine ?

29

Tandis que l'assistance laissait échapper un hoquet de stupeur, Tana Devine se contenta de fixer Phyllida d'un regard de glace.

—Vous vous trouvez maligne, n'est-ce pas ?

—Eh bien, je…

—Mais vous ne l'êtes pas autant que moi.

Elle se leva, un petit revolver à la crosse nacrée à la main.

—Tana ! s'écria son époux en s'élançant vers elle. *Non*... c'est impossible. Tu n'as pas fait *ça*...

Son épouse se tourna vers lui, et à cet instant, Phyllida vit non pas une tueuse de sang-froid, mais une pauvre femme épuisée par l'amour et pleine de regrets.

—Je suis désolée, Geoffrey, sincèrement désolée, mais je ne pouvais pas laisser cette crapule te faire – nous faire – ça. Il n'aurait pas hésité à te traîner dans la boue… je t'aime vraiment, tu sais ?

—Je sais… Tana, s'il te plaît, ne fais pas…

—C'est trop tard, mon chéri. Tout est fini. Tout le monde ici est au courant. Nous sommes fichus.

Tenant toujours son revolver à la main, elle pivota sur elle-même et le pointa sur Mme Hartford, qui la regardait bouche bée et comme figée sur place.

—Quant à *vous* ! Vous pensiez pouvoir l'attirer dans votre lit, n'est-ce pas ? grinça Tana Devine. Mais vous n'avez aucune chance. Aucune. C'est pour cela que je vous ai laissée flirter éhontément avec Geoffrey. Et dire que votre malheureux mari ne s'est rendu compte de rien.

M. Hartford avait pâli et sa peau avait pris une teinte verdâtre. Et il sembla à Phyllida avoir compris pourquoi. Ce n'était pas à cause des agissements de sa femme, mais elle décida de garder ses réflexions pour elle-même. Il était inutile de détruire une vie de plus aujourd'hui.

—Madame Devine, n'aggravez pas…

—Taisez-vous, Inspecteur. C'est à mon tour de parler, et je dois dire que je n'étais pas mécontente de vous voir patauger lamentablement, vous et le sergent, quand vous avez entrepris de mener l'enquête. Mais quand *elle* a commencé à fouiner de son côté, je me suis inquiétée. Toujours est-il que je ne pensais pas que vous y arriveriez, madame Bright. J'avais cru n'avoir laissé aucun indice.

—Vous avez bien joué en laissant à dessein la pochette d'allumettes de l'Old Ivy à côté de la cheminée, dans la Chambre grise, dit Phyllida. Ça m'a donné du grain à moudre… mais pour finir, c'est le rouge à lèvres et la disparition de la robe tachée de sang qui m'ont mis la puce à l'oreille.

Tana Devine poussa un soupir de regret.

—Il n'y a qu'une femme pour remarquer pareils détails. Et maintenant, si vous voulez bien vous écarter…

Tout arriva si vite que Phyllida ne sut jamais précisément ce qui s'était passé. Il y eut un tourbillon de mouvements du côté des portes-fenêtres, suivi d'un grand *crac*, puis quelque chose fendit les airs, manquant de peu la tête de Mme Budgely-Rhodes, et pour finir Mme Devine poussa un cri de douleur et de rage.

Quand Phyllida tourna la tête, elle vit Bradford attraper Mme Devine par-derrière, sa grande main brune se refermant sur son poignet blanc. Il l'avait obligée à abaisser son arme, et tentait à présent de la lui faire lâcher.

Personne ne bougeait. Pas même Mme Budgely-Rhodes, dont l'imposant chignon s'était affaissé de côté après avoir été touché par un coussin volant au moment de l'empoignade. Hormis les petits halètements de Mme Devine qui luttait pour garder son arme à la main – avec l'intention de s'en servir –, la pièce était parfaitement silencieuse.

Enfin, avec un long gémissement de rage, Tana Devine lâcha son pistolet qui tomba à terre.

Le sergent Greensticks passa aussitôt à l'action, s'empressant de décharger Bradford de sa prisonnière, tandis que l'assistance explosait en un brouhaha de commentaires.

Le docteur Bhatt s'approcha aussitôt de Phyllida. Il jubilait quand il prit ses mains dans les siennes et déclara :

—Félicitations, madame Bright ! Vous m'avez positivement envoûté avec votre brillant exposé ! C'était comme de vivre le dénouement d'un roman policier.

S'il avait su, songea Phyllida par-devers elle.

—Oui, vraiment, dit M. Dobble en se fendant de ce qui ressemblait à un demi-sourire. Un exposé des plus édifiants. Un peu long peut-être, mais j'imagine que l'affaire était complexe.

Mais ce fut Agatha qui se montra la plus reconnaissante. Attirant Phyllida à l'écart de la foule et du brouhaha qui emplissait la pièce, elle lui dit :

—Félicitations, Phyllie. Je ne vous serai jamais assez reconnaissante d'avoir mis un terme à cette fâcheuse affaire. Hercule n'aurait pas fait mieux.

Pour Phyllida, c'était le plus grand des compliments.

Le lendemain de l'arrestation de Mme Devine, les choses reprirent leur cours normal, Dieu merci. Les derniers convives étaient partis le matin même (Phyllida trouvait cocasse qu'après s'être plaints de ne pas pouvoir partir, les Budgely-Rhodes et M. Sloup avaient finalement décidé de rester un jour de plus), au grand soulagement des maîtres et des domestiques.

Mme Puffley était pleinement satisfaite des services d'Opal à la cuisine. À tel point qu'elle l'avait prise sous son aile et commençait à lui apprendre deux ou trois recettes de base.

Pareil à lui-même, M. Dobble avait retrouvé son air guindé et autorisé Stanley, qui était encore à quatorze jours de la fin de sa convalescence, à rester à Mallowan Hall.

Non pas que le majordome eût jamais eu l'intention de le renvoyer, mais avec Harvey Dobble, on ne pouvait jamais être sûr de rien.

Les femmes de chambre cancanaient à tout-va, tandis que Phyllida s'assurait qu'aucune tache de sang ne subsistait sur les livres de la bibliothèque.

Le matin, quand elle avait apporté son thé à Agatha, elles avaient eu une brève conversation.

—J'espère que vous allez pouvoir rattraper votre retard, maintenant que toute cette affaire est terminée, avait dit Phyllida en posant le plateau à thé et en donnant un biscuit à Peter.

—Vraiment, je ne sais comment vous remercier d'avoir pris les choses en main, lui avait répondu Agatha. Je n'aurais jamais imaginé vivre pareil calvaire dans ma propre maison. Même si, je pense que, quitte à avoir un meurtre chez soi, autant en tirer le meilleur parti. Et s'amuser un peu, vous ne pensez pas ?

—Je n'irais pas jusqu'à dire que je me suis amusée, répondit Phyllida. Peut-être que l'inspecteur en serait venu aux mêmes conclusions que moi, mais ne vivant pas sur place et ne connaissant pas le fonctionnement de la maison… Je ne suis pas certaine qu'il aurait réussi.

—C'est vrai. Mais la façon dont vous avez résolu l'énigme est vraiment brillante. J'ai même pris quelques notes pour mon prochain roman. Cependant, il y a une chose qui ne laisse pas de me surprendre… (Agatha secoua la tête.) Non, il vaut mieux ne pas en parler.

—Vous pouvez vous confier à moi, dit Phyllida. Je ne le répéterai à personne.

—Je le sais. Simplement… c'est au sujet d'Amelia et Paul Hartford. Il m'a paru… tellement affecté quand elle s'est mise à flirter avec Geoffrey Devine. J'espère que…

Elle s'interrompit en voyant l'expression de Phyllida.

Celle-ci soupira, bataillant avec sa propre conscience. La vie d'un homme avait été détruite, peut-être pour toujours, à cause de Charles Waring et de Tana Devine. Mais elle savait qu'Agatha ne répéterait jamais à personne ce qu'elle lui confierait, d'autant que Paul Hartford était un vieil ami de M. Max.

—En fait, je ne pense pas que M. Hartford ait été blessé par les sentiments de son épouse envers M. Devine.

Je crois plutôt que ce sont ses propres sentiments envers Geoffrey Devine qui ont été froissés.

Elle ne s'en serait peut-être jamais rendu compte si elle n'avait pas été témoin de la scène entre Paul Hartford et sa femme, le matin où les deux époux s'étaient disputés. Quand Geoffrey Devine avait posé sa main sur son bras pour tenter de le calmer, M. Hartford avait eu l'air profondément troublé, parce que l'homme qu'il aimait (et qui l'aimait en retour) l'avait touché…

—Je vois, dit Agatha. (Elle sourit vaguement.) J'espère que tout va s'arranger pour eux.

Phyllida avait également échangé quelques mots avec l'inspecteur Cork un peu plus tôt dans la matinée.

—En échange de mon aide, pour avoir démasqué non pas un, mais deux assassins, lui avait-elle dit d'un ton ferme, j'espère que vous voudrez bien oublier l'identité de l'autre homme qui figure sur les photos. Je suis sûre que vous trouverez une explication plausible à l'assassinat de Charles Waring par Tana Devine qui n'implique pas les agissements de son époux.

—Mais tous les gens présents dans la pièce sont au courant, protesta Cork.

—Sans doute, mais venant d'eux, cela passera pour des racontars – si tant est qu'ils en parlent autour d'eux. Et Geoffrey Devine n'a rien à voir avec aucun des deux meurtres. Ai-je votre parole, Inspecteur ?

Phyllida Bright n'appartenant pas à l'élite, elle ne pouvait guère exercer d'influence sur les autorités, mais elle avait de nombreuses années d'expérience dans le domaine des garçons récalcitrants, mâles obstinés et hommes irascibles.

Bien que l'inspecteur ne lui promît pas de passer l'affaire sous silence, il ne chercha pas à arrêter Geoffrey Devine pour attentat à la pudeur, et c'était une garantie suffisante pour Phyllida.

***

Un peu plus tard, alors qu'il commençait à charger les bagages pour quitter Mallowan Hall, Elton demanda à parler à Phyllida en privé.

Elle accepta, curieuse de savoir s'il avait quelque chose à lui apprendre concernant le fait que Mme Devine s'était servie de lui pour se protéger.

—Madame Bright, je voulais juste vous… vous remercier pour tout. Sans vous, j'aurais pu me retrouver dans le pétrin, à cause du carnet, et peut-être même en taule.

—En aucun cas, répondit-elle. Car il était évident que vous n'aviez aucune raison et encore moins la possibilité de jouer les assassins. Vous étiez en train de jouer aux cartes avec les autres valets, si je ne m'abuse, quand M. Waring a été assassiné ?

Il hocha la tête.

—Oui.

Il grimaça, en sautillant d'un pied sur l'autre (une attitude désarmante de la part d'un aussi grand et beau gaillard), puis dit :

—Je… voulais aussi vous dire que… je sais que mes souliers grincent. J'aurais dû les faire ressemeler, mais je ne l'ai pas fait. Parce que… supposons que je veuille prendre une femme de chambre par surprise pour lui voler un baiser… j'aime mieux qu'elle m'entende venir. Comme ça… elle peut me repousser, si elle préfère.

Phyllida resta sans voix, touchée par cette confession. Puis elle éclata de rire.

—Elton, c'est bien la chose la plus charmante que j'aie jamais entendue de la part d'un jeune homme. Je ne vous cache pas que j'étais un peu préoccupée à l'idée que… les mauvaises manières de votre maître aient pu déteindre sur vous.

—Oh, mais jamais de la vie, Madame. En fait… (Il hésita, puis reprit en baissant la voix :) Je suis en train de chercher un nouveau poste. Mais M. Sloup refuse de me donner une recommandation, et j'ai bien peur que…

—Je crois savoir que M. Mallowan cherche un valet de chambre, dit-elle, avant de le regretter aussitôt.

Si attachant que soit Elton, ses manières affables et son physique d'Apollon risquaient d'avoir un effet désastreux sur ses femmes de chambre et leur productivité.

Mais il était trop tard pour se rétracter, et Elton commençait déjà à la regarder avec des étoiles dans les yeux. Il était vraiment très séduisant. Pas étonnant que Tana Devine ait…

—Merci, merci infiniment, madame Bright, dit-il avec effusion. Ce serait un grand honneur pour moi de travailler ici, à Mallowan Hall, avec vous tous.

Oh, mon Dieu.

Plus tard, cet après-midi-là, Phyllida quitta son petit salon pour descendre à la cuisine.

N'étant ni timide ni couarde, et encore moins du genre à fuir ses responsabilités, elle serra les mâchoires et se dirigea d'un pas décidé vers le garage.

Elle n'avait pas atteint le bâtiment que Bradford déboucha au coin. Comme toujours sans veste, tête nue, et sans gants. Sa chemise grise aux manches retroussées ne présentait cependant pas la moindre tache de graisse ou de cambouis. Seules quelques traces de boue maculaient le bas de son pantalon.

Dès qu'il la vit, il s'arrêta net et posa ses mains sur ses hanches en adoptant une attitude revêche. Cependant, il ne dit rien quand elle s'approcha.

—Monsieur Bradford, dit-elle précipitamment, craignant de ne pas aller jusqu'au bout. Je voulais vous remercier de votre aide, hier.

Il marmonna un vague « de rien », puis hocha la tête comme s'il attendait qu'elle continue.

Ce qu'elle fit, sans vraiment savoir pourquoi.

—La situation aurait pu tourner à la catastrophe si vous n'aviez pas neutralisé Mme Devine. Le sergent Greensticks et l'inspecteur Cork ne semblaient pas prêts à entrer dans l'action.

—C'est bien pour ça que vous nous aviez postés devant les portes, Amsi et moi, non ? J'ai fait que mon devoir, rétorqua-t-il.

—Oui, quoi qu'il en soit, je vous en suis reconnaissante.

Elle pivota sur elle-même, impatiente de s'éloigner de ce grossier personnage.

—Et pour Eugene Mustard ?

Elle fit volte-face.

—Eh bien, qu'en est-il, monsieur Bradford ?

—Vous avez ricané quand j'ai suggéré qu'il était peut-être impliqué…

Cet homme était *insupportable.*

—Parce que M. Mustard n'était pas impliqué dans le meurtre de Charles Waring.

—Il n'empêche que c'est un assassin, et quand vous avez fait votre speech, vous avez prétendu l'avoir soupçonné depuis le début, fit valoir Bradford sur un ton qu'il jugeait sans doute raisonnable.

—Et je présume que *vous* le soupçonniez, vous aussi ?

—En tout cas, moi, je suis pas allé fourrer mon nez dans les affaires des autres pour essayer de résoudre un crime, et je soupçonnais personne en particulier.

Les narines de Phyllida frémirent, mais elle s'obligea à garder son calme.

—Très bien, monsieur Bradford. Vous avez dit ce que vous aviez à dire.

Mais apparemment, le chauffeur n'en avait pas fini.

—Vous avez failli le laisser s'échapper.

—Qui cela ? M. Mustard ? Je… *quoi* ? Je vous rappelle que c'est moi qui l'ai surpris en train de rôder autour du garage. Si je ne l'avais pas interpellé, il…

—Un peu plus et il s'échappait. Je l'attendais à l'intérieur du garage. Et…

—Comment cela, vous l'attendiez ?

—Évidemment, je savais qu'il allait essayer de reprendre sa voiture pour filer ce soir-là. Il avait quitté sa chambre à La Pie jacasse. Oh… mais peut-être l'aviez-vous déjà déduit vous-même, madame Bright ?

Il lui décocha un sourire radieux, tandis que les coins de ses yeux se plissaient de bonheur devant sa mine déconfite.

—Bien sûr que je m'attendais à ce qu'il essaie de reprendre sa voiture…

—En attendant, vous avez bien failli tout faire capoter. J'étais en embuscade et prêt à l'intercepter. Mais il a fallu que vous vous mettiez à crier en allumant toutes les lumières. Et on peut savoir ce que vous comptiez faire avec ce fichu pébroque ?

Phyllida en resta un instant sans voix. Cette discussion avait assez duré.

—Très bien, monsieur Bradford, dit-elle enfin. Vous avez dit ce que vous aviez à dire encore une fois. Et maintenant, je dois retourner à mes occup…

—Vous avez bien joué, en tout cas, sur le coup de la robe, dit-il, la stoppant net.

Elle se retourna.

—Simple question de logique. S'il n'y avait pas de vêtements tachés de sang, c'était qu'on avait cherché à s'en débarrasser d'une façon ou d'une autre, non ?

—Mais quand même, vous avez bien joué, répéta-t-il. Je suis certain que Mme Devine s'en serait tirée si vous n'aviez pas mené l'enquête de votre côté.

Sans doute était-ce là un compliment dans la bouche de ce rustaud, songea-t-elle.

—Je lis beaucoup de romans policiers, dit-elle. Et j'ai tout de suite compris que les autorités n'étaient pas à la hauteur… Mais qu'est-ce que c'est que *ça* ?

Au même instant, une *chose* noire et poilue déboula de l'arrière du garage. *En aboyant !*

Phyllida écarquilla des yeux épouvantés à la vue de cette masse hirsute. On aurait dit que la tignasse de Bradford s'était subitement dupliquée en une créature vivante qui agitait frénétiquement la queue.

—Un chien, répondit le chauffeur, qui s'était accroupi pour flatter le redoutable mâtin, lequel semblait résolu à le débarbouiller à grands coups de sa langue rose et baveuse. Ou plus exactement, un chiot.

Phyllida recula en frissonnant. Heureusement, la créature ne semblait pas l'avoir remarquée.

—Je vois bien que c'est un chien, dit-elle, effarée par la taille de l'animal. Mais que fait-il ici ?

—Mme Puffley a suggéré que nous prenions un chien pour tenir les intrus à l'écart de la propriété et dissuader les renards d'entrer dans le poulailler. Ça m'a semblé une excellente idée. Ça me fait une compagnie, s'esclaffa-t-il tout en s'efforçant d'éviter les coups de langue intempestifs.

S'il voulait vraiment éviter les coups de langue, pourquoi diable ne se levait-il pas ?

—Mme Puffley a effectivement évoqué cette possibilité, mais nous avons déjà Peter et…

—Je l'ai mis sur la liste d'achats que j'ai soumise à M. Dobble, l'informa Bradford en se mettant enfin sur ses pieds.

Phyllida battit des paupières. Si elle s'était imaginé que cet ours mal léché pouvait se montrer aussi… amical.

—Et il m'a donné son accord.

—*M. Dobble ?* Son accord ? Mais il a horreur de tout ce qui est chats, chiens, chevaux, sans parler des rats et des souris, ou même des oiseaux…

Décidément, le monde marchait sur la tête.

—En tout cas, elle était sur ma liste, et maintenant elle est ici. Et elle va y rester, pas vrai, jeune demoiselle ? dit Bradford en se penchant à nouveau vers la turbulente créature. Il ne nous reste plus qu'à lui trouver un nom !

Et c'est alors que l'impensable se produisit.

La bête s'aperçut que Phyllida se tenait là.

Avec un jappement joyeux, elle (puisqu'il s'agissait d'une femelle apparemment) se jeta sur Phyllida.

—Non ! Non ! Bas les pattes ! s'écria-t-elle en reculant si précipitamment qu'elle manqua trébucher.

À sa grande honte, Bradford la rattrapa par le bras pour l'empêcher de tomber.

La chose poilue – qui faisait deux fois la taille de Stilton – ne sembla se rendre compte de rien et continua à lui faire fête. Phyllida sentit une langue humide effleurer ses bas. La créature sautait de plus en plus haut pour attirer son attention, et à un moment donné sa fourrure noire entra en contact avec la main de Phyllida. Contre toute attente, son poil était duveteux et pas désagréable au toucher. Mais ce n'était pas une raison pour la laisser faire.

—Ôtez cette bête de là, dit-elle entre ses dents serrées.

—Bon, bon, ça va. Pas la peine d'en faire un fromage, dit-il en se penchant pour prendre la boule de poils dans ses bras.

—C'est la deuxième fois en trois jours que je fais l'objet d'attentions non désirées, dit Phyllida sèchement.

—Ah, mais c'est vrai. L'insupportable M. Sloup, commenta Bradford. M. Dobble et moi vous avons vue, quand vous l'avez poussé par-dessus la haie de myrtes et fait basculer dans le bassin aux nénuphars. Une passe d'armes rondement menée, madame Bright.

Prise au dépourvu, elle releva le menton.

—Merci. (Elle regarda la bête qui se débattait furieusement entre les bras du chauffeur pour tenter de se libérer.)

Si vous insistez pour garder cette… chose, s'il vous plaît, ne la laissez pas s'approcher de moi.

—Dois-je vous rappeler que c'est vous qui êtes venue ici, sur son territoire, madame Bright ? dit Bradford en tournant la tête pour éviter un coup de langue rose. Le garage est sa maison dorénavant.

—Très bien. Dans ce cas, je ferai en sorte de me tenir le plus possible à l'écart du garage à l'avenir.

—Si seulement, marmonna-t-il dans sa barbe.

—Monsieur Bradford, je pense que…

Elle se retint juste à temps pour ne pas taper du pied. Quel malotru !

—Ah, ah, je crois que j'ai trouvé le nom parfait, dit-il soudain.

Phyllida, qui avait tourné les talons pour regagner la maison, pivota à nouveau sur elle-même.

—Ah oui ? dit-elle, suspicieuse.

—Je vais l'appeler Myrte, en hommage à une passe d'armes rondement menée.

Retrouvez-nous sur les réseaux sociaux :

City Éditions

www.city-editions.com
@cityeditions
www.facebook.com/cityeditions/
@CityEditions
@cityeditions

Achevé d'imprimer en octobre 2023
sur les presses de la Nouvelle Imprimerie Laballery
58500 Clamecy
Numéro d'impression : 309653

Imprimé en France

La Nouvelle Imprimerie Laballery est titulaire de la marque Imprim'Vert®